❖ 후한 말 삼국지 배경 시기의 13개 주 지도

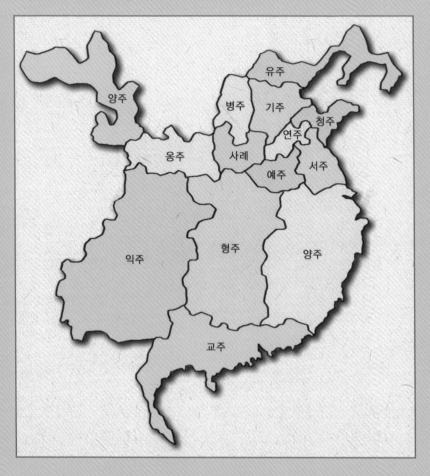

❖ 후한 말 군웅할거시대의 세력도(2세기 말)

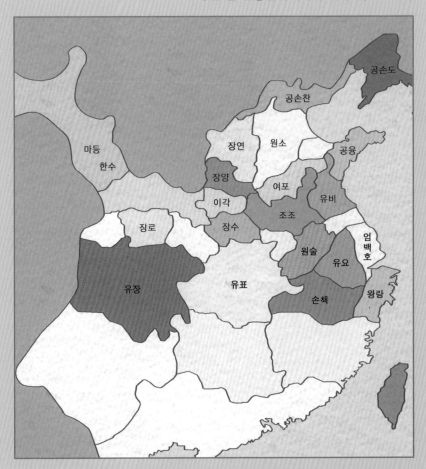

동탁의 죽음 이후 각지에 난립하던 군웅들의 세력도이다. 손책은 아버지 손견이 죽은 후에 원술 밑으로 들어갔다가 독립하여 자신의 세력을 얻고, 파죽지세로 주변의 성을 정복해나간다. 동탁이 죽은 후에 조조는 청주의 황건적 토벌을 위해 출진하여 보다 많은 병력을 얻게 되고, 조조는 아버지를 맞아들이려 한다. 그러나 도중에 도겸의 부하인 장개에게 살해당하고 이에 화가 난 조조는 서주의 도겸을 토벌하기 위해 군사를 일으킨다. 그때 조조는 백성들까지 모두 살해하며, 도겸은 유비에게 서주를 양도하게 된다. 그 틈을 타 여포가 조조의 세력권 안에서 반란을 일으키나 진압당하고 유비에게 가서 소패를 얻는다. 또한 황제는 이각, 곽사 들에게서 달아나 조조가 천자를 받들게 된다.

三國志

삼국지 4

신도 · 몸은 비록 조조에게 있으나

초판 1쇄 발행 2013년 1월 10일
15쇄 발행 2018년 8월 25일

지은이 나관중
평 역 요시카와 에이지吉川英治
옮긴이 강성욱
펴낸이 한승수
펴낸곳 문예춘추사

편 집 정내현
마케팅 신기탁
디자인 이은주

등록번호 제300-1994-16
등록일자 1994년 1월 24일

주 소 서울특별시 마포구 동교로27길 53 지남빌딩 309호
전 화 02 338 0084
팩 스 02 338 0087
E-mail moonchusa@naver.com

I S B N 978-89-7604-108-1 04820
     978-89-7604-107-4 (전10권)

신도 · 몸은 비록 조조에게 있으나

4

三國志

나관중 지음
요시카와 에이지 吉川英治 평역

문예춘추사

| 일러두기 |

1. 이 책은 일본 고단샤講談社에서 발간한 요시카와 에이지 평역의 『삼국지』(요시카와 에이지 역사 시대 문고 33~40, 1989년 초판)를 저본底本으로 삼았다.

2. 원서는 총 8권으로 구성되어 있으나 커다란 제목에 따라 각 권으로 분리하여 총 10권으로 재편 집했다.

3. 가능한 한 원본에 가깝게 번역했으나 지나치게 일본적인 표현은 중국 고전소설임을 고려하여 우리 실정에 맞게 고쳤고, 원서 내용을 해치지 않는 범위 안에서 대화와 본문이 연결되는 부분을 일부 수정하여 우리 독자들이 읽기 편하게 했다.

4. 각 권 및 각 장의 제목은 가능한 한 원서의 제목을 살려 풀어 썼으며, 원서의 각 장을 재편집하 여 내용의 흐름을 쉽게 이해할 수 있도록 했다.

5. 한자 표기는 정오正誤에 상관없이 원서를 따랐으나 동일 인물이나 지명의 상반된 표기가 있는 경우에는 올바른 한자를 찾아 표기했다.

6. 이 책의 삽화 및 지도는 내용에 맞게 새로 제작한 것이다.

35
백문루白門樓에서의 처형

하비성으로 달아난 여포를 설득하는 조조. 그러나 여포 곁에는
여백사의 일 이후 조조에게 실망하여 그의 곁을 떠난 진궁이 있었으니……

여포가 망루 위로 모습을 드러내더니 짐짓 딴전을 부리며 말했다.

"나를 부르는 자가 누구냐?"

조조의 목소리가 사수를 넘어 물에 메아리치듯 들려왔다.

"너를 부른 것은 네 호적수인 허도의 승상 조조이다. 원래 너와 나
사이에 무슨 원수진 일이 있겠느냐? 나는 단지 네가 원술의 집안과 혼
인을 맺는다기에 군대를 이끌고 온 것일 뿐이다. 왜냐하면 원술은 황
제를 참칭하고 천하를 어지럽힌 반역 죄인이기 때문이다. 그는 누구도
부정할 수 없는 천하의 역적이 아니냐."

"……."

여포는 말이 없었다. 강바람이 불자 억새가 쓸쓸히 흔들렸고, 양군의 깃발이 기세 좋게 펄럭였다. 그사이 화살은 한 발도 오가지 않았다.

"나는 네가 옳고 그름을 구분하지 못할 정도로 어리석은 장군은 아니라고 믿고 있다. 지금이라도 창을 놓고 이 조조를 따른다면 나는 목숨을 걸고서라도 천자에게 아뢰어 네 봉토와 명예를 반드시 확보해주도록 하겠다."

"……."

"하지만 헛된 망상에 사로잡혀 항복하지 않고 이 성곽마저 허무하게 함락당한다면 그때는 용서하지 않을 것이다. 네 일족과 처자까지 한 사람도 살아남을 수 없을 것이다. 게다가 백세 후까지도 악명이 사수를 흐르게 될 것이다. 현명하게 잘 생각해보길 바란다."

여포는 마음이 움직였다. 그때까지 말없이 듣고 있다가 갑자기 손을 흔들며 대답했다.

"승상, 승상. 이 여포에게 잠시 생각할 시간을 주시오. 성안에 있는 자들과 잘 상의한 뒤 항복을 청하는 사자를 보내기로 하겠소."

여포가 뜻밖의 대답을 하자 곁에 있던 진궁이 놀라 펄쩍 뛰며 말했다.

"어, 어찌 그런 말씀을 하시는 겁니까?"

그리고 주공의 입을 가로막듯 옆에서 큰 소리로 조조에게 외쳤다.

"이 천하의 도적, 조조 놈아. 너는 젊었을 때부터 세 치 혀로 사람을 속여왔다만, 이 진궁이 있는 한 우리 주공만은 속이지 못할 것이다. 찬바람 속에서 쓸데없이 혀를 놀리지 말고 얼른 물러나도록 해라."

진궁은 그렇게 말하고 손에 들려 있던 활의 시위를 당겨 화살 한 발을 쏘았다. 그의 화살은 조조가 쓴 투구의 가리개에 맞아 부러졌다. 조조가 눈을 치켜뜨고 외쳤다.

"진궁, 잘 들어라! 내 반드시 이 화살에 대한 답으로 네놈의 머리를 흙발로 짓밟아주겠다."

그런 다음 조조는 좌우의 20기를 향해 즉각 총공세를 펼치라고 준엄하게 명령했다. 망루 위의 여포가 당황하며 말했다.

"잠시 기다리시오, 조 승상. 진궁의 망언은 그가 멋대로 지껄인 거지, 내 뜻이 아니오. 내 곧 상의를 한 뒤 반드시 성을 나가 항복을 청하도록 하겠소."

그러자 진궁이 활을 집어 던지며 거의 대들 듯한 얼굴로 말했다.

"이제 와서 무슨 나약한 소리를 하시는 겁니까? 조조의 인간성은 누구보다도 잘 알고 계시지 않습니까? 지금 그의 감언이설에 속아 항복을 하면 더 이상 목이 붙어 있지 못할 것입니다."

"닥쳐라! 네놈 혼자만의 생각으로 무슨 소리를 지껄이는 게냐?"

여포도 화를 내며 언쟁을 벌였고 결국에는 검으로 진궁을 베겠다며 숨을 거칠게 몰아쉬었다. 그들이 있는 망루 위는 적의 눈에도 보이는 곳이었다. 주인과 종의 싸움은 추태로 보일 수밖에 없었다. 보다 못한 고순과 장료가 두 사람을 떼어놓으며 말했다.

"그만 진정하시기 바랍니다. 진궁도 결코 자신을 위해서 장군의 뜻을 거스르는 것이 아니라 전부 충성된 마음에서 그러는 것입니다. 그는 처음부터 충언을 하던 신하였습니다. 지금 상황에서 단 하나라도 아군을 잃는 것은 결코 득이 되지 않습니다."

여포도 깨달은 바가 있는지 크게 한숨을 내쉬며 진궁에게 말했다.

"미안하게 됐네, 진궁. 조금 전의 말은 장난이었네. 그보다 무슨 좋은 계책이 있다면 망설이지 말고 내게 가르쳐주게나."

진궁은 여포에게 실망한 듯했으나, 그래도 주공은 주공이었다. 그 주공이 직접 머리를 숙여 달래자 진궁은 다시 충언을 하는 좋은 신하가 되어 분골쇄신하기로 마음먹었다. 진궁이 공손한 말투로 대답했다.

"좋은 계책이 없는 것은 아닙니다만, 과연 그것을 쓰실 건지가 문제입니다. 지금 우리가 쓸 수 있는 계책은 '기각지계掎角之計'뿐입니다. 장군께서는 정병을 이끌고 성 밖으로 나가시고, 저는 성안에 머물며 상호 호응하여 조조를 앞뒤에서 괴롭히는 것입니다."

"그것을 기각지계라 하는 것인가?"

"그렇습니다. 장군께서 성 밖으로 나가시면 조조는 틀림없이 자신의 머리를 장군께 향할 것입니다. 그러면 제가 바로 성안에서 그들의 후미를 치겠습니다. 조조가 다시 성 쪽으로 향하면 이번에는 장군께서 적의 후미를 위협하십시오. 그렇게 기각의 진형으로 적을 협공하여 그들을 물리치는 계책입니다."

"흠, 좋은 계책이로군. 손자도 따르지 못할 것이오."

여포는 전의를 불태우며 장병들에게 곧 성을 나설 준비를 하라고 명령했다. 성 밖으로 나가면 추위가 심할 것이라 생각한 장병들은 전포 안에 솜옷을 두껍게 껴입었다. 여포도 안으로 들어가 아내 엄씨에게 내복과 모피와 같이 추위를 막을 수 있는 옷을 준비해달라고 말했다.

엄씨가 남편의 모습을 이상히 여기며 물었다.

"어딜 가시려는 건가요?"

여포는 성 밖으로 나가 싸울 거라고 말하며 서둘러 채비를 했다.

"진궁이라는 자는 참으로 꾀주머니와도 같은 사람이오. 그가 말한 기각지계로 맞선다면 반드시 승리할 것이오."

그러자 엄씨가 갑자기 창백한 얼굴로 눈물을 흘리며 말했다.

"어머, 이곳을 다른 사람에게 맡기고 성 밖으로 나가신단 말씀이세요? 장군께서는 이곳에 남아 있을 처자가 조금도 걱정되지 않으시나요? 진궁의 꾀라고 하셨는데 진궁이 예전에 어떤 사람이었는지를 생각해보세요. 조조와 주종 관계를 맺었으면서도 도중에 변심하여 조조를 버리고 달아난 사람 아닌가요? 더구나 장군께서는 그 조조만큼도 진궁을 중히 쓰지 않으셨잖아요."

"……"

아내가 눈물을 흘리며 진심으로 호소하자 여포는 어찌해야 좋을지 모르겠다는 표정을 지어 보였다.

"그러니 어찌 진궁이 조조에게 했던 것 이상으로 장군께 충의를 바치겠어요. 진궁에게 성을 맡기면 마음이 어떻게 변할지 알 수 없는 일이에요. 그렇게 되면, 저희는 언제 또 장군을 만나게 될지……."

엄씨는 끝도 없이 걱정을 늘어놓았다. 그러자 여포가 막 걸치려던 모피를 집어 던지며 말했다.

"그만 울음을 그치시오. 싸움을 앞두고 불길하게 어찌 눈물을 흘리는 게요. 내일 나가도록 하겠소. 큰아이는 무엇을 하고 있소?"

여포는 아내와 함께 딸들의 방으로 갔다.

그 이튿날에도 여포는 싸울 기색을 보이지 않았다. 이틀이 지나고 사흘이 지났다. 진궁이 다시 여포 앞으로 나갔다.

"장군, 하루라도 빨리 성 밖으로 나가 맞서지 않으면 조조의 대군이 성을 에워싸고 만반의 준비를 갖출 것입니다."

"나도 그렇게 생각하네만, 역시 멀리 나가서 싸우기보다는 성안에 머물며 굳게 지키는 것이 유리할 것 같네."

"아니, 아직 늦지 않았습니다. 얼마 전 허도에서 수많은 군량을 조조 진영으로 보냈다는 정보가 들어왔습니다. 장군께서 병사를 이끌고 성 밖으로 나가시면 그 양도糧道도 함께 끊으실 수 있습니다. 그야말로 일거양득입니다. 말할 필요도 없이 적에게는 치명타가 될 것입니다."

"흠…… 그 길을 끊으란 말이지. 알겠네. 내일은 병사를 이끌고 성 밖으로 나가겠네."

여포가 마음을 정한 듯 곧 투지에 넘치는 표정을 지어 보였다. 그러자 진궁이 안심한 듯 때를 놓쳐서는 안 된다는 말만 남기고 여포 앞에서 물러났다.

그날 밤 여포는 초선의 방으로 갔다. 여포가 들어서자 초선은 장막을 내린 채 눈물을 흘리고 있었다. 그가 무슨 일이냐고 묻자 초선은 비 맞은 해당화처럼 붉은 눈을 들어 대답했다.

"이 세상에서 더는 장군을 뵙지 못할 것이라는 생각에 눈물이 멈추질 않아요. 앞으로는 누구에게 의지해서 살아가야 할지……."

"무슨 소릴 하는 게냐? 나는 이렇게 건재하지 않으냐? 이 성에는 아직 겨울을 넘기기에 충분한 식량도 있다. 만 명이 넘는 정병들도 있고."

"아니요, 부인께 다 들었어요. 장군께서는 첩들을 버리고 성 밖으로 나가실 생각이죠?"

"승리를 얻기 위해 성 밖으로 나가 싸우는 것이지 죽기 위해 나가는 것이 아니다."

"그래도…… 걱정이 돼요. 성을 맡아서 지킬 진궁과 고순은 평소 사이가 좋지 않았으니 장군께서 성 밖으로 나가시면 틀림없이 적에게 허를 찔리고 말 거예요."

"둘 사이가 그렇게 좋지 않으냐?"

"부인께서는 특히 진궁이라는 사람의 속내를 알 수 없다며 근심을 하셨어요. 장군, 따님이 귀엽지 않으신 건가요? 부인과 첩들이 불쌍하지도 않으신가요?"

초선은 여포의 가슴에 눈물 젖은 뺨을 비벼댔다. 여포가 그녀의 어깨를 가볍게 두드리며 일부러 큰 소리로 웃어댔다.

"철없는 아이로구나. 울지 마라. 이젠 슬퍼하지 마라. 성 밖으로 나가지 않으마. 내게 방천극과 적토마가 있는데 천하의 누가 이 여포를 정복할 수 있겠느냐. 안심하도록 해라."

여포는 초선의 등을 어루만지며 그녀와 함께 평상에 올랐다. 그러고는 시녀에게 술을 따르게 한 뒤 술잔을 집어 초선의 입술에 가져다 댔다.

이튿날 여포는 미안한 마음에 진궁을 불러오라며 사람을 보냈다. 진궁이 들어오자 여포가 말했다.

"혹시나 해서 내가 사람을 보내 알아봤네. 그러한데 허도에서 적진으로 군량을 보내고 있다는 이야기는 잘못된 정보인 듯하네. 아무래도 나를 성 밖으로 끌어내려고 조조가 흘린 유언비어 같네. 그와 같은 계책에 넘어가면 큰 낭패를 보게 될 게야. 나는 자중하기로 했네. 성을 나서는 계책은 쓰지 않을 걸세."

여포의 방에서 나온 진궁이 안타까운 듯 길게 탄식했다. 그러고는 힘없이 중얼거렸다.

"아아…… 이제는 무슨 말을 해도 소용없구나. 우리는 이제 곧 몸을 묻을 천지조차 잃게 될 것이다."

그날부터 여포는 밤낮으로 술에 빠져 지내며 장막 안에서는 초선과 놀아났고, 집에서는 엄씨와 딸에 둘러싸여 있었다. 그나마 술이 깨고서야 그런 자신이 못마땅하다는 듯한 표정을 지어 보였다.

"장군을 뵙고 긴히 드릴 말씀이 있습니다."

두 사람이 시신을 통해 허락을 받고 여포 앞에 엎드려 절을 했다. 그들은 허사許汜와 왕해王楷였다. 두 사람 모두 진궁 밑에 있는 사람들이었기에 여포는 경계심 가득한 얼굴로 무슨 일인지 물었다. 왕해가 먼저 대답했다.

"들리는 말에 의하면 회남의 원술은 아직도 세력이 왕성하다고 합니다. 장군께서는 따님을 원술의 아들과 혼인시킬 생각이셨으면서, 어찌 이러한 때에 원술에게 속히 사자를 보내 구원을 청하려 하지 않으시는 겁니까? 아직 혼약이 깨진 것도 아니니 신들이 가서 잘 얘기하면 곧 양해를 얻을 수 있을 것이라 여겨집니다."

"그렇군! 그 혼담도 아직 깨진 게 아니었지."

여포는 어둠 속에서 한 줄기 빛을 발견한 사람처럼 중얼거렸다. 그리고 두 사람에게 다시 물었다.

"그렇다면 자네들이 직접 사자가 되어 회남으로 가겠단 말인가?"

"장군의 부침에 관계되는 일이니 부족하나마 목숨을 걸고 가보도록 하겠습니다."

"오오, 갸륵한지고. 참으로 잘 말해주었소. 그렇다면 당장 원술에게 보내는 편지를 써줄 테니 그것을 들고 급히 회남으로 가도록 하시오."

"명 받들겠습니다. 그런데 이 하비성은 이미 적에게 둘러싸였고, 회남으로 가는 길 또한 유현덕이 관을 설치하여 오가는 자들을 엄중하게 감시하고 있습니다. 모쪼록 저희의 사명을 위해 한 무리의 병사를 내주어 회남으로 가는 길을 열어주십시오."

"알겠네. 그렇게 하지 않으면 회남으로 갈 수 없겠지."

여포가 곧 장료와 학맹 두 장군을 불러들여 각 5백여 기의 병사를 내어주며 명령했다.

"이 두 사람을 회남까지 보내도록 하게."

비룡의 눈알과 같은 형태로 장료의 5백여 기가 앞쪽에 서고 학맹의 5백여 기가 뒤를 지키며 성문을 열고 밖으로 돌진해나갔다. 물론 적진을 뚫고 나가는 일은 한밤중에 행해졌다. 그들은 보기 좋게 조조의 포위망을 뚫고 나갔고 이튿날 밤에는 유비의 진까지 그대로 내달려 돌파해버렸다.

"이제는 마음이 놓입니다."

회남의 경계 부근까지 오자 두 사람이 안도의 한숨을 내쉬었다. 하지만 돌아가는 길 역시 위험했기에 학맹의 5백여 기만 사자들과 함께 회남까지 들어가기로 결정했다. 장료는 수하 5백여 기를 이끌고 발걸음을 돌렸으나 얼마 후 유비군의 경계선에 걸려들고 말았다.

　　"어디를 가려는 게냐?"

　　한 무리의 병마가 길을 가로막았다. 장료가 얼굴을 들어 적장을 보았다. 그는 예전에 소패성을 공격할 때 성 위에서 장료에게 정의에 관한 의견을 밝힌 관우였다. 서로가 서로를 생각하는 마음이 있었기에 비록 적이지만 바로 활과 창으로 맞서지는 않았다. 두어 마디 문답을 주고받는 동안 하비성 쪽에서 고순과 후성이 달려왔다. 장료는 가까스로 호랑이의 아가리에서 벗어나 무사히 성안으로 돌아갈 수 있었다.

　　하지만 회남에 도착해 원술에게 여포의 편지를 건네준 허사와 왕해 두 사자는 그렇지 못했다. 원술을 만난 결과는 그럭저럭 성공적이었다. 두 사람의 외교적 언변이 좋았던 덕에 원술에게 긍정적인 답을 들을 수 있었다.

　　"여포는 변덕이 죽 끓듯 해서 편지만으로는 그의 말을 도저히 믿을 수가 없소. 하나 이번을 기회로 딸을 보내 열의를 보인다면 그것을 성의의 표시라 생각하여 짐도 나라의 병사로 구원에 나설 것이오."

　　원술의 이야기에 두 사자는 크게 기뻐하며 서둘러 길을 나섰다. 이경 무렵, 두 사자는 관문을 그대로 통과하려 했지만 장비의 부대에 발각되고 말았다.

　　"밤중에 말을 급히 달리는 것은 누구의 부대냐?"

장비가 그들을 가로막으며 소리쳤다.

두 사자를 호위하던 학맹이 말 위에서 창을 휘둘렀으나, 곧바로 말에서 떨어져 몸이 묶인 채 포로가 되고 말았다. 5백여 병사들도 거의 대부분 목숨을 잃었다. 다행스럽게도 두 사자는 병사들이 싸우는 혼란을 틈타 하비성까지 간신히 도망쳐 들어갈 수 있었다.

그날 밤 학맹을 사로잡은 장비는 오랏줄을 붙들고 바로 유비의 진영으로 갔다. 장비가 학맹을 밀치며 말했다.

"이놈은 겁 없이 수비군의 눈을 훔쳐 회남까지 다녀온 특사들의 경호대장이요. 흠씬 두들겨 패서라도 잘 조사해보슈."

유비가 장비의 공을 칭찬한 뒤 곧 취조에 들어갔으나 학맹은 쉽게 입을 열지 않았다. 장비가 답답한 마음에 곁에 있던 병사에게 크고 거친 목소리로 명령했다.

"이놈을 고문해라."

병사들은 가차 없이 학맹의 등에 채찍을 휘둘렀다. 끝내 벗어날 수 없다고 생각한 학맹이 비명을 지르며 외쳤다.

"유비 장군, 오라를 좀 느슨하게 해주시오. 말씀드리도록 하겠소."

학맹의 자백을 들은 유비가 그 내용을 편지에 적어 조조에게 보냈다. 편지를 받은 조조가 바로 답장을 보내왔다.

학맹의 목을 치시오. 그리고 경계를 더욱 강화하여 여포나 여포의 사자가 결코 회남으로 갈 수 없게 하시오.

유비는 각 장군들을 불러 모아 다시 한번 엄중하게 명령했다.

"지금 우리의 임무는 매우 막중하다. 궁지에 몰린 여포는 틀림없이 이곳을 지날 것이다. 이곳은 회남으로 가는 길목이니 쥐새끼 한 마리 놓쳐서는 안 된다. 경계를 게을리하는 자는 군법에 따라 처벌하겠다."

"알겠습니다."

명을 받은 각 장군들은 밤에도 갑옷을 벗지 않겠다고 다짐했다. 그런데 그 후, 장비가 유비에게 투덜거리며 말했다.

"내가 학맹을 잡았는데 조조는 아무런 상도 주지 않았어. 엄중, 엄중. 사실은 농담 삼아서 말로만 하는 거 아니야?"

유비가 그 말을 듣고 크게 꾸짖었다.

"수십만 대군을 이끌고 계시는 조 승상께서 어찌 농담 삼아서 군령을 내리겠느냐? 너야말로 쓸데없는 억측을 입에 담다니, 필부의 근성이라 하지 않을 수 없구나. 해이한 마음으로 천세에 오명을 남기는 일이 없도록 해야 할 것이야!"

"알겠수."

장비는 뺨의 수염을 쓰다듬으며 자리에서 물러났다. 하룻밤의 공이 말 한마디로 날아간 셈이었다.

한편 하비성에서는 허사, 왕해 두 사자가 회남에 다녀온 일을 보고하고 자신들의 의견을 밝혔다.

"원술은 의심이 더욱 깊어져 웬만해서는 장군의 요구를 받아들일 것 같지 않습니다. 단지 따님의 혼인에 대해서는, 그도 아들을 사랑하는 마음이 있기에 아직 미련을 갖고 있는 듯하니 무엇보다 먼저 그가 요구하는 대로 따님을 회남으로 보내는 것이 좋을 듯합니다. 그것도 일을 신속하게 처리하지 않으면 아무 의미가 없을 것입니다."

여포가 당혹스럽다는 듯 말했다.

"딸을 보내는 것이야 상관없다만, 두꺼운 포위망을 어떻게 뚫는단 말이냐?"

"따님께서는 깊은 규방 속에 계시던 분이니 따님을 회남으로 보내시려면 아무래도 장군께서 직접 나서야 하실 듯합니다."

"딸은 내 목숨과도 같은 아이다. 전쟁은커녕 세상의 찬바람조차 맞아본 적 없는 백옥 같은 아이지. 알겠네, 내가 직접 회남까지 데려가도록 하지."

"오늘은 흉신凶神이 든 날이니 내일 출발하시는 것이 좋을 듯합니다. 내일 술시戌時쯤 출발하도록 하십시오."

"장료와 후성을 불러와라."

여포는 두 사람에게 3천여 기를 주고 수레를 호위하여 회남까지 같이 가자고 명했다. 하지만 그 수레에 딸을 태우지는 않았다. 적의 포위망을 돌파할 때까지 여포가 직접 딸을 업고 가기로 했다. 아무것도 모르는 열네 살 신부를 두꺼운 솜과 비단 천으로 꽁꽁 싸맨 후 차가운 갑옷을 입은 아버지의 등에 단단히 묶었다.

겨울밤 달이 휘황하게 밝아 사수의 수면을 거울처럼 반짝이게 했다. 언 산과 눈 덮인 들판에 찬바람이 불어왔다. 다그닥, 다그닥, 다그닥. 검은 인마의 그림자들이 움직였다. 장료와 후성이 이끄는 3천여 병사들이었다. 그들은 여포를 둘러싼 채 조용히 하비성 밖으로 나갔다.

"앞쪽에 이상은 없느냐?"

여포는 한 걸음 한 걸음 살얼음을 걷듯 앞으로 나아갔다. 척후병들이 번갈아가며 앞으로 달려나가 앞길의 상황을 보고했다.

"적의 보초병들도 추위를 피해 어딘가로 숨었는지 쥐 죽은 듯 조용합니다."

그 말에 여포는 '하늘이 주신 기회'라 생각하고 말을 재촉했다. 그날 밤 가장 큰 공로자는 적토마였다. 그 적토마는 자개로 만든 안장에 여포를 태우고 힘차게 달렸다. 여포는 적토마 위에만 오르면 평소보다 더 씩씩하고 용감하게 보였다. 천하무적의 위풍이 주위를 압도했다. 하지만 그는 위대하기는 하나 참으로 번뇌가 많은 장군이기도 했다. 천하의 영걸이 딸을 너무 사랑한 나머지 3천여 기의 호위를 받으면서도 적의 보초병마저 두려워했다. 새하얀 천지를 가로질러 가는 기러기의 그림자를 보고도 가슴이 내려앉을 정도였다.

"얘야, 무서워할 것 없다."

여포는 몇 번이나 자신의 등에 업힌 딸에게 말했다. 솜과 비단에 휘감긴 열네 살의 백옥 같은 처녀는 아버지 등에 업혀 성을 나설 때부터 이미 반은 정신을 잃은 상태였다.

"훗날 너를 황후의 자리에 앉히겠다는 수춘성의 원씨 집안으로 시집을 가는 거란다."

그녀의 어머니가 눈물을 흘리며 말했으나, 그녀의 하얀 얼굴은 차갑게 식었고 검은 눈썹은 윗눈썹과 아랫눈썹을 봉합해놓은 것처럼 싸늘하게 얼어버렸다. 그렇게 서둘러 백 리 정도를 달려왔다.

이튿날 밤에도 달은 무서울 정도로 밝게 빛났다. 그런데 갑자기 어디선가 북소리와 징소리가 하얀 밤을 뒤흔들어놓더니, 사나운 기병들이 수천 마리의 까마귀처럼 차가운 숲을 가로질러 왔다.

"앗, 관우의 부대다! 조심하십시오."

장료가 절규하며 여포를 돌아보았다.

"이놈들."

눈앞이 순식간에 눈보라로 뽀얘졌다. 화살이 몸을 스쳐 지나갔고, 때로는 갑옷에 부딪쳐 부러지기도 했다. 여기저기서 함성과 비명이 들려왔다. 그리고 시커먼 핏줄기가 솟아올랐다.

"무서워요!"

여포의 귓가로 비단을 찢는 듯한 비명이 들려왔다. 등에 업힌 처녀는 자신의 몸을 아버지의 몸에 찰싹 붙였다. 그러고는 꺅 하며 제정신이 아닌 듯 두 번 정도 비명을 올렸다. 적토마가 흥분하여 사나워지기 시작했다. 여포는 적토마를 달래느라 비지땀을 흘렸다. 그리고 딸이 적의 화살을, 적의 칼날을 맞지나 않을까 온통 신경을 썼다.

"이번에 걸린 적은 보통 놈이 아닌 것 같다."

"여포가 있다! 여포인 듯한 놈이 있다."

포위를 한 병사들이 외쳤다. 여포는 혹시라도 관우와 마주치게 되면 모든 것이 끝장이라는 생각에 몸을 웅크린 채 꼼짝도 하지 않았다.

"분하지만, 딸 때문에 어쩔 수가 없구나."

여포는 할 수 없이 적토마를 되돌려 오던 길로 달아나버렸다. 곳곳에서 조조의 부장들인 서황과 허저가 튀어나와 길을 막았으나 여포는 그저 눈을 꾹 감고 적토마의 엉덩이에 정신없이 채찍질을 가해 하비성까지 단숨에 달려왔다.

* * *

마지막 계책마저 덧없이 실패한 후 여포는 성에 들어앉아 밤낮 근심에 잠겨 술만 마셨다. 그런 여포를 공격하기 위해 성을 포위한 조조군역시 불안하기는 마찬가지였다.

'이 성을 포위한 지도 벌써 60여 일이 지났는데 적의 방어에 막혀 성을 손안에 넣지 못하고 있구나. 이러한 때에 혹시 후방에서 적이라도 일어난다면 우리 전군은 이 차가운 벌판에서 자멸하고 말 것이다.'

조조는 근심스러웠다. 전장은 이미 겨울로 접어들어 동사하는 병마들의 숫자도 헤아릴 수가 없었다. 양초糧草가 바닥나기 직전이었지만 눈이 산야를 뒤덮은 탓에 이제 와서 군대를 물리는 것도 쉬운 일이 아니었다.

'어찌하면 좋단 말인가?'

조조는 굳건한 적의 성을 바라보며 홀로 생각에 잠겼다. 그때 전령하나가 눈보라를 뚫고 급히 달려왔다.

"하내의 장양이 여포와 친분이 있으니 우리의 후방을 공격하여 여포를 돕겠다며 군대를 움직였습니다. 그때 부하인 양추楊醜가 반란을 일으켜 장양을 살해하고, 그 군을 장악하여 큰 혼란이 일었는데, 또 다른 장수인 휴고眭固가 다시 장양의 원수라며 양추를 주살하고 병사들을 몰아 견산犬山 부근까지 당도했습니다."

"뭣이? 하필이면 이러한 때에?"

조조는 바로 부장 사환史渙을 불러 만일의 사태에 대비할 것을 명했다.

"그냥 내버려둘 수가 없구나. 사환, 네 부대를 이끌고 견산으로 가서 휴고를 막도록 하라."

사환의 부대는 눈길을 뚫고 견산으로 향했다. 조조의 마음은 편안하지가 않았다. 겨울은 참으로 길었다. 밤이나 낮이나 대륙의 하늘은 잿빛으로 물들어 하얀 눈을 끊임없이 흩뿌렸다.

'이 성을 공격하는 데 너무 시간을 끌면 내부에서 반드시 문제가 일어날 것이다. 내 무력을 얕잡아보고 후방에서 작은 난을 일으키는 자도 틀림없이 생겨날 것이다. 게다가 허도의 북쪽에는 서량의 근심이 있고, 동쪽에서는 유표, 서쪽에서는 장수가 호시탐탐 기회를 엿보며 원정길에 나선 우리 부대가 지치기만을 기다리고 있다.'

조조는 더는 버틸 수 없다고 생각했는지 여러 장군들을 불러 마음 약한 소리를 했다.

"군대를 되돌리기로 하세. 안타깝지만 어쩔 수 없지……. 다시 기회를 봐서 원정길에 오르기로 하세."

그러자 순유가 큰 목소리로 간언했다.

"승상답지 않게 어찌 그런 말씀을 하십니까? 장기간에 걸친 원정으로 우리 군이 겪는 어려움이야 말할 필요 없는 것이지만, 성안에 있는 사람들의 불안과 괴로움도 그 이상이라 할 수 있을 것입니다. 지금은 농성하는 무리와 우리와의 끈기 싸움입니다. 성안의 병사들은 더 이상 물러날 곳이 없기 때문에 공격하는 우리보다 훨씬 더 굳은 각오로 임하고 있을 것입니다. 그러니 돌아갈 곳이 있다는 생각은 꿈에서조차 해서는 안 되며, 병사들에게도 그런 마음을 품게 해서는 안 됩니다. 그런데 승상께서 그러한 마음을 품고 계시니 어찌 장병들의 마음을 다잡을 수 있겠습니까?"

순유가 온갖 말로 퇴각의 불리함을 논했다. 그러자 곽가가 앞으로 나와 한 가지 계책을 내놓았다.

"이 하비성이 떨어지지 않는 것은 사수와 기수沂水가 있어 지형적으로 유리하기 때문입니다. 그러니 우리가 그 두 강의 흐름을 이용하면 틀림없이 적은 곧 패하고 말 것입니다."

그것은 제방을 쌓아 사수와 기수의 물줄기를 하나로 합쳐 하비성을 물에 잠기게 하자는 계책이었다.

얼마 후 그 계획은 성공을 거두었다. 인부 2만 명과 병사들을 독려하여 두 강의 물줄기를 하나로 합쳤다. 그러자 때마침 날이 따뜻해서 며칠 동안 비가 내렸고, 성은 곧 탁류에 잠기기 시작했다. 점점 수위가 올라가자 적군은 어찌할 바를 모르며 높은 곳으로 기어올랐다.

2척, 4척, 7척……. 날이 갈수록 수위가 높아졌다. 성안 곳곳이 침수되고 탁류가 소용돌이쳐 물에 한껏 불은 말의 시체와 죽은 병사들의 사체가 쓰레기와 함께 둥둥 떠다녔다.

"어찌하면 좋단 말인가?"

성안의 병사들은 서 있을 자리마저 잃어가고 있었다. 하지만 여포는 당황한 장군들을 보며 일부러 큰소리를 쳤다.

"걱정할 것 없다. 이 여포에게는 물도 평지와 다름없이 건너뛰는 명마 적토가 있다. 너희는 쓸데없이 소란을 피워 물에 빠져 죽지 않도록 조심하기만 하면 된다. 곧 큰 눈이 내려 하룻밤 사이에 조조의 진영을 묻어버리고 말 것이다."

이번에도 여포는 근거 없는 믿음에 사로잡혀 밤낮으로 술을 들이부었다. 그의 마음 한구석에는 나약한 면이 있었다. 그러다 보니 술기운으로 조금이나마 현실을 잊으려 하는 것이었다.

그러던 어느 날, 숙취에서 깨어난 여포가 문득 거울을 손에 쥐었다. 그는 거울 속에 비친 자신의 모습에 깜짝 놀라며 한숨을 내쉬었다.

"아아…… 내가 어느 틈에 이렇게 늙어버렸단 말인가? 머리카락까지 잿빛이 되어버리고 말았구나. 눈 주위도 시커멓고."

그는 몸서리를 치며 거울을 집어 던지고 다시 중얼거렸다.

"이래서는 안 되겠다. 나는 아직 이렇게 늙어 보일 나이가 아니야. 전부 술 때문이다. 술이 몸을 갉아먹는 게야. 이제 술은 결코 마시지 않겠다!"

그는 큰 충격을 받았는지 그날로 술을 끊어버리고 말았다. 게다가 성안의 장병들에게까지 금주령을 내려 술을 마시는 사람은 목을 치겠다는 법령을 내렸다.

얼마 후 성안의 장군 중 하나인 후성의 말 15필이 하룻밤 사이에 사라져버린 사건이 일어났다. 말을 돌보는 병사들이 결탁하여 적에게 훔친 말을 주고, 그 답례를 받은 것이었다. 보고를 받은 후성은 말을 돌보는 병사들의 목을 베고 말을 되찾아왔다.

"정말 다행이오."

"만천하에 알려 축하할 일이오."

다른 장군들이 떠들썩하게 웃어대며 축하를 해주었다.

때마침 산에서 멧돼지 10여 마리를 잡아가지고 오는 사람이 있었다. 후성은 술 창고를 열고 멧돼지를 요리하여 술자리를 마련했다.

"오늘은 마음껏 마셔봅시다."

후성은 술 다섯 병과 살찐 멧돼지 한 마리를 부하에게 짊어지게 하여 여포 앞으로 가져갔다. 그리고 병사들을 처단한 일과 애마를 되찾은 사실을 보고했다.

"사람들이 이 모두가 호랑이와도 같은 장군의 위세 덕분이라며 축하해주던 참에 마침 멧돼지를 잡아온 자가 있어서 조그만 축하연을 벌였습니다. 주공께서도 하나의 웃음거리로 삼아주시기 바랍니다."

그러자 여포가 갑자기 화를 내며 술병을 발로 차 쓰러뜨렸다.

"이게 다 무엇이란 말이냐!"

술병 하나가 다른 술병에 맞아 깨지는 바람에 술이 사방으로 튀었다. 후성은 전신에 술을 뒤집어썼으며, 그 강렬한 냄새 때문에 여포는 더욱 화가 났다.

"나도 술을 끊고 성안에도 금주령을 내렸는데 너희 장수들이 모여 기쁨을 핑계로 술판을 벌이다니, 이 어찌 된 일이란 말이냐?"

여포가 좌우의 무사들에게 후성의 목을 베라고 소리쳤다. 깜짝 놀란 신하 한 명이 다른 장군들을 부르러 달려나갔다. 모든 사람들이 후성을 살려달라고 애원하며 백배사죄했으나 성난 여포의 낯빛은 쉽게 풀리지 않았다.

"이러한 때에 후성 같은 장군을 벌하면 적은 기뻐할 것이고 아군의 사기는 떨어질 뿐이니 다시 한번 생각해보시기 바랍니다."

모든 장군들이 온갖 말로 애원하자 여포도 결국은 고집을 꺾을 수밖에 없었다.

"너희가 그렇게까지 말하니 후성의 목숨만은 살려주도록 하겠다. 그러나 금주령을 어긴 죄는 묻지 않을 수 없다. 매 백 대를 쳐서 본보기로 삼도록 하라."

그러고는 바로 두 무사에게 채찍을 쥐여주었다. 두 무사는 무릎을 꿇은 채 앉아 있는 후성의 등에 번갈아 채찍을 휘두르며 숫자를 헤아렸다.

"하나……."

"둘……."

"셋!"

"넷!"

곧 후성의 옷이 찢어지고 살이 터졌다. 그 살도 점점 피로 물들어 등 전체가 물고기의 비늘처럼 일어났다.

"서른!"

"서른하나!"

각 장군들은 고개를 돌리고 말았다. 후성은 이를 악문 채 가만히 참고 있었으나 찰싹찰싹 울리는 채찍 소리, 숫자를 헤아리는 목소리가

"일흔다섯, 일흔여섯!"을 헤아릴 때쯤, 자신도 모르게 신음 소리를 올리며 정신을 잃고 말았다. 그것을 본 여포는 각 안으로 훌쩍 모습을 감춰버렸다. 장군들이 무사들에게 눈짓하여 매의 수를 건너뛰며 외치게 했다.

잠시 뒤 정신을 차린 후성이 주위를 둘러보니, 방 한가운데에 자신이 누워 있고 동료 장수들이 간호를 해주고 있었다. 그가 눈물을 줄줄 흘리며 괴로움에 얼굴을 찌푸렸다.

"정신이 드나? 괴로워도 좀 참게."

친구인 위속이 위로를 해주었다.

"나도 무인일세. 아픔 때문에 우는 것이 아닐세."

"그렇다면 어째서 눈물을 흘리는 겐가?"

위속이 묻자 후성이 머리맡을 둘러보며 대답했다.

"지금 이 방에 있는 사람은 자네와 송헌뿐인가?"

"그렇다네. 우리 세 사람은 평소 흉허물 없이 지내던 사이가 아닌가? 무슨 말이든 마음 놓고 해보게."

"한번 들어보게나. 내가 여 장군을 원망하는 것은, 우리 무인들의 말은 초개처럼 가벼이 여기면서 처첩의 말이라면 무엇이든 들어주기 때문일세. 이대로 간다면 우리는 결국 개죽음을 당하고 말 걸세. 나는 그 점을 슬퍼하고 있는 걸세."

"후성!"

송헌이 다가와 그의 귓가에 대고 뜨거운 숨을 내뿜으며 속삭였다.

"참으로 옳은 말일세. 실은 우리도 그 점을 슬퍼하고 있었다네. 차라리 성을 나가서 조조에게 항복하는 것이 어떻겠나?"

"하나, 성벽의 사면이 탁류에 감싸여 있지 않은가?"

"아닐세. 동쪽의 문은 산기슭 위에 있어서 아직 길이 물에 잠기지 않았다네."

"그런가……."

후성이 한동안 멍하니 천장을 바라보고 있다가 갑자기 자리에서 벌떡 일어서며 말했다.

"그러세! 결행하기로 하세. 여포가 의지하고 있는 것은 적토마일세. 그는 우리 장병들보다 적토마를 더 중히 여기며, 부녀자들을 더 사랑한다네. 나는 그의 마구간으로 숨어 들어가 적토마를 훔쳐내 그대로 성을 빠져나갈 테니 자네들은 뒤에 남아 여포를 사로잡기 바라네."

"알았네! 하지만…… 그 성치 않은 몸으로 괜찮겠는가?"

"이 정도쯤의 상처는 아무렇지도 않다네."

후성은 이를 악물고 가만히 채비를 한 뒤 밤이 깊어지기를 기다렸다. 사경 무렵, 그는 각 뒤에 있는 마구간으로 살금살금 다가갔다. 멀리서 바라보니 마침 보초병이 웅크린 채 졸고 있었다.

* * *

자신을 깨우는 부하의 목소리에 눈을 뜬 조조는 새벽 추위에 몸을 부르르 떨었다. 이제 막 날이 밝기 시작할 무렵이었다. 그가 장막을 걷고 밖으로 나가며 물었다.

"무슨 일이냐?"

"성안에서 후성이라는 대장이 승상을 뵙고 항복을 청하겠다며 찾아와 진문 앞에서 기다리고 있습니다."

후성이라면 적군 가운데서도 빼어난 웅장이었다. 조조는 바로 막사로 그를 불러들였다. 후성은 탈출을 결의하게 된 경위를 이야기한 뒤 여포의 마구간에서 훔쳐온 적토마를 바쳤다.

"뭐, 적토마를!"

조조는 기쁨을 감추지 못했다. 사실 그는 진퇴양난의 어려움에 처해 있었다. 궁하면 통한다고, 그에게 이번 일은 하늘에서 내려온 복음과도 같았다. 조조는 후성을 따뜻하게 위로한 뒤 몇 가지 질문을 했다. 이에 후성이 대답했다.

"동료인 위속과 송헌이 성안에 머물며 내응하기로 되어 있습니다. 승상께서 의심을 떨치시고 일거에 공격을 감행하신다면 두 사람이 성안에서 백기를 들어 곧 동문으로 승상을 맞아들일 것입니다."

조조는 한없이 기뻐하며 바로 격문을 쓰게 했고, 그것을 화살에 묶어 성안으로 쏘아 올렸다.

> 이제 밝은 조서詔書를 받들어 여포를 정벌하겠다. 만약 대군에 항거하는 자가 있으면 문을 깨뜨린 뒤 철저하게 주멸하도록 하겠다. 위로는 장교에서부터 아래로는 서민까지, 성안 사람들이 여포의 목을 바친다면 관직과 커다란 상을 내리겠다.
>
> 대장 조조

아침노을에 붉게 물든 구름이 성의 동쪽 하늘로 흘러가고 있었다. 같은 내용의 격문을 묶은 화살 수십 발이 날아오른 것을 신호로 북소리와 함성이 땅을 뒤흔들었으며, 10만이 넘는 병사들이 일제히 성을 향해 공격해 들어갔다.

깜짝 놀란 여포는 적군의 공격을 받는 곳을 돌아다니며 직접 독전하고 창을 휘둘러 성벽으로 다가오는 적을 격퇴했다. 그러던 중에 마구간을 지키던 병사가 달려와 보고했다.

"어젯밤 적토마가 홀연 모습을 감추고 말았습니다."

여포가 눈썹을 찌푸리며 소리쳤다.

"보초가 게으름을 피우는 동안 줄을 끊고 뒤쪽 산으로 가서 풀이라도 뜯고 있는 거겠지. 얼른 가서 찾아다 묶어놓도록 해라."

여포는 몰려드는 적을 막느라 야단을 칠 여유조차 없었다. 그만큼 적의 공격은 맹렬했다. 적은 뗏목을 타고 차례차례로 탁류를 건너왔다. 그들은 아무리 베고 또 베도 물러서지 않고 성 위로 기어올랐다. 오시가 지나자 성벽 주변과 탁류가 흐르는 호에는 물에 젖은 양군 병사들의 시체가 쌓여갔다.

해가 기울 무렵이 되어서야 조조군은 공격의 손길을 늦추고 성에서 약간 떨어진 곳으로 물러났다.

이른 아침부터 물 한 모금 마시지 않고, 먹을 것 하나 먹지 않고 분전을 계속하던 여포는 그제야 안도의 한숨을 내쉬었다. 그는 젖은 솜처럼 무거워진 몸을 이끌고 방으로 갔다. 그러고는 의자에 걸터앉아 꾸벅꾸벅 졸았다. 잠시 뒤, 그의 숨결을 엿들으며 소리도 없이 바닥을 기어 다가온 장교 하나가 있었다. 위속이었다.

여포가 기대고 있는 화극의 자루가 의자 밑으로 보였다. 위속은 의자 밑으로 손을 뻗어 그 자루를 힘껏 잡아당겼다. 그 순간 졸고 있던 여포가 앗 하는 소리와 함께 앞으로 고꾸라지고 말았다.

"됐다!"

위속이 빼앗은 창을 뒤쪽으로 내던지자 그것을 신호로 한쪽에서 송헌이 달려나와 여포의 등을 냅다 밀쳤다.

"무슨 짓을 하는 게냐?"

여포가 바닥에 쓰러지면서 두 발로 걷어차려는 순간 위속과 송헌의 부하들이 우르르 방 안으로 몰려 들어왔다. 그들은 몸부림치는 여포를 덮쳐서는 마치 커다란 공처럼 여포의 몸을 꽁꽁 묶어버렸다.

"잡았다."

"여포를 포박했다."

반군 장병들이 그곳에서 환호성을 지를 무렵, 성벽 위에서는 한 무리의 사람들이 백기를 흔들며 동쪽 문을 열겠다고 조조군에게 신호를 보냈다. 백기가 오르자 조조의 대군이 동문을 통해 한꺼번에 성안으로 쏟아져 들어갔다. 하지만 평소 용의주도한 하후연은 혹시 적의 간계일지도 모른다며 쉽게 부대를 움직이지 않았다. 그것을 본 송헌이 의심하지 말라는 듯 성벽 위에서 그의 부대로 커다란 창을 던졌다. 살펴보니 그것은 여포가 전장에서 오래도록 써오던 방천극이었다.

"성안이 분열되었다는 것을 이제는 분명히 알겠다."

하후돈도 뒤이어 성안으로 달려 들어갔으며, 그 외의 장군들도 속속 성안으로 들어갔다. 성안은 아직 들끓는 솥처럼 혼란스러웠다. 여포가 잡혔다는 말이 전해졌으니 성안의 병사들이 당황하는 것은 당연한 일이었다. 성안은 어찌할 줄을 몰라 칼에 맞아 죽는 사람, 일찌감치 무기를 버리고 투항하는 사람, 우왕좌왕하는 사람들로 일순 아수라장이 되고 말았다.

그사이 고순과 장료 두 장군은 이변이 일어났다는 사실을 알고 장병들을 몰아 서문으로 탈출하려 했다. 하지만 성문 앞까지 밀려든 흙탕물이 너무 깊어 뜻을 이루지 못하고 대부분 포로가 되었다. 또한 남문에 있던 진궁은 남문을 사수하겠다며 방어에 힘썼으나 조조 휘하의 용장 서황과 맞닥뜨려 그 역시도 포로 중 한 사람이 되었다.

그렇게 해서 끝까지 저항하던 사비성도 일몰과 함께 조조의 손아귀에 완전히 떨어졌으며, 이튿날 아침 조조군의 깃발은 동서의 성문과 망루 위에서 햇살을 받으며 펄럭였다.

조조는 성의 중심인 백문루 위에 서서 그날로 군정軍政을 선포하고 백성들을 안심시켰다. 그런 다음 유비를 자신의 옆자리에 앉히고 군사 재판을 시작했다.

"어디, 항복한 자들의 얼굴을 좀 보자."

가장 먼저 여포가 끌려 나왔다. 여포는 키가 7척이 넘는 거한이었다. 그런데 커다란 공처럼 온몸이 밧줄로 꽁꽁 묶여 있다 보니 그는 몹시 답답해했다. 백문루 밑으로 끌고 나와 무릎을 꿇리자 여포가 조조를 올려다보며 말했다.

"이렇게까지 모욕을 줄 필요는 없지 않은가. 조조, 이 밧줄을 좀 느슨하게 해주게나."

조조가 쓸쓸히 웃으며 대답했다.

"호랑이를 묶는 데 어찌 인정을 베풀 수 있겠는가? 그러나 말을 하지 못하면 그 또한 곤란하지. 여봐라, 손목의 밧줄을 좀 느슨하게 해주어라."

그러자 주부 왕필王必이 급히 말렸다.

"안 됩니다. 여포의 용맹함은 보통 사람과 다릅니다. 함부로 인정을 베풀어서는 안 됩니다."

여포가 왕필을 잔뜩 노려보며 당장이라도 달려들어 물어뜯을 것 같은 얼굴로 말했다.

"이놈, 쓸데없는 참견 말아라."

그리고 여포는 눈길을 각 아래에 늘어선 장군들 쪽으로 돌렸다. 거기에는 어제까지만 해도 자신을 주공이라 떠받들던 위속, 후성, 송헌 등이 서 있었다. 여포가 노기 가득한 눈으로 그들을 노려보며 고함을 질렀다.

"네놈들이 무슨 낯짝으로 내 앞에 모습을 드러낸 것이냐? 내가 베푼 은혜를 잊었단 말이냐?"

후성이 비웃으며 대답했다.

"그런 말은 장군께서 평소 아끼시던 규방의 부인과 총첩에게 하시는 것이 어떻겠습니까? 저희 무신들은 장군에게 벌로 매 백 대와 가혹한 속박을 받은 기억은 있으나 장군이 사랑하는 부녀자만큼의 은혜도 받은 적이 없습니다."

여포는 말없이 고개를 숙이고 말았다.

* * *

운명은 참으로 얄궂은 것이었다. 시간이 흐르면 언제 또 서로의 상황이 바뀔지 모르는 일이었다. 진궁과 조조의 운명도 그러했다. 진궁이 오늘 맞이한 운명은 먼 옛날 그가 중모현의 현령으로 관문을 지키고 있을 때 사로잡았던 조조를 풀어준 데서 비롯된 것이다. 그 당시 조조는 큰 뜻을 품은 일개 청년으로 중앙정부의 낮은 관리에 지나지 않았다. 그런 그는 동탁을 시해하려다 뜻을 이루지 못하고 도읍에서 탈출하여 천하에 몸 둘 곳이 없는 도망자 신세였다. 그런데 지금은 예전의 동탁을 능가하는 위치까지 올라 대장군 조 승상이라 불리게 되었다. 조조는 누각 아래로 끌려 나온 패장 진궁을 냉담히 바라보았다.

"······."

진궁은 선 채로 한동안 조조의 얼굴을 가만히 바라보았다.

'만약 그날 중모의 관문에서 조조를 살려주지 않았다면, 오늘 이와 같은 운명을 맞이하지 않았을 텐데.'

그의 눈빛에서 지난날에 대한 후회와 원망을 읽을 수 있었다.

"앉지 못하겠느냐!"

오랏줄을 붙들고 있던 무사가 허리를 발로 걸어차자 진궁은 엎어지듯 앞으로 고꾸라졌다. 누각 위에서 싸늘한 표정으로 보고 있던 조조가 말했다.

"진궁, 참으로 오랜만일세. 그간 잘 지냈는가?"

"보고도 모르겠느냐? 그간 잘 지냈느냐는 물음은 자신의 우월감을 충족시키기 위해 나를 조롱하는 말처럼 들리는구나. 하긴, 냉혹한 소인배가 어딜 가겠느냐? 참으로 우습지도 않구나."

"소인배란 자네와 같은 사람을 말하는 것일세. 이지理智가 부족한 눈구멍으로만 인간을 보니 나처럼 커다란 인물을 알아보지 못하는 게 아닌가? 결국에는 이와 같은 일이 벌어졌다는 거야말로 가장 분명한 증거가 아니겠는가?"

"아니, 내 오늘 비록 이처럼 굴욕을 맛보게 되었으나 심성이 올바르지 못한 네게 붙어 있는 것보다는 나을 것이다. 간웅 조조를 버린 것은 내 선견지명을 알게 한 일이니 한 치의 후회도 없다."

"나를 불의한 사람이라 말하면서, 어찌 여포와 같이 포학한 역신을 섬겨 그의 녹을 받아먹은 것이냐? 너는 참으로 입만 살아 있는 정의파의 기수인 듯하구나. 입으로는 정의를 외치면서 의식衣食은 다른 곳에서 구하다니, 기회주의자가 아니고 무엇이겠느냐? 참으로 웃기지도 않은 일이구나."

진궁이 가슴을 똑바로 펴고 소리쳤다.

"닥쳐라! 네 말대로 여포는 어리석고 난폭한 사내임에 틀림없다. 그러나 그에게는 너보다 더 많은 선함이 있다. 정직함이 있다. 적어도 너처럼 모질고 매정하고 거짓이 많진 않다. 또한 자신의 재주와 모략을 자랑 삼으며 천자마저도 범하는 간웅은 아니다."

"하하하. 평계 없는 무덤이 어디 있겠나? 그렇다면 오늘의 이 일을 어떻게 생각하는가? 오랏줄에 묶인 패장의 감상을 한번 들어보고 싶구나."

"승패는 한때의 운에 지나지 않는다. 단지 저기에 있는 사람이 내 말을 듣지 않아 일이 이렇게 된 것일 뿐이다."

진궁은 고개를 숙이고 있는 여포를 얼굴로 가리킨 뒤 다시 당당하게 말을 이었다.

"그렇지 않았다면 너 같은 자에게 패할 진궁이 아니다."

조조가 쓴웃음을 지으며 물었다.

"그렇다면 자네는 지금, 자신의 몸을 어떻게 하면 좋겠는가?"

진궁은 조금 감정을 누그러뜨리며 말했다.

"오로지 죽기만을 바랄 뿐이다. 어서 목을 치도록 해라."

"그렇겠지. 신하로서 충성을 다하지 못했고, 자식으로서 효도를 다하지 못했으니 죽을 수밖에 없겠지. 그런데 네게는 노모가 있을 터, 노모는 어떻게 할 생각인가?"

진궁은 조조의 말을 듣더니 갑자기 눈물을 줄줄 흘리기 시작했다. 잠시 뒤 진궁이 얼굴을 들어 조조의 인정에 호소하듯 말했다.

"나도 사람의 도리에 대해서는 어렸을 때부터 들어왔소. 틀림없이 승상도 배웠을 것이오. 천하를 다스리는 자는 사람의 어버이를 해하지 않는다고. 노모의 존망은 오로지 승상의 마음에 달려 있을 뿐이오. 어찌 됐든 승상의 뜻대로 행하시오."

"네게는 노모뿐 아니라 처자도 있을 터, 네가 세상을 떠난 후 처자는 어떻게 될 것 같으냐?"

"내가 생각한들 무슨 소용이 있겠소. 단지 나는 예전부터, 천하에 인정을 베푸는 자는 사람의 제사를 끊지 않는다고 들었소."

조조는 어떻게 해서든 진궁을 살려주고 싶었다. 아니, 죽이기 아깝다는 생각이 들었다. 지금 그의 마음속에서는 사람을 아끼는 사사로운 감정과 재판에 임한 판관으로서의 생각이 치열하게 다투고 있었다.

"쓸데없는 질문 그만하고 얼른 군법에 따라서 목을 치도록 하시오. 더 이상 살아가는 것은 내게도 치욕이오."

진궁은 그렇게 말하고는 앉은 자리에서 결연히 일어섰다. 그리고 단 밑의 한쪽 구석에 쭈그려 앉아 있는 포로 여포에게 차가운 시선을 던진 뒤 백문루의 기다란 돌계단을 내려가 처형대 위에 앉았다. 조조는 그의 뒷모습을 보며 누각 위의 난간에 선 채 끊임없이 눈물을 흘렸다. 다른 사람들도 모두 자리에서 일어나 백문루 밑에 있는 처형장을 바라보았다. 진궁은 죽음의 멍석 위에 앉아 말없이 목을 길게 늘이고 있다가, 문득 구름 낀 하늘을 울며 날아가는 두어 마리 기러기를 바라보았다. 그러고는 이내 형리의 칼을 돌아보며 오히려 그를 재촉했다.

"이젠 된 듯하오."

검이 한 줄기 빛을 내뿜었다. 목뼈가 부러지는 섬뜩한 소리가 들리더니 피가 뿜어져 나왔고 목이 4척이나 날아갔다. 조조가 갑자기 술에서 깨어난 사람처럼 명령했다.

"다음은 여포다. 여포의 목을 쳐라!"

그러자 여포가 커다란 목소리로 아우성을 치기 시작했다.

"승상, 조 승상. 각하의 근심이었던 여포는 이처럼 항복하여 이미 제거되지 않았소? 그러니 나를 살려 기장騎將으로 삼아 천하의 일에 쓴다면 사방을 안정시키는 데 도움이 될 것이오. 아아, 어째서 쓸데없이 죽이려 하는 게요. 여포는 이미 진심으로 항복했소."

조조가 옆으로 고개를 돌린 채 조그만 목소리로 물었다.

"유비 장군. 저자의 청을 들어주어야겠소, 아니면 단죄해야겠소?"

"글쎄, 어떻게 해야 할지요. 하나 지금 떠오르는 것은 그가 예전에 양아버지인 정원을 살해하고 동탁에게 항복했으면서도, 다시 그 동탁을 배신해 낙양에 대란이 일어나게 한 일입니다……."

멀리서 그 말을 들은 여포가 흙빛으로 변한 얼굴을 들어 유비를 노려보았다.

"닥쳐라, 귀 큰 아이 놈아. 언젠가 내가 원문의 화극에 화살을 쏘아 도왔던 일을 잊었느냐?"

"얘들아, 어서 저놈의 목을 조르도록 해라."

조조가 명령을 내리자 집행관들이 밧줄을 들고 여포 옆으로 다가갔다. 여포가 몸부림을 치는 바람에 쉽게 제압할 수는 없었으나 결국에는 그 자리에서 목이 졸려 죽고 말았다.

다음으로 장료의 목이 잘릴 순서가 되자 유비가 갑자기 자리에서 일어나 조조에게 절하며 말했다.

"장료는 하비성 안에서 유일하게 심지가 곧은 사람입니다. 모쪼록 용서해주시기 바랍니다."

조조는 유비의 청을 받아들여 그를 살려주기로 했다. 하지만 장료는 부끄러워하며 스스로 칼을 쥐어 목숨을 끊으려 했다.

"대장부가 어찌 이처럼 더러운 자리에서 개죽음을 당하려 하는 게
요!"

예전부터 장료를 잘 알고 있던 관우가 그의 검을 빼앗으며 말했다.

조조는 판결이 끝난 뒤 진궁의 노모와 처자를 찾아 허도로 부른 후
살 곳을 마련해주었다.

36

허전許田에서의 사냥

서주 백성들이 유비를 따르는 모습을 보고 조조의 마음속에서는
질투심이 솟는다. 그러나 조조의 마음속에는 더 큰 야망이 숨겨져 있다

조조와 대군은 하비성을 나와 허도로 향했다. 도중에 서주로 들어가
니 연도의 백성들이 거리로 쏟아져 나와 환호성을 보냈다. 그리고 한
무리의 나이 든 백성들이 조조의 말 앞으로 나와 무릎을 꿇고 조조에
게 애원했다.

"부디 유현덕 나리를 태수로 삼아 서주에 머물게 해주십시오. 여포
의 악정에서 벗어나 평화롭게 밭을 갈고 상공업에 종사할 수 있게 된
것은 더할 나위 없이 기쁜 일이나 유비 나리께서 이 땅을 떠나시게 될
까 봐 모두 슬퍼하고 있습니다."

조조가 말 위에서 대답했다.

"걱정할 것 없네. 유사군劉使君은 커다란 공을 세웠으니 나와 함께 허도로 가서 천자를 배알한 뒤 곧 다시 서주로 돌아오게 될 것일세."

그 말을 듣고 연도의 백성 모두가 한꺼번에 소리를 지르며 기뻐했다. 민심을 깊이 얻은 유비에게 조조는 문득 질투를 느꼈으나 빙그레 웃음을 지으며 유비를 향해 말했다.

"유사군. 이와 같은 영민領民들이 어찌 사랑스럽지 않을 수 있겠소. 천자를 배알한 뒤 얼른 돌아와 예전처럼 서주를 평화롭게 다스려주시오."

그로부터 며칠 후, 삼군이 허도로 개선했다. 조조는 늘 그랬던 것처럼 공이 있는 무사에게 상을 내렸고, 도민들에게 3일 동안 잔치를 열게 했다. 3일 내내 조정과 거리에서 기쁨의 소리가 넘쳐났다. 그동안 유비는 승상부의 왼쪽에 있는 객사에서 머물기로 했다. 조조는 유비에게 관 하나를 주어 예우의 뜻을 표했다. 뿐만 아니라 이튿날 조복朝服을 갖추고 입궐할 때도 자신이 탄 수레에 유비를 함께 태웠다. 백성들은 집집마다 향을 피워 길을 정하게 했고 두 사람이 탄 수레 앞에 엎드려 절을 했다. 그리고 다들 놀라워하며 말했다.

"그것참 이례적인 일이군."

궐 안으로 들어가자 황제가 계하階下 저 멀리 엎드려 있는 유비를 전 위에 오르게 했다. 그러고는 유비에게 물었다.

"자네의 선조는 어느 땅의 어떤 사람인가?"

"네……."

유비는 너무 감격한 나머지 가슴이 벅차올라 고개를 숙일 뿐이었다. 고향 누상촌의 오두막에서 멍석을 짜며 노모와 함께 가난하게 살아가던 때를 떠올리며 뜨거운 눈물을 흘렸다. 그의 눈물을 보고 이상히 여긴 황제가 다시 한번 하문했다.

"조상을 물었는데 그대는 어찌 눈물을 흘리는 겐가?"

유비가 옷깃을 바로 하고 그 말에 삼가 대답했다.

"지금의 칙문勅問을 듣고 저도 모르게 그만 감상에 빠지고 말았기 때문입니다. 신은 중산정왕의 후예이자 경제의 현손인 유웅劉雄의 손자, 유홍의 아들입니다. 유정劉貞은 한때 탁현의 육성정후陸城亭侯에 봉해졌으나 가운家運이 다했는지 이후 몰락하게 되었고, 신의 대에 이르러서는 조상의 이름을 더욱 더럽히고 있을 뿐입니다. 그런 연유가 있다 보니, 신의 무기력함과 칙문의 황송함에 그만 눈물을 흘린 것입니다. 신의 추태를 용서해주시옵소서."

황제가 놀라 눈을 둥그렇게 뜨고 말했다.

"그렇다면 우리 한실의 일족이 아닌가?"

황제는 서둘러 조정의 계보를 가져오게 한 뒤, 종정경宗正卿에게 그것을 읽게 했다.

한의 경제, 14명의 아들을 낳았다. 그 가운데 중산정왕 유승劉勝이 육성정후 유정을 낳았다. 정은 패후沛侯 유앙劉昻을 낳았다. 앙은 장후漳侯 유록劉祿을 낳았다. 록은 기수후沂水侯 유연劉戀을 낳았다. 연은 흠양후欽陽侯 유영劉英을 낳았다. 영은……

조상들의 이름이 낭랑하게 귀를 때렸다. 그 마지막에 자신의 이름이 있다는 생각이 들자, 유비는 온몸의 피가 자신의 것이 아닌 것처럼 뜨거워지기 시작했다.

한실의 족보를 살펴보자 유비가 경제의 일곱째 아들인 승의 후예라는 사실이 분명해졌다. 다시 말해 경제의 일곱째 아들인 중산정왕의 후예는 지방관으로 조정에서 나왔고, 지방 호족으로 번영을 누렸으나 각국의 치란흥망 사이에서 어느 틈엔가 가문을 잃어 일반 백성이 되었다. 그 후 유현덕의 부모 대에 이르러서는 결국 발을 짜서 이슬 같은 목숨을 간신히 연명할 정도로까지 몰락한 것이었다.

"세보世譜에 따르자면 곧 짐의 황숙皇叔이 되는 셈이오. 몰랐소. 참으로 오늘까지 꿈에도 생각지 못했소. 짐에게 유비와 같은 황숙이 있을 줄이야."

황제는 눈물까지 흘리며 뜻밖의 만남을 거듭 기뻐했다. 그런 다음 다시 한번 숙질 사이임을 밝히고 극진한 예를 취했으며 유비를 편전便殿으로 불렀다. 그리고 조조도 함께 불러 주연을 베풀었다. 황제는 전에 없이 술을 많이 마셨고 얼굴에도 밝은 빛이 감돌았다. 시신들조차 그런 얼굴빛은 참으로 보기 드문 것이라고 생각했다. 유비를 본 황제의 가슴속에 등불이 켜진 것이었다.

허창으로 도읍을 옮긴 이후 왕도의 융성과 한실의 복고를 만민과 함께 축복하며 황제의 안색도 밝아질 줄 알았다. 하지만 오히려 마음에 차지 않는 일이 있는 듯 언제나 얼굴빛이 좋지 않았다. 단 하루도 황제의 눈에서 어두운 근심의 빛이 걷히는 날이 없었다. 그런데 오늘은 시종들이 이상히 여길 정도로 황제는 내내 환한 미소를 짓고 있었다. 그날의 잔치는 황제에게도 참으로 즐거운 듯 보였다.

황제의 명에 의해 유비는 좌장군 선성정후左將軍宣城亭侯에 봉해졌다. 그리고 그날 이후 조야의 모든 사람들이 유비를 '유 황숙'이라 높여 불렀다.

하지만 유비의 대두를 그다지 기뻐하지 않는 사람들도 있었다. 승상부에 머물며 군사력과 정권 모두를 잘 파악하고 있던 조조의 심복 순욱 등이 그러한 사람들이었다.

하루는 순욱과 유엽劉曄이 조조에게 가만히 자신들의 뜻을 전했다.

"천자께서 유비를 높여 숙부로 삼으시고 두텁게 신임하신다는 말을 들었습니다만…… 훗날 승상께 커다란 해가 되는 것이 아닐까 모두가 근심하고 있습니다."

조조는 크게 문제 삼지 않는다는 듯 웃어 보였다.

"나와 유비는 형제와 다를 바 없는 사이일세. 어찌 훗날에 해가 된다고 하는가?"

"승상께서는 그렇게 생각하실지 모르겠으나 유비의 사람됨을 유심히 관찰해보니 그는 참으로 일세의 영웅임에 틀림없습니다. 언제까지 승상의 그늘 아래 있을지 알 수 없습니다. 친한 사이라 할지라도 특히 조심하지 않으면 안 될 것입니다."

유엽 역시 신중하게 주의를 주었다. 그래도 조조는 자신의 도량이 얼마나 큰지를 내보이려는 듯 별로 대수롭지 않게 여겼다.

"좋든 싫든 30년의 사귐일세. 좋은 벗일지, 나쁜 벗일지 그 근본은 내 마음속에 있는 것 아니겠나?"

그로부터 그와 유비의 관계는 날이 갈수록 더욱 친밀해졌다. 두 사람은 조정에 나갈 때에도 수레를 같이 탔으며, 잔치에도 언제나 자리를 함께했다.

하루는 승상부의 한 각으로 정욱이 찾아와 조조와 단둘이 밀담을 나누고 있었다. 정욱은 야심으로 가득한 조조의 심복 중 하나였다.

"승상, 이제 할 일을 하셔야 할 때가 아니겠습니까? 어찌 미루고 계신 것입니까?"

정욱의 물음에 조조가 짐짓 딴전을 부리며 반문했다.

"할 일이라 함은?"

"패도覇道의 개혁을 단행하는 일입니다. 왕도의 정치가 쇠한 지 이미 오래되었으며 천하는 어지럽고 민심은 굶주려 있습니다. 패도 독재의 강권이 시행되기를 온 세상이 기다리고 있습니다."

정욱의 말속에는 틀림없이 조정을 무시하는 반역의 뜻이 담겨 있었다. 하지만 조조는 그것을 부정하지도 긍정하지도 않았다.

"아직 이르네."

정욱이 거듭 말했다.

"하나 여포가 제거된 지금 천하가 진동하고 있습니다. 웅대한 뜻과 담대한 재주를 품은 자들도 모두 거취를 정하지 못하고 있으며, 분란과 혼미가 거듭되고 있는 실정입니다. 이러한 때 승상께서 단호히 패도를 행하시면……."

조조가 가느다란 봉의 눈을 반짝이며 날카로운 목소리로 말했다.

"함부로 떠들지 말게. 아직은 조정의 심복이라 할 수 있는 구신들도 많네. 때가 무르익지도 않았는데 일을 단행하면 스스로 해하는 결과를 초래하게 될 게야."

하지만 그때 이미 조조의 가슴에 신하로서의 야망 이상의 것이 싹트기 시작했다. 그는 정욱에게 입을 다물게 한 뒤 자신도 한동안 입을 다물고 있었다. 그리고 잠시 뒤 창백한 얼굴을 들어 평소와 다름없이 가느다란 눈에 형형한 빛을 띠며 혼자 중얼거렸다.

"그래, 한동안은 전쟁에 정신이 팔려 사냥도 제대로 못했군. 천자를 허전의 사냥터로 불러 사람들의 마음을 한번 살펴봐야겠어."

갑자기 떠오른 생각이었다. 조조는 곧 개와 매를 준비하고 병사들을 성 밖에 대기시킨 뒤 궁중으로 들어가 황제에게 말했다.

"허전으로 행행하시어 신들과 함께 사냥을 하시는 것은 어떨지요? 맑고 좋은 날이 계속되어 바깥 공기가 참으로 시원합니다."

황제가 고개를 저으며 대답했다.

"사냥을 나가자는 말인가? 사냥은 성인들이 즐기는 일이 아닐세. 그래서 짐도 역시 사냥을 좋아하지 않는다네."

"그렇지 않습니다. 성인들은 사냥을 하지 않을지 모르나, 옛 제왕들은 봄에는 기름진 말과 강성한 병사들을 열병했으며, 여름에는 경작지를 순시했고, 가을에는 호선湖船을 띄웠으며, 겨울에는 사냥을 했습니다. 그렇게 사철 교외로 나가 백성들의 풍습을 살폈고 천하에 무위를 내보였습니다. 황공한 말씀이옵니다만 언제나 깊은 궁중에만 계시면 신들은 내심 폐하의 건강을 염려하지 않을 수 없습니다. 아울러 지금은 천하에 많은 일들이 산적해 있으니, 폐하뿐만 아니라 공경들도 가끔은 맑은 공기를 쐬며 심신을 단련하는 게 당장의 급무라 여겨집니다."

황제는 거절할 말을 찾지 못했다. 조조의 실력과 강한 성격이 황제를 짓누르고 있었다.

"그럼…… 다음에 함께 가기로 하세."

황제는 내키지 않았으나 함께 갈 것을 약속했다. 이미 병거兵車를 준비해둔 것을 알지 못했던 것이다. 조조가 황제에게 상황을 설명하고 바로 사냥을 나가기를 권했다. 황제는 조조의 아집에 남몰래 눈썹을 찌푸렸으나 어쩔 수 없이 승낙을 하고 말았다.

"그렇다면 유 황숙도 함께 가도록 하지."

황제는 명을 내린 뒤, 손에 조궁彫弓과 금 화살을 들고 소요마逍遙馬에 올라 궁문을 나섰다. 유비는 아침부터 조조의 병사들이 성 밖에 여럿 모여 있고 금문의 출입도 평소와 다른 것을 보고 일찌감치 대기하고 있던 참이었다. 유비는 명을 전해 듣자마자 소요마의 고삐를 쥐고 황제를 따라갔다. 관우와 장비, 그 외의 장군들도 활을 메고 창을 들고 수행하는 사람들의 대열에 합류했다.

사냥에 따라나선 병사는 10만여 명쯤 되었다. 궁문에서 나온 기병과 보병의 행렬이 끝도 없이 이어져 도성의 길을 메웠다. 거리에는 귀천과 노소를 불문하고 수많은 사람들이 모여들었다.

"저분이 유 황숙이야."

벽제소리 속에서도 사람들의 속삭이는 소리가 들려왔다.

그날 조조는 '조황비전爪黃飛電'이라는 명마를 타고 화려한 사냥복 차림으로 천자 옆에 바싹 붙어 따라가고 있었다. 그런 조조의 앞뒤로 그의 심복들이 무기를 들고 한 치의 빈틈도 용납하지 않겠다는 듯 호위하고 있다 보니 조정의 공경백관은 황제를 가까이서 수행할 수가 없었다. 그들은 한참 뒤에서 무료하다는 듯한 표정으로 따라오고 있었다.

그렇게 허전 2백 리를 10만의 병사로 감싸며 사냥터에 도착했다. 황제가 말에서 내려 활과 화살을 손에 들고 유비를 돌아보며 말했다.

"황숙, 오늘의 사냥에서 짐을 기쁘게 할 생각은 하지 않아도 되네. 황숙이 즐거우면 짐 또한 즐거울 테니."

유비가 말 위에서 안장 앞쪽까지 머리가 닿을 정도로 절을 하며 말했다.

"참으로 황송하옵니다."

그때 몰이꾼들의 함성에 쫓긴 토끼 한 마리가 수풀 속에서 뛰어나왔다. 황제가 그것을 보자마자 서둘러 말했다.

"사냥감일세. 저것을 잡게나."

"네."

유비가 말을 몰고 나아갔다. 그는 달아나는 토끼와 나란히 달리며 시위에 화살을 메겨 쏘았다. 하얀 토끼가 화살에 맞아 땅바닥을 뒹굴었다. 그날 궁문을 나설 때부터 잔뜩 찌푸려 있던 황제의 눈썹이 처음으로 펴지더니 유비의 솜씨를 칭찬했다.

"오, 훌륭하오. 이제 저쪽 언덕을 둘러보기로 하세. 황숙, 내 옆에 바싹 붙어 있어야 하오."

황제는 그렇게 말하고 자신이 앞장서서 말을 달려나갔다. 그때 가시나무숲 사이에서 갑자기 사슴 한 마리가 뛰쳐나왔다. 황제가 손에 들고 있던 활에 화살을 메겨 쏘았으나 화살은 사슴의 뿔을 스치고 지나가버렸다.

"아, 아깝구나."

세 번이나 화살을 날렸으나 맞지 않았다. 사슴은 언덕에서 밑으로 달아났다가 몰이꾼들의 함성에 놀라 다시 위쪽으로 달려왔다.

"조조, 조조! 저놈을 쏘게나."

황제가 다급히 외치자 조조가 느닷없이 다가와서는 황제의 손에서 활과 화살을 낚아채 통 하는 소리와 함께 화살을 날렸다. 금 화살이 날아가 사슴의 배에 깊숙이 박혔으며 사슴은 화살이 꽂힌 채 한동안 달려가다 쓰러지고 말았다. 공경백관은 물론 장교와 보졸들까지 금 화살이 박힌 사냥감을 보고 황제가 쏜 것이라 생각하여 이구동성으로 만세를 외쳤다. 천지를 뒤흔드는 만세 소리가 한동안 계속되자 조조가 그곳으로 말을 달려와서는 황제 앞을 가로막고 서서 커다란 소리로 말했다.

"화살을 쏜 사람은 나다!"

그리고 황제의 활과 화살을 양손으로 높이 들어 올려 군신의 만세를 마치 자신이 받는 것과 같은 태도를 취했다. 모든 사람들이 낯빛을 잃고 일순 분위기가 싸늘해졌는데, 특히 유비 뒤쪽에 있던 관우가 눈을 부릅뜨고 눈썹을 곧추세워 조조를 잔뜩 노려보았다.

'조조의 행동은 참으로 안하무인이군. 황제를 업신여기는 데도 정도가 있지!'

그날 관우는 머리끝까지 분노가 치밀어 오르고 가슴의 피가 요동치는 것을 참을 수 없었다. 그는 무의식적으로 검을 쥐었다. 그것을 본 유비가 깜짝 놀라 관우 앞을 가로막고 선 채 손짓과 눈짓으로 관우의 분노를 달랬다. 순간 조조의 눈동자가 유비 쪽으로 움직였다. 유비가 웃음기 머금은 얼굴로 그 눈길에 답했다.

"훌륭하십니다. 신기에 가까운 승상의 활 솜씨에는 따를 자가 없을 것입니다."

"하하하하. 칭찬을 들으니 겸연쩍구려. 내 비록 무인이기는 하나 활 다루는 법은 제대로 익히지 못했소. 내 장기는 오히려 삼군을 수족처럼 부리고, 백성들의 삶을 편안하게 다스리는 데 있소. 그런데도 달리는 사슴을 한 번의 화살로 쓰러뜨릴 수 있었던 것은 천자의 홍복洪福이라 할 수 있을 것이오."

조조는 큰 소리로 웃으며 공을 천자의 위덕으로 돌렸지만 암암리에 스스로 자신의 존대함을 말하고 있었다. 뿐만 아니라 마치 잊기라도 한 듯 황제의 활과 화살을 손에 든 채 돌려주지 않았다.

사냥이 끝난 뒤 야외에 불을 피우고 그날 잡은 짐승들을 구워 모두 함께 술을 마셨으나 공경백관들 사이에서는 어딘지 모를 싸늘한 분위기가 감돌았으며, 한 줄기 검은 그림자가 느껴졌다.

황제는 마침내 궁궐로 돌아왔고, 유비도 허도로 돌아왔다.

며칠 후 유비는 관우를 가만히 불러 훈계했다.

"요전에 사냥을 나갔을 때, 어찌 조조에게 그런 눈빛을 보낸 것이냐. 누구도 눈치채지 못한 듯하여 다행스럽기는 하다만, 네게 어울리지 않는 무모한 행동 아니냐?"

관우가 머리를 숙인 채 가만히 야단을 맞고 있다 조용히 얼굴을 들고 대답했다.

"그렇다면 형님은 조조의 그런 태도를 보고도 아무런 느낌이 없으셨단 말씀입니까?"

"그럴 리가 있었겠느냐?"

"저는 형님께서 왜 저를 말리셨는지 오히려 그 마음이 의심스러울 정도였습니다. 이 허도에 머물게 된 이후, 눈에 보이고 귀에 들리는 것 중 조조의 포악무도한 무권武權을 과시하지 않는 것이 없을 정도였습니다. 그는 결코 왕도를 지키려는 무신의 우두머리라고 할 수 없는 자입니다. 패기가 넘쳐나 패도를 행하려는 간웅입니다. 그 야심을 노골적으로 드러내 공경백관은 물론 10만 장병들 앞에서 천자를 모독하고 천자를 가로막아 자신이 신하들의 만세를 받다니, 그런 오만한 행동을 보고 다른 사람들은 어땠을지 모르겠으나 이 관우만은 묵시할 수가 없었습니다. 그 어떤 처벌을 받는다 할지라도 이 관우는 결코 참을 수가 없었습니다."

"참으로 옳은 말이다……."

유비는 몇 번이고 고개를 끄덕이며 동감의 뜻을 나타냈다.

"하지만 관우야, 지금은 깊이 생각해야 할 때가 아니겠느냐. 쥐를 잡는 데 손에 익은 무기를 던져서야 쓰겠느냐? 쥐의 가치와 무기의 가치를 잘 생각해야 할 필요가 있을 게다. 우리 의형제의 목숨은 그렇게 가볍지가 않다. 네가 설령 그때 목적을 달성했다 할지라도 그에게는 10만의 병사와 수많은 부장들이 있었다. 우리도 조조와 함께 허전의 흙이 되었을 게야. 그리고 다시 대란이 일어나 그 속에서 또 다른 조조가 나타난다면 아무런 의미도 없는 일이 되어버리고 말지 않겠느냐. 장비라면 모르겠으나 너마저 그처럼 생각이 짧아서야 쓰겠느냐? 꿈에서도, 또 말 한마디에서도 그런 노한 빛을 내비쳐서는 안 될 것이다."

유비가 차근차근 타이르자 관우는 대꾸조차 하지 못했다.

이윽고 밖으로 나온 관우는 별빛이 반짝이는 밤하늘 아래 혼자 서서 길게 탄식하며 말했다.

"오늘 저 간웅을 제거하지 못한다면 틀림없이 내일의 화근이 될 것이다. 맹세코 말하겠는데, 천하의 혼란은 조조의 삶과 함께 더욱 커질 것이다!"

* * *

금원禁苑의 새가 노래해도 황제는 웃지 않았다. 발아래 꽃이 피어도 황제의 입술은 근심에 싸여 움직이지 않았다. 황제는 오늘도 하루 종일 궁중 안에 앉아 생각에 잠겨 있었다. 복伏황후가 시녀 세 명과 함께 등에 불을 붙이고 나갔다. 그래도 황제의 눈가는 밝아지지 않았다. 복황후가 다시 들어와 가만히 물었다.

"폐하, 무슨 일로 그리 근심하십니까?"

"짐의 앞날이야 걱정할 필요 없으나 세상의 앞날을 생각하면 밤에도 잠이 오지 않소. 슬프구려, 짐은 어째서 이리도 부덕하게 태어났는지……."

황제는 눈물을 줄줄 흘리며 말을 이었다.

"짐이 위에 오른 이후 단 하루도 평화로운 날 없이 역신에 이어 또다시 역신이 나왔소. 동탁의 대란 뒤에 이각과 곽사의 변이 이어졌고 드디어 도읍을 정했는가 싶었으나 다시 조조의 전횡이 시작되어 조정의 위엄이 땅에 떨어졌으니……."

함께 눈물을 흘리는 복황후의 하얀 목덜미에 어두운 등불이 비쳤다.

"정치를 조묘에서 논하기는 하나 영令은 승상부에서 좌우하고 있소. 공경백관은 있으나 하나같이 조조의 눈치만을 살피고 있으며, 궁문의 직신直臣다운 도량을 가진 자도 없소. 전상에 앉아 있기는 하나 바늘방석에 앉아 있는 것 같은 기분이오. 아아, 언제나 이 시달림과 치욕에서 벗어날 수 있을지. 한실 4백여 년의 끝, 이제는 단 한 사람의 충신도 남아 있지 않단 말인가. 짐의 한 몸을 걱정하는 것이 아니오. 짐은 말세를 슬퍼하고 있는 것이오."

그때 발 너머에서 누군가 다가오는 소리가 들렸다. 황제와 황후 모두 입을 다물었다. 하지만 다행스럽게도 걱정하던 사람이 아니었다. 복황후의 아버지인 복완伏完이었다.

"폐하, 걱정하실 것 없습니다. 여기에 복완이 있습니다."

"황부皇父, 짐의 마음을 알고 그런 말씀을 하시는 게요?"

"조조가 허전에서 사슴을 쏜 날 조정의 신하로서 이를 갈지 않은 자가 어디 있겠습니까? 조조가 역심逆心을 품고 있다는 것은 이제 명백한 사실이 되었습니다. 그날 그가 주상을 범하여 만인의 만세를 받은 것도 자신의 위세를 여러 사람에게 물어 스스로 신망을 확인해보려 한 간책이었다고 생각하고 있습니다."

"황부, 조용히 말씀하시게. 금중의 모든 사람들이 조조의 눈과 귀라고 생각해도 좋을 정도이니."

"걱정하실 것 없습니다. 오늘 밤에는 모든 사람들을 멀리 물리치고 충량한 자들만 가까이에 두었습니다."

"그렇다면 황부의 의중을 먼저 듣기로 하겠소."

"신이 만약 폐하의 가까운 국척國戚이 아니었다면 가슴속에 품고 있는 생각을 결코 입 밖으로 내지 않았을 것입니다."

복완이 비로소 조조를 없애겠다는 의중을 황제에게 털어놓자 황제도 역시 마음이 움직였다.

"그러나 어찌하겠습니까. 신은 이미 나이가 들고 쇠하여 위세조차 찾아볼 수 없습니다. 지금 조조를 제거할 수 있을 만한 인물은 거기장군인 동승밖에 없을 듯합니다. 동승을 불러 친히 밀칙을 내리시면 반드시 그 명을 받들 것입니다."

그것은 중대한 일이었다. 그리고 철저히 비밀에 부칠 필요가 있었다. 이에 황제는 자신의 손가락을 깨물어 피를 낸 후 하얀 비단으로 된 옥대玉帶에 자신의 명령을 적었다. 그런 다음 복황후를 시켜 옥대에 자줏빛 비단을 대서 꼼꼼하게 꿰매도록 했다.

이튿날, 황제는 국구國舅인 동승을 은밀하게 불렀다. 동승은 장안에

서부터 늘 황제의 곁에 머물렀고, 대란으로 떠돌 때도 조정을 잘 지켜
온 어림御林의 원로였다.

"무슨 일로 부르셨습니까?"

그가 급히 들어와 물었고, 황제가 그에게 말했다.

"국구, 몸은 늘 건강하신지 모르겠소."

"폐하의 성은을 입어 이처럼 무탈하게 노년을 보내고 있습니다."

"그거 참으로 기쁜 일이오. 실은 어젯밤, 복황후와 함께 장안에서 나
와 이각, 곽사에게 쫓기던 때의 괴로움을 이야기하는 중에 국구의 공
로가 떠올라 눈물을 흘렸소. 생각해보니 국구에게는 오늘까지 이렇다
할 은상을 내리지 못했구려. 국구, 앞으로도 짐의 곁에서 떠나지 말도
록 하시오."

"황송한 말씀을……."

동승은 몸 둘 바를 몰랐다. 황제는 동승과 함께 전랑殿廊을 건너 어
원御苑을 거닐며 낙양에서 장안, 그리고 허창으로 세 번이나 도읍을 옮
긴 동안의 고난을 이야기한 뒤 은근하게 말했다.

"수차례 존망의 늪을 건너면서도 오늘까지 국가의 종묘를 보전할
수 있었던 것은 오로지 국구와 같은 충신이 있었기 때문이오."

황제는 그를 대동한 채로 대묘大廟의 돌계단을 올랐다. 그러고는 대
묘에 들어서자마자 곧 공신각功臣閣에 올라 향을 피우고 그 앞에서 세
번 절을 했다.

그곳은 한실의 역대 조종祖宗들을 모신 영묘였다. 좌우의 벽에 한나
라 고조에서부터 24대에 걸친 황제들의 초상이 걸려 있었다. 황제가

동승을 향해 옷깃을 바로 하고 하문했다.

"국구, 짐의 선조가 어디에서 몸을 일으켜 이 기업을 닦으셨는지 짐의 공부를 위해 유래를 말씀해주기 바라오."

동승이 놀란 얼굴로 몸을 움츠리며 말했다.

"폐하, 신을 놀리실 생각입니까?"

황제가 더욱 엄숙한 얼굴로 말했다.

"성조聖祖의 업적을 어찌 농으로 이야기할 수 있겠소? 어서 말해보시오."

동승이 어쩔 수 없다는 듯 말했다.

"고조 황제께서 사상의 정장에서 몸을 일으켜 3척 칼로 망탕산의 백사를 베고 의병을 일으켜 난세를 종횡하기를 3년, 진을 멸망시키고 5년에 초를 굴복시킨 뒤 대한大漢 4백 년의 통치를 열어 만세萬歲의 기본을 세우셨다는 사실은 신이 새삼스럽게 아뢸 필요도 없이 아이들은 물론 병졸들까지도 다 알고 있는 바입니다."

황제가 자책하며 하염없이 눈물을 흘렸다.

"폐하…… 무슨 일로 그리 한탄하시는지요."

동승이 조심스럽게 묻자 황제가 탄식하며 말했다.

"그러한 조상 밑에서 어찌 짐처럼 유약한 자손이 태어났나 생각하니, 슬퍼하지 않을 수가 없소. 국구…… 계속 말씀해서 짐을 가르치기 바라오. 고조 황제의 초상 양옆에 있는 사람들은 어떤 인물들이오?"

동승도 황제에게 깊은 근심이 있다는 사실은 짐작했지만, 황제의 눈빛이 너무도 진지했기에 그는 몸이 굳어 한동안 아무 말도 할 수 없었다.

황제가 벽의 초상을 가리키며 거듭 설명을 요구했다. 동승이 삼가 대답했다.

"위는 장량張良, 아래는 소하蕭何이옵니다."

"흠, 그렇다면 장량과 소하는 어떠한 공으로 고조 곁에 있는 것인가?"

"장량은 막사 안에서 계책을 펼쳐 천 리 밖에서의 승리를 거두었으며, 소하는 국가의 법을 세워 백성들에게 따르게 하고 치안에 힘썼으며 변방의 방어를 굳건히 했습니다. 고조도 늘 그들의 덕을 칭송하셨으며, 고조가 가시는 곳에는 언제나 두 사람이 시립했다고 합니다. 이에 후대에서 두 사람을 건업의 두 공신이라며 우러르게 되었고 고조 황제의 초상을 그릴 때면 그 좌우에 반드시 장량과 소하 두 충신을 그리게 된 것입니다."

"그렇다면 두 사람과 같은 자를 사직의 참된 신하라 할 수 있지 않겠소?"

"그렇습니다."

황제의 탄식에 동승은 질책을 받고 있는 것 같은 기분이 들었다. 황제가 갑자기 몸을 숙여 동승의 손을 잡았다. 동승이 깜짝 놀라 몸을 움츠리며 당황한 빛을 보이자 황제가 낮은 목소리로 말했다.

"국구, 그대도 앞으로는 늘 짐의 곁에 머물며 장량과 소하처럼 힘을 써주기 바라오."

"황송하옵니다."

"싫다는 말이오?"

"어찌 그런 말씀을. 그저 신의 어리석은 재주로 아무런 공도 세우지 못하고 곁에 머물며 폐하께 누가 되지 않을까 걱정될 따름입니다."

"아니오, 지난날 장안의 대란으로 짐이 역경에 처했을 때부터 경이 바쳐온 커다란 공을 한시도 잊은 적이 없었소. 무엇으로 그 공에 답해야 할지……."

황제는 그렇게 말하며 웃옷을 벗고 거기에 옥대까지 더해 직접 동승에게 하사했다. 너무도 커다란 성은에 동승은 한동안 감읍했다. 그리고 황제에게 받은 어의와 옥대를 가지고 잠시 뒤 궁에서 나왔다.

곧바로 조조의 귀에 황제가 동승에게 어의와 옥대를 하사했다는 이야기가 들어갔다. 누군가 밀고한 사람이 있었던 것이다. 조조는 바늘처럼 가느다란 눈을 반짝이며 입술을 깨물었다. 뭔가 짚이는 구석이 있었다. 조조는 서둘러 궁궐로 향했다. 그러고는 금위문에 들어서자마자 경비를 맡고 있는 가신에게 물었다.

"황제는 지금 어디에 계시느냐?"

"조금 전에 대묘로 납시어 공신각으로 올라가셨습니다."

조조는 '역시' 하는 표정으로 궁문 밖에 수레를 세워두고 서둘러 금중으로 들어갔다. 남원南苑의 중문을 지날 때 마침 저쪽에서 오고 있는 동승의 모습이 보였다. 조조의 모습을 본 동승이 놀라 낯빛을 바꾸었다. 동승은 들고 있던 어의와 옥대를 황급히 품속에 감추며 문 옆으로 몸을 피했다.

동승은 몸을 부들부들 떨며 아득한 정신으로 가만히 서 있었다.

"오오, 국구. 벌써 돌아가시는 게요?"

조조가 말을 걸며 다가오자 동승도 어쩔 수 없이 인사를 했다.

"승상 아니십니까. 언제나 건강하신 듯하여 참으로 다행입니다."

동승이 평소와 다름없이 인사를 하자 조조가 입가에 쓴웃음을 짓고 의심스럽다는 듯한 눈빛으로 물었다.

"그런데 국구께서는 오늘 무슨 일로 입궐하셨습니까?"

동승이 머뭇머뭇 대답했다.

"그게 사실은…… 천자께서 부르시어 왔더니 뜻밖에도 어의와 옥대를 하사하셨습니다. 과분한 천은天恩에 참으로 감격하여 황망히 집으로 돌아가던 중이었습니다."

"오호, 천자로부터 어의와 옥대를 받았다고요? 그것참 명예로운 일이오. 그런데 무슨 공이 있어서 그와 같은 성은을 입게 된 것이오?"

"지난날 장안에서 나와 천도할 때 부족하나마 제가 역적들을 막은 공로를 이제야 떠올리시고……."

"뭐, 그때의 은상을 지금? 어쨌거나 폐하가 어의와 옥대를 친히 내리신다는 것은 특례 중에서도 특례라 하지 않을 수 없소."

"덕도 높지 않고 공도 많지 않은 미천한 신에게는 너무도 커다란 성은이기에 감읍하고 있습니다."

"그렇겠지요. 이 조조도 조금은 공을 닮고 싶구려. 그 어의와 옥대를 잠시 보여줄 수 있겠소?"

조조가 손을 내밀어 재촉했다. 그리고 동승의 얼굴빛을 가만히 바라보았다. 동승은 발끝에서부터 머리끝까지 떨고 있었다. 공신각에서의 황제의 표정이나 말이 의미심장한 게 아무래도 황제가 자신을 그냥 부른 것이 아니라고 짐작했기 때문이다. 그리고 혹시 황제에게 받은 어의나 옥대 속에 밀서라도 숨겨 있을까 봐 걱정이 되었다. 조조가 날카로운 눈빛으로 쏘아보자 동승의 등줄기에서 식은땀이 흘러내렸다.

"좀 보여주시오."

조조의 재촉에 동승은 어쩔 수 없이 어의와 옥대를 조조에게 건네주었다. 조조는 아무렇게나 어의를 펼쳐 태양에 비춰보았다. 그리고 자신의 몸에 걸치고 옥대를 두르더니 좌우의 신하들을 둘러보며 물었다.

"어떤가? 어울리는가?"

그 누구도 웃지 못했다.

"어울리지 않는가? 이거 괜찮은데."

조조가 혼자 신이 나서 웃으며 말했다.

"국구, 이걸 내게 주시오. 그 대신 다른 것으로 답례할 테니 이 조조에게 줄 수 없겠소?"

"다른 물건이라면 몰라도 그것만은 안 됩니다. 천자께서 하사하신 물건을 어찌 드릴 수 있겠습니까?"

동승이 얼굴빛을 바꾸며 대답했다.

"이 안에 황제와 국구 사이의 모략이 감춰져 있을지도 모르지 않소?"

"그런 의심이 드신다면 하는 수 없습니다. 어의와 옥대를 전부 드리도록 하겠습니다."

조조가 급히 말을 바꾸었다.

"농담이요. 내 어찌 타인의 은사恩賜를 함부로 빼앗을 수 있겠소? 잠시 장난을 쳐본 것뿐이오."

조조는 어의와 옥대를 돌려준 뒤 궁전으로 들어갔다.

37
기름의 정情, 등불의 마음

황제의 밀서를 받은 동승을 중심으로 하나둘 모이기 시작하는 충지의사.
그들은 황제의 뜻을 받들어 기울어가는 한실을 일으킬 수 있을지

"식은땀이 다 나는구나."

동승은 호랑이의 아가리에서 벗어난 듯한 심정으로 집을 향해 서둘러 갔다. 돌아오자마자 그는 방으로 들어가 어의와 옥대를 살펴보았다.

"정말 아무것도 없는데?"

다시 한번 어의를 털어보고 옥대를 앞뒤로 훑어보았다. 하지만 한 조각의 종이도 나오지 않았다.

"내가 쓸데없는 생각을 한 모양이로구나."

동승은 어의와 옥대를 잘 정리하여 탁자 위에 올려놓기는 했으나 쉽

게 잠이 오지 않았다. 그는 황제가 그것들을 하사할 때 의미심장한 눈빛으로 무엇인가를 암시하는 것을 느꼈다. 눈을 감아도 황제의 그 눈빛이 지워지지 않았다.

그로부터 4, 5일쯤 뒤의 일이었다. 동승은 그날 밤도 턱을 괸 채 탁자 앞에 앉아 생각에 잠겨 있었다. 그러다 깜빡 잠이 들고 말았다. 그때 마침 옆에 있던 등불이 갑자기 어두워졌다. 문틈으로 새어 들어온 바람에 심지 끝의 불똥이 똑 떨어졌다.

잠시 뒤 무엇인가 타는 냄새가 코를 찔렀다. 깜짝 놀라 눈을 뜨고 주위를 둘러보니 심지 끝의 불똥이 마침 그 밑에 있던 옥대에 떨어져 연기가 피어올랐다.

"아……."

그가 손을 흔들어 불을 껐으나 용을 수놓은 곳에 이미 엄지손가락만 한 구멍이 뚫려 있었다.

"이를 어찌하면 좋단 말인가."

구멍은 크지 않았으나 동승은 커다란 죄를 진 사람처럼 그것을 멍하니 바라보았다. 얼마 후 갑자기 그의 눈동자가 그 구멍에 다시 불을 붙일 것처럼 반짝였다. 옥대 안에서 하얀 비단으로 된 심이 얼핏 보인 것이었다. 그리고 하얀 비단에는 피 같은 것이 묻어 있었다. 그 사실을 깨닫고 다시 한번 꼼꼼히 살펴보니, 1척 정도 새로 바느질이 되어 있었다. 순간 동승의 가슴이 크게 요동치기 시작했다. 그는 작은 칼을 꺼내 옥대의 바느질한 곳을 뜯어 펼쳐보았다. 그 속에서 하얀 비단에 피로 쓴 밀조密詔가 나왔다.

집이 듣기에 인륜 중 큰 것은 부자의 도가 먼저이고, 존비尊卑 중 으뜸은 군신의 도를 중히 여기는 것이라 하오. 근래 조적曹 賊이 득세한 이후 각문閣門이 어지러워지고, 집을 보좌함이 없 으며, 사사로이 무리를 짓고, 조정의 기강이 무너졌소. 상을 주고 벌을 내림이 전부 짐의 뜻과 상관없이 이루어지고 있소. 짐이 밤낮으로 근심하고 두려워하는 것은 장차 천하가 위태로 워지지 않을까 하는 점이오. 경은 곧 나라의 원로이자, 짐의 근친이오. 고조가 건업할 때의 어려움을 생각하여, 충의열사 를 모아 간당을 멸하고 사직의 해로움을 미연에 제거하여 조 종祖宗의 치업대인治業大仁을 만세에 전하도록 하시오.

창황히 손가락을 깨물어 조서를 써 경에게 보내오. 신중에 신 중을 더하여 짐을 저버리지 마시오.

건안 4년(199년) 춘삼월

동승의 눈에서 눈물이 쉴 새 없이 흘러내렸다. 동승은 엎드려 절한 채 한동안 얼굴을 들지 못했다.

"이렇게까지……. 이 얼마나 가슴 아픈 일이란 말인가."

동승은 황제의 혈서를 보며 맹세했다.

'이 늙은이를 이렇게까지 의지하시는데 어찌 물러설 수 있겠는가. 어찌 여생을 아끼겠는가.'

하지만 쉬운 일이 아니었다. 그는 피로 쓴 밀조를 가만히 품에 넣은 뒤 서원 쪽으로 걸어갔다.

한편 동승의 집에는 동승의 둘도 없는 친구인 시랑 왕자복王子服이 와 있었다. 조정에서 일하는 사람은 평소 외출도 자유로이 할 수 없었다. 하지만 그날은 잠시 짬이 나서 평소 친하게 지내던 동승의 집을 찾은 것이었다.

"나리는 어디 계시는 겁니까?"

저녁이 되어서도 동승이 모습을 드러내지 않자 왕자복이 조금 불만이라는 듯 물었다. 동승의 가족 중 한 사람이 대답했다.

"안쪽에 계시기는 합니다만 며칠 전부터 살펴볼 것이 있다며 누구도 만나려 하지 않으십니다."

"그거 알 수 없군요. 대체 무엇을 살펴본다는 겁니까?"

"무엇을 살피고 계신지는 저희도 모릅니다."

"그렇게 방 안에만 계시면 건강에도 좋지 않습니다. 제가 가서 오늘 밤은 함께 웃으며 즐기자고 말하고 오겠습니다."

"안 됩니다. 함부로 서재에 들어가면 화를 내십니다."

"화를 내도 상관없습니다. 친구인 제가 방 안을 들여다봤다고 설마 절교하자고는 하지 않겠지요."

왕자복은 동승의 집을 자신의 집과 다를 바 없이 생각했기에 집안사람의 안내도 없이 동승이 있는 서원으로 들어갔다. 가족들도 조금 당황한 표정을 짓기는 했으나 다른 사람도 아니고 동승의 절친한 친구인 왕자복이었기에 저녁 준비에 바쁘다는 핑계로 그냥 내버려두었다.

동승은 서원에 틀어박힌 채 어떻게 해야 조조의 세력을 궁중에서 몰아낼 수 있을지, 황제의 마음을 편하게 해줄 수 있을지 밤낮으로 서궤

書几에 앉아 조조를 없앨 계책을 짜느라 부심했다.

'이런…… 졸고 계시는구면.'

가만히 방 안으로 들어간 왕자복은 동승의 뒤쪽에 서서 동승이 팔꿈치 밑에 무엇을 깔고 있는지 서궤 위를 들여다보았다. 하얀 비단 위에 피로 쓴 글 가운데 '짐朕'이라는 글자가 얼핏 눈에 들어왔다. 왕자복이 깜짝 놀란 순간 인기척을 느낀 동승이 뒤를 돌아보았다.

"아, 자네인가?"

동승은 서둘러 서궤 위에 있던 비단을 자신의 소맷자락 속으로 집어넣었다. 그 모습을 보며 왕자복이 물었다.

"지금 그것은 무엇입니까?"

"아니, 아무것도 아닐세."

"매우 피곤하신 듯합니다."

"요 며칠 독서에 힘을 썼더니…….."

"손자의 책을 읽으셨습니까?"

"응?"

"숨기셔도 소용없습니다. 얼굴빛에 다 나타나 있습니다."

"아니, 피로해서 그런 것일세."

"그러시겠지요. 마음고생이 심하신 것도 당연한 일입니다. 실패하면 조정이 붕괴되고 구족을 멸하는 벌을 받게 되며, 천하의 대란이 일어날 테니까요."

"아니…… 자네…… 자네는 대체 무슨 농을 그리 심하게 하는 겐가?"

"국구, 만일 소생이 조조에게 가서 이 사실을 밝히면 어찌하실 생각이십니까?"

"사실을 밝힌다?"

"그렇습니다. 소생은 오늘까지 국구와는 문경지교를 맹세한 사이라 생각해왔습니다. 그런데 국구께서 소생 몰래 은밀한 일을 꾀하고 계실 줄은 몰랐습니다."

"……."

"둘도 없는 친구라 생각한 것은 소생만의 착각이었습니다. 조조에게 알리도록 하겠습니다. 조조에게로 가서……."

"잠시 기다리게."

동승이 왕자복의 소매를 잡고 눈물을 글썽이며 말했다.

"만일 자네가 이번 일을 조조에게 밝힌다면 한실은 멸망하고 말 걸세. 자네도 대대로 한실의 은혜를 입은 조정의 신하가 아닌가? 아무리 친밀한 사이라 할지라도 친구에 대한 노여움은 사사로운 원한에 불과하네. 자네는 사사로운 원한 때문에 대의를 잊는, 그런 사람이 아니지 않는가?"

동승은 친한 벗이기는 하나 대답에 따라 찔러 죽일 수도 있다는 듯한 눈빛을 보였다. 왕자복이 조용히 웃으며 말했다.

"걱정하실 것 없습니다. 소생이 어찌 한실의 홍은鴻恩을 잊었겠습니까? 조금 전에 한 말은 장난이었습니다. 하나 국구께서 참으로 중한 일을 소생에게까지 감추고 혼자 근심하셨다니, 벗으로서 섭섭하지 않을 수 없습니다."

왕자복의 말에 동승이 가슴을 쓸어내렸다. 그러고는 왕자복의 손을 잡아 머리 위로 들어 올리고는 절을 하며 말했다.

"용서해주게나. 내 결코 자네의 마음을 의심한 것은 아니나, 나도 아직 좋은 계책이 떠오르지 않아 지난 며칠 혼돈 속에서 생각을 거듭하고 있었다네. 만일 자네가 이번 대사에 힘을 보태준다면 그야말로 천하를 위해 참으로 다행스러운 일이 될 걸세."

"국구의 근심은 짐작하고도 남습니다. 미력하나마 저도 힘을 보태 의를 밝히도록 하겠습니다."

"참으로 고맙네. 이제 와서 무엇을 숨기겠는가. 전부 말하도록 하겠네. 뒤쪽의 문을 좀 닫게나."

동승이 옷깃을 바로 했다. 그리고 왕자복에게 황제가 피로 쓴 밀조를 내보인 뒤, 울음 섞인 목소리로 자신의 뜻을 밝혔다. 왕자복은 동승과 함께 뜨거운 눈물을 흘렸다. 그러고는 한동안 촛불을 바라보다 말했다.

"잘 말씀해주셨습니다. 기꺼이 의를 위해 힘쓰겠습니다. 맹세코 조조를 몰아내 황제의 마음을 편히 하도록 하겠습니다."

이에 두 사람은 밀실로 들어가 의맹義盟의 피를 나누어 마신 뒤, 비단 하나를 꺼내 동승이 의문義文을 쓰고 서명을 했다. 다음으로 왕자복이 자신의 이름을 적은 뒤, 그 밑에 피로 지장을 찍었다.

"이렇게 우리 두 사람이 의로 맹세를 맺기는 했으나 좋은 동지가 더 없겠소?"

"어찌 없겠습니까? 오자란吳子蘭 장군은 소생과 좋은 벗입니다만 특히 충의의 마음이 두터운 인물입니다. 의로써 말한다면 틀림없이 힘을 보텔 것입니다."

"그것참 마음이 든든하구려. 조신 중에는 교위 충집种輯과 의랑 오석吳碩 두 사람이 있소. 두 사람 모두 한실의 충성스러운 신하요. 좋은 날을 골라 뜻을 밝혀보기로 합시다."

밤이 깊어 왕자복은 동승의 집에서 묵기로 했다. 그리고 다음 날도 동승의 서재에서 서로 이야기를 주고받았다. 그런데 오시쯤 되자 심부름하는 아이가 와서 손님이 왔다는 말을 전했다.

"호랑이도 제 말 하면 온다더니, 마침 좋은 때에 왔구려."

동승이 손뼉을 쳤다.

"누구십니까, 손님이란?"

왕자복이 물었다.

"어젯밤 자네에게도 말했던 궁중의 의랑 오석과 교위 충집일세."

"두 분이 함께 오셨습니까?"

"그렇다네. 자네도 잘 알고 있겠지?"

"궁중에서 밤낮으로 뵙기는 했습니다. 그러나 두 분이 본심을 밝힐 때까지 저는 병풍 뒤에 숨어 있도록 하겠습니다."

"그게 좋겠네."

심부름하는 아이의 안내를 받아 두 사람이 들어왔다. 그들을 맞으며 동승이 말했다.

"잘들 오셨습니다. 오늘은 너무도 무료한 나머지 책을 좀 읽고 있었는데 마침 이렇게 찾아주셔서 참으로 기쁩니다."

"독서를 하셨군요. 간만에 조용한 날을 보내시는데 방해를 했습니다."

"아닙니다. 마침 책에도 진력나려던 때였습니다. 그런데 사史는 언제
읽어도 재미가 있습니다."

"춘추 말씀이십니까? 사기 말씀이십니까?"

"사기 열전입니다."

오석이 말을 끊더니 갑자기 다른 말을 꺼내기 시작했다.

"그런데 허전에서 사냥이 있던 날 국구께서도 참석하셨지요?"

"음, 허전에서의 사냥 말씀이십니까?"

"그렇습니다. 그날 별다른 느낌 없으셨습니까?"

동승은 자신이 물으려던 것을 뜻밖에도 손님이 먼저 묻자 놀란 표정
을 지었다. 그렇다 해도 아직은 상대방의 마음을 읽을 수가 없었다. 사
람의 마음은 알기 어려운 것이었다. 동승이 딴전을 부리듯 조심스럽
게 대답했다.

"허전에서의 사냥은 근래 없이 유쾌한 날이었습니다. 신하인 저희도
오랜만에 산야로 나가 답답한 마음을 떨칠 수 있었습니다."

그러자 오석과 충집 두 사람이 따지듯 다시 물었다.

"그것뿐이란 말씀이십니까? 유쾌한 날이었다니, 본심은 아닌 듯합
니다. 저희는 오히려 아직도 분함을 잊을 수가 없습니다. 어찌 유쾌한
날이라 할 수 있겠습니까? 허전에서의 사냥은 한실의 치욕입니다."

"무슨 말씀이신지……."

"무슨 말인지 모르시겠다니요! 그렇다면 국구께서는 그날 조조의
행동을 아무렇지도 않게 보셨단 말씀입니까?"

"목소리를 좀 낮추시기 바랍니다. 조조는 천하의 영웅으로, 벽에 귀가 있다는 말도 있지 않습니까? 혹시 그와 같은 말이 새어나가기라도 하는 날엔……."

"어찌 그리 조조를 두려워하십니까? 그가 영웅임에는 틀림없으나, 천하에는 이롭지 못한 간웅입니다. 저희가 비록 힘이 없다고는 하나, 충성을 본의로 삼고 나라의 종묘를 지켜야 하는 조정의 신하 된 입장에서 보자면 조금도 두려워할 것 없는 도적에 지나지 않습니다."

"경들은 그러한 말을 진심으로 하시는 겝니까?"

"애초부터 이러한 일은 농으로 할 만한 이야기가 아닙니다."

"하나, 아무리 원통하다 할지라도 실력이 있는 조조를 어찌할 수는 없을 겝니다."

"정의가 저희 편입니다. 하늘의 도움을 믿습니다. 가만히 때를 기다려 그의 빈틈을 노린다면 설령 교목喬木이라 할지라도, 큰 집의 높은 망루라 할지라도 한 번의 의로운 바람으로 쓰러뜨리지 못할 것이 없습니다. 사실 오늘은 국구의 마음을 두드려, 진심을 엿보고자 둘이서 찾아온 것입니다."

"……."

"국구, 일전에 황제의 은밀한 부름을 받고 대묘의 공신각에 오르시어 폐하로부터 친히 특지를 받지 않으셨습니까? 격의 없이 밝혀주시기 바랍니다. 저희도 대대로 한나라의 녹을 먹어온 조정의 신하입니다."

궁중의 두 소장 신하는 자신들의 목소리가 격해지는 것도 잊은 채 동승에게 따지듯 물었다. 그 순간 병풍 뒤에 숨어 있던 왕자복이 불쑥 모습을 드러내며 외쳤다.

"조 승상을 살해하려는 모반자들아, 그 자리에서 꼼짝 말아라. 당장 달려가 승상께 알리고 승상부의 병사들과 함께 너희를 데리러 오겠다."

충집과 오석 두 사람은 그다지 놀라지도 않았다. 그들은 냉정하게 왕자복을 돌아본 뒤 검으로 손을 가져갔다. 그러더니 왕자복이 등을 보이면 뒤에서 일격을 가하겠다는 듯한 눈빛으로 대답했다.

"충신은 목숨을 아끼지 않는 법이다. 이 한목숨 한실에 바친 지 이미 오래되었다. 고하고 싶다면 가서 고하도록 해라."

그러자 왕자복과 동승이 동시에 말했다.

"공들의 마음 잘 알았소이다."

그 말에 두 사람의 화가 조금 가라앉았다. 그리고 다 같이 밀실로 자리를 옮겼고, 동승과 왕자복은 다시 한번 사과의 뜻을 전했다. 그런 다음 동승이 황제의 혈서와 연판連判을 펼쳐놓았다.

"이걸 좀 보시오."

"역시."

충집과 오석 두 사람은 혈서에 절한 뒤 곡을 하며 연판에 이름을 적어 넣었다. 그때 또다시 사람이 찾아왔다는 전갈이 왔다.

"서량태수 마등馬騰께서 임지로 가시기 전에 인사를 드리러 왔습니다."

"하필이면 이럴 때."

동승이 혀를 찼다. 왕자복과 오석 등이 눈썹을 찌푸린 채 동승의 얼굴을 바라보며 말했다.

"임지로 가기 전에 인사를 왔다니 안 만날 수도 없을 듯합니다."

동승이 고개를 저으며 조심스럽게 대답했다.

"아니, 만날 수 없소. 사소한 일로 눈치를 챌 수도 있으니."

동승은 하인에게 허전에서 돌아온 이후 몸져누웠다며 정중하게 거절하라고 시켰다. 하지만 하인이 몇 번이나 되돌아와서는 손님이 뵙기를 청한다는 말을 전했다. 마침내 하인이 볼멘소리로 말했다.

"병상에 계셔도 상관없으니 꼭 인사를 드려야겠다며 돌아가려 하지 않으십니다. 게다가 사냥 이후 병에 드셨다고는 하나 얼마 전에 입궐하신 모습을 얼핏 보았으니 그리 중한 병도 아니지 않느냐고 성을 내시며 쉽게 돌아갈 듯한 기색이 아니었습니다."

"어쩔 수 없군. 그렇다면 별실에서 잠깐 뵙기로 하지."

동승은 병자처럼 꾸민 뒤 다른 방에서 마등을 만나기로 했다. 곧이어 서량태수 마등이 성난 표정으로 그 방에 들어왔다. 그리고 동승의 얼굴을 보자마자 말했다.

"천자의 외척이자 국가의 원로이신 국구를 존경하여 특별히 작별인사를 드리러 왔는데 문전박대라니 너무하신 것 아닙니까? 이 마등에게 무슨 섭섭한 일이라도 있으셨습니까?"

"섭섭한 일이라니, 무슨 말씀을 그렇게 하시오. 병든 몸이라 오히려 실례가 되지나 않을까 싶었던 게요."

"저는 멀리 서쪽의 변방에서 오랑캐를 지키고 있어 천자를 배알할 기회도 거의 없고, 국구께 문안드리기도 쉽지 않아 억지로 인사를 청한 것인데, 이렇게 직접 뵈니 딱히 병에 걸리신 것 같지도 않습니다. 어째서 저를 가볍게 보시고 문전박대하려 하셨습니까? 짚이는 바가 없는 것도 아닙니다."

"……."

"어째서 대답도 없으십니까?"

"……."

"고개 숙인 채 벙어리처럼 계시다니, 어찌 된 일입니까? 아아, 지금까지 이 마등은 국구를 지나치게 과대평가한 듯합니다."

분연히 자리에서 일어선 마등이 침을 내뱉듯 동승에게 말했다.

"이 사람도 나라의 기둥은 아니로구나! 덧없이 이끼만 낀 돌멩이였단 말인가."

그의 거친 발소리에 동승이 갑자기 얼굴을 들고 외쳤다.

"장군, 잠깐 기다리시오."

"왜 그러십니까, 이끼 낀 돌멩이 나리."

"내게 어찌 나라의 기둥이 아니라고 하신 게요? 이유나 들어봅시다."

"화가 나셨습니까? 화내는 것을 보니 이 돌멩이도 아직은 가망이 좀 있는 듯하군. 사냥터에서 조조가 사슴을 쏘던 때의 일을 마음의 눈으로 잘 살펴보시기 바랍니다. 마음의 귀를 기울여 그 일로 들끓고 있는 의인들의 피의 소리를 잘 들어보시기 바랍니다."

"조조는 군권을 쥐고 있는 대들보이며 일세의 승상이오. 그에게 분노를 품은들 무슨 소용이 있겠소?"

그러자 마등이 눈썹을 곤추세우며 소리쳤다.

"한심하기는! 살기에만 급급하고 죽음을 두려워하는 자와는 함께 대사를 논할 수 없습니다. 이거 실례가 많았습니다. 국구께서는 양지바른 곳에서 몸의 군살과 머리와 턱의 하얀 이끼만 잘 기르고 계시기 바랍니다."

마등이 성큼성큼 걸어나가자 동승이 뛰어나가 마등의 소맷자락을 잡았다.

"잠시 기다리시게. 이 이끼 낀 돌멩이가 긴히 드릴 말씀이 있네."

동승은 안쪽 방으로 마등을 데려갔다. 그러고는 비로소 밀조에 관한 이야기와 자신의 속마음을 털어놓았다.

동승의 진심을 듣고 황제의 밀조를 본 마등이 통곡했다. 마등은 멀리 서방의 오랑캐들조차 서량의 맹장이라며 두려워하는 존재였으나, 눈물이 많고 의가 굳센 무인이기도 했다.

"장군께도 저와 같은 뜻이 있다는 것을 안 순간, 이 동승의 가슴은 피로 끓어오르는 듯했소. 하나 무례인 줄 알면서도 잠시 장군의 속마음을 재차 확인하려 했던 것이오. 다행스럽게도 장군께서 협력해주신다니 반은 성공한 것이나 다름없소. 장군께서도 이 연판에 이름을 적을 수 있으시겠소?"

동승의 말에 마등이 망설임 없이 자신의 손가락을 깨물었다. 그리고 피로 서명한 뒤 눈을 번뜩이고 머리카락을 곤추세우며 말했다.

"만약 이곳 허도 안에서 조조에 대해 거사를 결행하신다면 저는 멀리 서량에서 반드시 봉홧불을 올려 오늘의 약속에 응하도록 하겠습니다."

동승은 왕자복과 충집, 오석 세 사람을 불러 마등을 만나게 했다. 그렇게 해서 의장義狀에 피로 맹세한 동지는 다섯 명이 되었다.

"오늘은 참으로 길일이라 하지 않을 수 없소. 이런 날 일을 꾀하면 틀림없이 순조롭게 진행될 것이오. 그러니 왕자복께서 평소 사람됨을 높이 평가하고 있던 오자란을 여기로 불러 함께 거사를 논하는 것이 어떻겠소?"

동승의 말에 사람들 모두 동의했다. 왕자복은 바로 말을 타고 달려가 오자란을 데리고 왔다. 오자란도 그날 거사에 가담했다. 동지는 이제 여섯 명이 되었다.

"참으로 마음이 굳은 자 열 명만 모이면 거사도 성공할 수 있을 것이오."

잠시 뒤 그 밀실에서는 앞날을 축하하는 조그만 잔치가 벌어졌다. 그곳에 모인 사람들은 술잔을 들어 약속했고 새로운 의견을 내놓았다.

"궁중의 열좌원행로서列座駕行鷺序를 가져다 한 사람 한 사람 점검해 보는 것이 어떻겠소?"

동승은 곧 기록소로 사람을 보내 열좌원행로서를 가져오게 했다. 열좌원행로서란 각 벼슬아치들의 이름을 기록해놓은 관원록官員錄이었다. 그것을 펼쳐놓고 많은 사람들을 차례차례 살펴보았으나, 진심으로 믿을 만한 사람은 없었다. 그런데 그것을 보던 마등이 갑자기 외쳤다.

"있습니다! 여기에 한 사람 더 있습니다."

마등의 목소리는 옆에서 아무리 주의를 주어도 언제나 다른 사람보다 컸기에 모든 사람들이 깜짝 놀랄 수밖에 없었다. 마등이 가리키고 있는 이름으로 모든 사람들의 눈길이 모아졌다.

"한실의 종족 중에 이 사람이 있다니, 참으로 하늘의 도움이라 하지 않을 수 없습니다. 보십시오, 이 열친列親들 가운데 예주자사 유현덕의 이름이 있지 않습니까?"

"오오……."

"다른 열 사람보다 이 한 사람을 가담시킨다면 우리의 맹세는 천균千鈞의 무게를 더하게 될 것입니다. 참으로 다행스러운 것은 유비와 그의 의형제들에게도, 언젠가 조조를 치겠다는 뜻이 있다는 점입니다."

"그걸 어찌 아십니까?"

"사냥을 나갔던 날, 방약무인한 조조가 황제 앞을 가로막고 서서 여러 사람들의 만세를 자신이 받자 유비의 아우인 관우가 칼을 뽑아 달려들 듯한 표정을 지었습니다. 생각건대 유비도 때가 좋지 않다고 생각하여 그날만은 참은 듯합니다."

마등의 말에 동승을 비롯한 동지들은 벌써 여명을 맞은 듯, 앞날에 대한 뜻을 더욱 굳게 다짐했다. 하지만 유비의 사람됨을 잘 알고 있었기에 그를 끌어들이는 것은 결코 쉬운 일이 아니라 생각했다. 신중에 신중을 기해야 한다는 생각에 그날은 그만 헤어지기로 하고, 천천히 좋은 기회를 엿보기로 했다.

* * *

낮에는 사람들의 눈에 띄기 쉬웠다. 동승은 밤에 유비를 찾아가기로 마음먹었다.

"풍류를 즐기는 벗이 진나라 때의 벼루를 손에 넣어, 그것을 축하하는 시회詩會를 연다 하니 오늘 밤은 나 혼자 거기에 다녀오도록 하겠소."

어느 날 밤 동승은 밀조를 품에 넣어 숨기고 머리에 두건을 써 얼굴까지 감춘 뒤, 가족들에게조차 행방을 밝히지 않고 혼자 말에 올라 유비의 객관으로 향했다. 조조가 심어놓은 밀정의 눈에 띄어 미행을 당하면 안 되었기에 평소 시문詩文만을 교류하던 친구의 집을 먼저 찾아갔다. 동승은 일부러 밤늦도록 이야기를 나누다 삼경이 다 되어갈 무렵에서야 문득 깨달았다는 듯 일어섰다.

"오늘 밤에는 이야기에 빠져서 나도 모르게 그만 늦게까지 실례를 했구려."

그러고는 황급히 친구의 집에서 나왔다. 친구의 집은 교외에 있었기에 유비의 객사에 도착한 것은 사경이 가까운 때였다.

늦은 밤, 그것도 뜻밖의 사람이 찾아왔기에 유비는 무슨 일인지 궁금해하며 동승을 맞아들였다. 하지만 유비도 손님의 용건이 무엇인지 대략 짐작할 수 있었기에 하인이 사랑채에 불을 붙이려 하자 손님을 안쪽 방으로 모시겠다며 직접 안내를 했다. 허도에 처음 왔을 때는 조조의 호의로 승상부 바로 옆에 있는 관저에서 머물렀다. 하지만 얼마 후 유비는 그곳은 도읍의 중심으로 촌놈이 묵기에는 지나치게 화려하다는 이유를 대며 지금 있는 곳으로 거처를 옮겼다.

"차린 것은 별로 없습니다만, 많이 드시기 바랍니다."

유비는 청등 밑에 조그만 자리를 마련하여 식기와 술잔을 늘어놓았다. 동승은 그 그릇들과 방 안 장식에서 주인의 청초하고 한아閑雅한

취향을 엿볼 수 있었다. 그리고 참으로 유비답다고 생각했다.

이런저런 얘기 끝에 유비가 물었다.

"이처럼 늦은 시간에 무슨 일로 찾아오셨습니까?"

동승이 기다렸다는 듯 가만히 대답했다.

"다름이 아니라 허전에서 사냥을 하던 날, 아우 되시는 관우 장군께서 조조를 베려 했으나 귀공께서 눈짓과 손짓으로 가만히 말리시는 것을 보았는데 어찌 된 일인지 자세한 말씀을 들으러 왔습니다."

유비는 무척 당황했다. 자신의 느낌과는 달리 조조 대신 진상을 밝히러 온 것이라 생각했기 때문이다. 그렇다고 숨길 일도 아니고 또 숨길 수도 없는 일이었다.

"아우 관우는 심성이 곧은 사람으로, 그날 승상의 행동이 제위帝威를 범하는 것이라 생각했기에 잠시 흥분한 것 같습니다. 아아, 국구……어째서 제 말을 듣고 눈물을 흘리시는 겁니까?"

"참으로 부끄럽습니다. 실은 지금의 말씀을 듣고 관우 장군과 같은 마음을 가진 사람이 몇 명만 더 있어도 좋겠다는 생각에 한탄하고 있었습니다."

"부에는 조 승상과 같은 분이 계시고, 조정에는 국구와 같은 분이 계시어 세상이 태평을 누리고 있지 않습니까? 무엇을 그리 근심하시는지요?"

동승이 젖은 눈을 들어 엄한 태도로 말했다.

"황숙, 조조의 청으로 속내를 떠보러 온 게 아닌가 싶어 저를 은밀히 경계하고 계신 듯합니다만…… 의심을 푸시기 바랍니다. 귀공은 천자의 황숙, 저는 외척 중 하나인데 어찌 우리 사이에 거짓이 있을 수 있겠습니까? 찾아온 이유를 분명히 말씀드리도록 하겠습니다. 먼저 이것을 한번 보시기 바랍니다."

동승이 자세를 바로 하고 밀조를 내밀었다. 등불을 당겨 그것을 한참 바라보던 유비가 결국에는 눈물을 흘리고 말았다. 너무도 커다란 슬픔과 분노에 곤두선 그의 머리털과 수염의 그림자가 부르르 떨리고 있었다.

"그만 넣어두십시오."

눈물을 닦고 밀조에 절한 뒤 유비는 그것을 동승에게 돌려주었다.

"국구의 속뜻, 잘 알았습니다."

"황숙께서도 이 밀조를 받들어, 세상을 위해 눈물을 흘려주시겠습니까?"

"어찌 마다하겠습니까."

동승이 한없이 기뻐하며 유비에게 절을 한 뒤 말했다.

"참으로 고마우신 말씀입니다. 그렇다면 이것도 아울러 봐주시기 바랍니다."

그리고 비단 하나를 펼쳐보였다. 동지들의 이름과 혈판이 찍힌 의장이었다. 가장 앞에 거기장군 동승, 그 옆에 장수長水 교위 충집, 다음으로 소신장군昭信將軍 오자란, 다시 옆으로 공부랑중工部郎中 왕자복, 다섯째에 의랑 오석 등의 이름이 있었으며 여섯 번째 사람으로 서량태수 마등의 이름이 굵은 글씨로 적혀 있었다.

"아아, 벌써 이렇게 많은 분들과 말씀을 나누셨습니까?"

"세상은 아직 망하지 않았습니다. 참으로 마음 든든한 일입니다. 어지러운 세상 속에서도 밝은 마음으로 둘러보면 이처럼 충렬한 사람들이 살고 있는 법입니다."

"바로 그렇기 때문에 아무리 어지럽고 썩었다 할지라도 이 세상을 버려서는 안 되는 것입니다. 저희는 언제나 그것을 믿고 있습니다. 그러니 아무리 타락한 세상이라 할지라도 결코 비관해서는 안 됩니다. 인륜도 이제 끝이로구나, 생각해서는 안 됩니다. 오히려 보이지 않는 곳에서 같은 생각을 가슴에 품고 있는 청렬淸洌한 사람을 찾아내 인간의 광기로 더러워진 물을 언젠가는 깨끗이 하겠다는 소망을 품어야 할 것입니다."

"황숙의 말씀을 들으니 이 노인의 마음이 한결 가벼워졌습니다. 이 나이가 되어서야 비로소 참된 인간과 천지의 불변함을 알게 된 듯합니다. 그러나 어찌하겠습니까, 제게는 조그만 힘과 재주밖에 없습니다. 힘이 되어주시겠습니까?"

"더 말할 필요도 없는 일입니다. 여기에 이름을 늘어놓으신 공들께서 이미 마음을 정하셨는데 이 유비가 어찌 견마의 노고를 아끼겠습니까?"

유비는 자리에서 일어나 직접 붓과 벼루를 가지고 왔다. 그때 방 밖의 회랑과 창 주위가 서광으로 빛나기 시작했다. 날이 밝고 있었던 것이다. 방 밖의 차양에서 똑똑, 이슬 듣는 소리가 들려왔다. 그런데 그곳에서 누군가 소리 내어 우는 사람들이 있었다. 유비는 돌아보지 않았지만 동승은 깜짝 놀라 방 밖을 내다보았다. 그곳에 서 있는 사람들은 다름 아닌 밤새도록 유비를 호위했던 관우와 장비였다. 그들은 서로를 부둥켜안고 기쁨의 눈물을 흘렸다.

"아, 두 사람 모두 우리의 밀담을 듣고……."

동승은 그런 그들의 모습이 부러워 보였다. 의장에 이름을 늘어놓은 사람들도 유비와 의형제들처럼 서로가 굳게 의지한다면 거사도 반드시 성공할 거라고 믿었다.

유비가 벼루를 들고 조용히 동승 앞으로 돌아왔다. 그리고 의장에 일곱 번째로 '좌장군 유비'라고 근엄하게 적어 넣었다. 유비가 붓을 놓으며 말했다.

"결코 목숨을 아끼는 것은 아닙니다만, 이것만큼은 꼭 지켜져야 할 것입니다. 가볍게 함부로 움직여서는 안 됩니다. 때가 무르익기 전에 경거망동하는 우를 범하지 않도록 서로가 주의해야 합니다."

그렇게 말하는 동안 유비의 옆얼굴에 서광이 환하게 비쳤다. 멀리서 닭 울음소리가 들려왔다.

"그럼…… 다음에 다시 말씀 나누기로 하겠습니다."

동승은 말에 올라 아침 안개 속으로 조용히 사라졌다.

38
푸른 매실, 데운 술로 영웅을 논하다

서주에서 유비가 백성들의 존경을 받고 있음을 확인한 조조. 그러나 유비는 천하에 뜻이
없는 듯 하루하루 농사에 힘을 쓰고, 그런 유비를 불러 조조는 천하의 영웅을 논한다

"장비야, 하품이 나느냐?"

"아아, 관우 형. 매일 특별히 할 일도 없으니 원."

"또 술을 마신 게냐?"

"아니, 안 마셨수다."

"벌써 여름이 다 와가는구나."

"매실도 굵직해졌수. 그런데 우리 대장은 대체 어떻게 되신 건지."

"우리 대장이라니?"

"큰형님 말이요."

"이 도읍에 있는 동안만이라도 입을 좀 조심해라. 주공을 보고 우리 대장이라니."

"뭐가 잘못이유? 의형제를 맺은 사인데."

"너는 그처럼 마음 편하게 부른다만 조정에서는 황숙, 밖에 나가면 좌장군 유예주라 불리는 분이시다. 언제까지 그렇게 부를 게냐? 우리 주공의 위엄을 네 입으로 떨어뜨리는 셈이다."

"그도 틀린 말은 아니지만……."

"왜 그리 뚱한 표정을 짓는 게냐?"

"왜냐니, 그 좌장군씩이나 되시는 분께서 요즘 무슨 일을 하고 계시는지 알기나 하슈?"

"알다마다."

"날씨 때문에 머리가 조금 이상해진 건 아닌지, 내 진심으로 걱정하고 있는 중이요."

"누구를?"

"누구긴 누구겠소? 우리 주공 되시는 분이지."

"어째서?"

"어째서냐고? 내 어찌 함부로 말할 수 있겠소, 우리 주공에 관한 일인데."

"이놈이, 바로 대갚음을 하는구나. 너처럼 심술궂은 사람도 없을 거다."

관우가 쓴웃음을 지으며 장비의 옆에 있는 돌 위에 걸터앉았다. 그들 앞쪽으로 수많은 말을 묶어놓은 마구간이 보였다. 그곳은 하인들의 방이 있는 저택 안의 공터였다. 그곳에 복숭아 꽃잎이 떨어지고 있었다. 시까지 읊지는 못했으나 복숭아꽃을 보자 두 사람은 누상촌의 복숭아밭이 떠올랐다. 장비는 아까부터 혼자 나무 밑에서 턱을 괴고 앉아 그것을 바라보고 있던 차였다.

"주공의 행동에 대한 불만이 대체 뭐냐?"

"요즘 큰형님은 저택 안의 밭에 가서 농민들 흉내만 내고 있지 않소. 밭에 가보는 거야 상관없지만 당신 손으로 직접 물을 길기도 하고, 거름을 주기도 하고, 괭이질을 하기도 하고, 당근을 캐내기도 하고, 그럴 필요까지는 없잖소."

"그 일 말이냐?"

"농사를 짓고 싶으면 누상촌으로 내려가면 될 일 아니오. 도읍의 저택에 떡하니 앉아서 좌장군이라는 관직에 머물 필요가 어디 있소? 거름통을 지게 하려고 병사들을 기르고 있는 것도 아니고."

"장비야, 그런 소리 말아라."

"그래서 나는 날씨 때문이 아닐까 걱정하고 있었던 거요. 형님은 어떻게 생각하슈?"

"군자의 말에 청경우독晴耕雨讀이라는 것이 있다. 비 오는 날이면 책을 읽으시니 군자의 생활을 잘 실천하고 계신 것이라 생각하고 있다만."

"벌써부터 농사나 지으며 한가로이 지내면 어쩌자는 게요? 우리는 세상에 나가 큰일을 하자고 맹세한 사이가 아니오?"

"그렇지."

"그런데 군자 흉내나 내고 있으면 어쩌자는 겁니까?"

"내게 말해봐야 소용없는 일이다."

"오늘도 밭에 나가셨나?"

"나가신 듯하더구나."

"둘이 가서 한 말씀 드리고 옵시다."

"글쎄."

"뭘 망설이는 게요? 형님은 조금 전에 주공의 위엄이 어떻다는 둥 하며 날 타박하지 않았소? 나한테는 있는 말 없는 말 다 하면서, 주공 앞에서는 한마디도 하지 못한단 말이요?"

"그 무슨 억지를 부리는 거냐."

"그럼 갑시다. 따라오슈. 충의忠義의 행동 중에서 가장 어려운 건, 죽음도 불사하고 윗사람에게 옳은 말을 하는 거니까."

두 사람이 유비에게 다가가자 쟁기질하는 소리가 들려왔다. 흙냄새가 얼굴을 덮었다. 유비는 작업복의 소매로 이마의 땀을 닦았다.

"……."

유비는 쟁기자루를 지팡이 삼아 초여름의 태양을 말없이 올려다보았다. 그러고는 이내 거름통을 들어 올려 지금 막 판 채소의 뿌리 부근에 거름을 주었다.

"주공! 지금 뭐 하시는 겁니까? 이러한 때에 소인배들의 업을 배워서 어쩌자는 겁니까? 한심해서 말도 안 나옵니다."

장비의 커다란 목소리가 들려왔다. 유비가 뒤를 돌아보며 말했다.

"그래, 무슨 일이냐?"

말투만은 틀림없는 좌장군 유비다웠다. 그런 만큼 장비는 더욱 한심스러워서 견딜 수가 없었다. 하지만 장비는 선천적으로 말솜씨가 좋은 사람이 아니었다. 난폭한 말이라면 얼마든지 쏟아낼 수 있지만 주공에게 하는 충간은 어떻게 하는지조차 알지 못했다.

"관우 형, 말씀 좀 해주슈."

장비가 가만히 곁에 있던 관우의 옆구리를 찔렀다.

"왜 이러느냐, 네놈이 내 팔을 붙들어 끌고 왔으면서."

"난 나중에 말하겠소."

"형님, 오늘은 이렇게 부르는 걸 용서해주십시오."

관우가 밭에 무릎을 꿇고 앉았다.

"왜 이러는 게냐, 새삼스럽게."

"어리석은 저희 두 사람은 잘 이해가 되지 않아 형님의 의중을 여쭙고자 이렇게 찾아왔습니다."

관우가 말을 시작하자 장비가 옆에서 조그만 소리로 부추겼다.

"너무 약하잖소. 그렇게 뜨뜻미지근하게 말해서는 안 되오. 거침없이 직언을 해야 참된 충신의 말이라 할 수 있지 않겠소."

"시끄럽다, 입 다물고 있어라."

관우가 곁의 장비를 야단친 뒤 말을 이었다.

"틀림없이 무슨 깊은 생각이 있으실 테지만, 지난 2개월 동안 매일 밭에 나와 묵묵히 농사를 짓고 계시는데 어째서 형님이 직접 거름통을 지셔야 한단 말입니까? 몸을 위해서라면 궁마弓馬를 단련하는 것이 좋을 듯합니다만."

장비가 관우의 말을 받아서 말했다.

"옳소! 벌써부터 군자나 은둔자의 생활을 즐기시려는 건 아니겠죠? 농사를 지을 거라면 도원에서 우리와 피를 나누어 마시고 여기까지 깃발을 짊어지고 올 필요도 없지 않았습니까? 죄송합니다만 저희는 큰형님의 뜻을 도무지 이해할 수가 없습니다."

유비가 미소를 머금은 채 말없이 듣고 있다가 입을 열었다.

"너희가 알 바 아니다. 모르겠으면 조용히 너희가 해야 할 일에 정진하면 될 게야."

장비가 반박했다.

"그럴 수 없소. 세 사람의 피는 하나 아닙니까. 세 사람은 일심동체라고 형님도 늘 말씀하셨잖소. 우리 수족이 밤낮으로 무예를 연마한다 해도 어깨가 거름통을 짊어지고 얼굴이 농민처럼 되어버린다면 일심동체라 할 수 없지 않소."

유비가 가볍게 웃어넘기듯 말하며 장비를 달랬다.

"이거 못 당하겠구나. 네 말이 옳다. 하나 곧 알게 될 날이 올 게다. 다 생각이 있어서 하는 일이니, 걱정할 것 없다."

유비가 그렇게 말하자 더는 따지고 들 수가 없었다. 역시 조조를 치기 위한 계략일지도 몰랐다. 가만히 생각해보니 동승과 밀회를 나눈 이후 유비의 일과가 바뀌기 시작했다. 그 뒤로 관우와 장비는 생각을 고쳐먹고 여전히 무료한 날들을 서로 위로해가며 보냈다.

그런데 그로부터 며칠 후, 둘이서 함께 외출을 했다가 돌아와보니 매일 보이던 밭에서도 집 안에서도 유비의 모습이 보이지 않았다.

"주공은 어디에 가셨느냐?"

관우와 장비가 눈을 번뜩이며 가신에게 물었다.

"승상부에 들어가셨습니다."

"뭐? 조조가 부른 것이냐?"

"네, 조 승상이 급히 사람을 보내왔습니다."

그 말을 듣고 두 사람은 서로의 얼굴을 멍하니 바라보았다.

"큰일이구나……. 우리가 있었다면 무슨 일이 있어도 같이 따라갔을 텐데."

두 사람은 짚이는 데가 있었다. 평소 침착하던 관우조차 유비가 걱정되어 마음을 가라앉힐 수가 없었다.

"어떤 자들이 모시러 왔었느냐?"

"조조의 심복인 허저와 장료가 수레를 끌고 왔습니다."

"더욱 의심스럽구나."

"형님, 이러고 있을 때가 아닙니다. 지금 가도 늦지 않을 겁니다. 혹시 문을 열어주지 않아도 깨부수면 그만 아닙니까."

"그래, 어서 가자."

두 사람은 승상부를 향해 허도의 대로를 달리기 시작했다.

그보다 몇 식경 전에 조조의 부름이 있다는 말을 들은 유비는, 무슨 일일까 내심 불안한 생각이 들어 허저와 장료에게 물어보았다. 하지만 무슨 일로 부르는지 알지 못한다는 대답뿐이었다.

그렇다고 거절할 수도 없었기에 유비는 살얼음을 밟는 듯한 기분으로 승상부에 들어갔다. 안내를 받아 들어간 곳은 정무를 보는 곳이 아니라 조조의 저택으로 이어지는 남쪽 정원의 한 각이었다.

"이거, 오랜만이오."

조조가 유비를 기다리고 있었다. 날렵한 몸에 기다란 얼굴, 언제나 반짝이는 봉안鳳眼, 요즘 들어 조조는 위용과 기품 모두를 갖춘 듯했다.

"지난 2개월간 문안도 드리지 못했습니다. 별고 없으셨는지요?"

유비가 평소와 다름없이 인사를 하자, 조조가 그의 얼굴을 빤히 들여다보며 말했다.

"덕분에 잘 지냈소. 그런데 귀공은 얼굴이 많이 탔구려. 듣자하니 요즘에는 밭에 나가서 농사에 힘쓰고 있다던데, 농사를 짓는 일이 그렇게 즐거우시오?"

"참으로 즐겁습니다."

유비는 특별한 일이 아닌가 보다 싶어 얼마간 가슴을 쓸어내렸다.

"승상의 다스림이 온 천하에 두루 미쳐 세상이 평화롭습니다. 이에 저는 한가로움을 달래기 위해 후원에서 밭을 갈고 있는데 큰 비용도 들지 않고, 몸에도 좋고, 저녁도 맛있게 먹을 수 있어서 좋습니다."

"과연, 비용은 들지 않겠지. 공은 욕심이 없는 사람인 줄 알았더니 축재蓄財에는 관심이 있는 모양이오."

"통렬한 농담이십니다."

유비는 일부러 부끄러운 듯 얼굴을 숙였다.

"하하하, 그냥 웃자고 한 얘기니 마음에 두지 마시오. 사실 오늘 귀공을 부른 것은 이 승상부의 매화나무에 매실이 익은 것을 보고 문득 작년 장수 정벌에 나섰을 때의 행군이 생각났기 때문이오. 뜨거운 태양 아래 물도 없이 갈증에 시달리고 있던 병사들에게 이 산만 넘으면 매실이 익은 매화 숲이 있으니 거기까지 서둘러 가자고 거짓으로 말했소. 그랬더니 병사들의 입에 침이 고여 갈증을 잊고 긴 여름의 행군을 끝까지 버틴 적이 있었소."

조조는 그 일이 자랑스러운 듯 말했다. 그러고는 다시 말을 이었다.

"갑자기 귀공과 저 매실을 삶아 맛을 음미하며 술이라도 한잔 나눌까 싶어서 부른 것이오. 이리 오시오. 매화나무 사이를 거닐며 미리 준비해둔 술자리로 내가 안내를 할 테니."

조조가 앞장서서 널따란 매화나무 정원의 길을 걸었다.

"참으로 넓은 매화 숲입니다."

조조의 안내로 유비도 여기저기 거닐며 감탄의 소리를 올렸다.

"유예주, 이곳은 처음이었던가?"

"남쪽의 정원에 들어온 것은 오늘이 처음입니다."

"그런 줄 알았다면 꽃이 피었을 때도 안내를 할 걸 그랬소."

"승상께서 직접 안내를 해주시는 것만 해도 황송해서 견딜 수가 없습니다."

"술자리를 마련한 곳은 저쪽의 계곡을 돌아 건너편에 있는 전망이 좋은 곳이오."

그때 갑자기 머리와 땅 위로 푸른 매실이 후드득 떨어졌다.

"아아……."

나뭇잎과 가지들까지 횡횡 소리를 냈고 주위가 어두워지는가 싶더니 비구름이 멀리 산 뒤에서부터 피어오르기 시작했다.

"용이다, 용이야!"

"용이 승천했다."

주위에 있던 하인들과 가신들이 바람 속에 서서 외쳤다. 그리고 하얀 빗줄기가 한바탕 쏟아지기 시작했다.

"곧 그치겠지."

조조와 유비는 나무 밑에서 비를 그으며, 빗줄기가 지나기를 기다렸다. 그러는 사이에 조조가 유비에게 물었다.

"유예주는 우주의 도리와 변화를 아시오?"

"아직 깨닫지 못했습니다."

"용이 그것을 잘 설명해주고 있소. 용은 때로는 커지기도 하고 또 때로는 작아지기도 하는데 커졌을 때는 안개를 뿜고 구름을 일으키며 강을 뒤엎고 바다를 휘감소. 또 작아졌을 때는 머리를 감추고 발톱을 감추고 깊은 연못에서 물결 하나 일으키지 않소. 솟아오를 때는 널따란 우주로 날아오르며, 숨을 때는 백 년 못의 바닥에도 있소. 그러나 성질이 본래 양물陽物이기 때문에 봄이 무르익어 마침 이맘때쯤 되면 크게 움직이오. 용이 일어나면 구천을 날며, 사람이 일어나 뜻과 때를 얻으면 사해를 종횡한다고 하오."

"실제로 존재할까요?"

조조가 손가락으로 하늘을 가리키며 대답했다.

"있다고 생각하고 보면 있고 없다고 생각하고 보면 없다고 할 수 있을지 모르겠소. 실제로 지금 구름기둥이 저 산을 스치고 빠른 속도로 일어서지 않았소. 구름의 신비, 자연의 신속함, 누군가가 그 흔적을 잘 관찰하여 실증해줄 것이오."

"예로부터 용에 관한 이야기는 수도 없이 들어왔으나, 참된 용이라고 할 만한 실물은 아직 한 번도 보지 못했습니다."

조조가 힘차게 머리를 흔들며 말했다.

"그렇지 않소! 나는 이 두 눈으로 보았소."

"아, 그렇습니까?"

"하지만 신비한 용은 아니오. 이 지상에서 풍운을 만나 일어난 수많은 인룡人龍이오. 다시 말해서 용은 곧 사람이라는 것이 나의 생각이오."

"그렇게 말할 수도 있을 듯합니다."

"유예주도 그 용 중 하나가 아닌가?"

"저는 하늘을 나는 신통력이 없고, 매와 같은 발톱도 없으며, 나타났다가 숨는 재주도 없으니 어찌 용이라 할 수 있겠습니까. 혹시 용이라고 한다면 머리에 흙을 뒤집어쓴 용土龍(지렁이)일 것입니다."

"어찌 그리 겸손한 말씀을. 그렇다 해도 귀공은 여러 지방을 돌아다니셨으니 당세의 영웅은 알고 계실 듯하오. 귀공께서는 누구를 당세의 영웅이라 생각하시오?"

"글쎄요…… 저처럼 범용한 눈을 가진 자에게는 어려운 질문입니다."

"귀공의 가슴속에 있는 사람 누구라도 좋으니 한번 말씀해보시오."

유비는 조조의 집요한 눈빛에서 벗어나고 싶어 나무 밑에서 나와 하늘을 올려다보며 말했다.

"오오, 벌써 비가 그쳤습니다."

＊＊＊

대답을 교묘하게 피했으나 비를 피하는 동안의 잡담에 지나지 않았기에 조조는 화를 내지 않았다. 조금 앞장서서 걷던 유비가 적당한 곳에서 조조를 기다렸다가 다시 하늘을 올려다보며 말했다.

"비가 또 내릴 것 같습니다."

"비가 내리는 것도 운치 있어서 좋지. 우정雨情이라는 말도 있으니."

"조금 전의 비로 매실이 꽤 많이 떨어졌습니다."

"마치 시 속의 풍경 같구려."

조조가 멈춰 섰다. 유비도 주위를 둘러보았다. 후각에서 일하는 시녀들이 비가 그친 것을 보고 매실을 줍기 위해 모여 있었던 것이다. 미희들은 저마다 손에 바구니를 들고 매실의 양을 서로 자랑하고 있었다.

"어머…… 승상께서 오셨다."

그녀들은 조조의 모습을 보고는 건물의 처마 밑으로 도망치듯 몸을 숨겼다. 조조는 시적 정취를 느낀 것인지, 아니면 그녀들의 젊음에 도취된 것인지 봉안에 웃음을 띠며 유비에게 말했다.

"여자들이란 참으로 사랑스럽지 않소? 저것이 그들의 생활이라는 것이오."

"저렇게 아름다운 시녀들을 잘도 모으셨습니다. 역시 천하의 도읍이라 할 수 있습니다."

"하하하. 하나 이 매화 숲의 매화꽃이 한꺼번에 피어나 향기를 흩뿌릴 때면 저 아이들의 아름다움도 퇴색해버리고 만다오. 안타깝게도 매화꽃은 쉬 떨어져버리고 말지만."

"미인의 아름다움도 그리 길지는 않습니다."

"그렇게 먼 앞만 내다보면 모든 것이 허무해지고 말 것이오. 아무리 오래 살아봐야 70년, 혹은 80년이 아니겠소. 불자들은 그것을 극히 짧은 한순간에 지나지 않는다고도 하지만."

"그 마음을 모르는 바도 아닙니다."

"나는 불교의 설법이나 군자의 말에 무조건 따르고 싶지는 않소. 타고난 반항아인 듯하오. 그러나 스스로 대장부답지 않으면 대장부가 가는 길을 이해할 수가 없소."

조조는 그렇게 말하고 입을 다문 뒤 다시 걷기 시작했다. 그와 더불어 이야기의 주제는 어느 틈엔가 앞으로 돌아가 있었다.

"귀공은 어떻게 생각하시오? 아까도 물었소만, 당금의 영웅은 누구라 생각하시오? 있는 게요, 없는 게요? 귀공의 가슴속에 있는 인물을 들려주시기 바라오."

"그 문제 말씀이십니까? 제가 특별히 생각하던 사람은 없습니다. 그저 승상의 은혜를 입어 조정을 섬기고 있을 뿐입니다."

"귀공 생각에 영웅이라 부를 만한 사람이 떠오르지 않는다면 세상 사람들이 하는 얘기라도 상관없소. 세상 사람들은 뭐라고들 하는지 들려주셨으면 하오."

조조는 평소 성격답게 참으로 끈질겼다. 그의 끈질긴 질문에 유비도 더는 피할 수가 없었다.

"들리는 말에 의하면 회남의 원술을 영웅이라 할 수 있을 듯합니다. 병사에 정통하고 군량도 충분하며 세상 사람들도 입을 모아 칭송한다고 하니……."

그 말을 듣고 조조가 빙그레 웃으며 말했다.

"원술 말이오? 그는 이미 살아 있는 영웅이라고 할 수 없을 게요. 무덤 속의 백골이요. 조만간에 이 조조가 반드시 사로잡을 것이오."

"다음으로는 하북의 원소를 들 수 있습니다. 4대에 걸쳐서 3공에 올랐으며 그의 집안에서는 헤아릴 수도 없이 많은 관리가 나왔습니다. 지금은 기주에 자리를 잡고 있는데 모사와 용장의 수를 헤아리기 어렵다고 하니 앞날에 대한 대계를 쉽게 짐작해볼 수 있을 것입니다. 그러니 그를 시대의 영웅이라 보아도 되지 않겠습니까?"

조조는 이번에도 웃으며 대답했다.

"하하하, 그런가? 원소는 담대하지 못하고 우유부단하여 옴벌레와 같은 인물이오. 중요한 순간에는 몸을 사리고, 작은 이익을 보면 목숨을 아끼지 않는 성격이라 할 수 있소. 그런 사람이 어찌 시대의 영웅이 될 수 있겠소?"

조조는 누구의 이름을 들어도 단칼에 부정할 뿐이었다. 그렇다고 애매하게 부정하지도 않았다. 그 대답이 참으로 명쾌했다. 듣는 이로 하여금 통렬한 쾌감을 느끼게 할 정도였다. 유비도 어느 틈엔가 이야기에 빠져들고 말았다. 유비가 당금의 영웅이라 생각하는 사람의 이름을 들면 조조가 논파하는 식으로 이야기에 흥미가 더해져 어느 틈엔가 술자리가 마련된 정자 앞까지 다다르게 되었다.

"이곳은 풍류가 있지 않소?"

"참으로 좋은 곳입니다."

"매화를 바라볼 때면 이곳에서 가끔 잔치를 열지. 야생의 기운이 느껴져 더욱 좋소. 오늘도 갑갑한 예의는 잊고 편안하게 마셔봅시다."

"그렇게 하겠습니다."

"이곳으로 오면서 당금의 영웅에 대해 많은 이야기를 나누었소만, 나는 아직도 서생 기질이 남아 있는지 담론을 매우 좋아하오. 오늘은 마음껏 담론을 즐기기로 합시다."

조조가 흉금을 털어놓고 적나라한 자신의 모습을 보일 생각이라는 듯한 기세로 말했다. 참으로 자연인다운 모습으로 보이기도 했고, 낙양의 가난한 일개 서생처럼 보이기도 했다. 어디까지가 조조의 참모습인지 알 수 없었다. 유비는 조조의 기분에 맞춰 자신도 속내를 드러낼 기색을 쉽게 내보이지 않았다. 유비가 조조만큼 자신을 내보이면, 그것은 자신의 전부를 완전히 내보이는 것이라고 할 수도 있기 때문이었다. 유비는 세심하고 용의주도하게 자신을 감추었다. 그 모습은 겁을 먹은 사람과도 같았다. 좋게 말하면 그것은 인간의 본성을 깊이 이해하는 유비가 자신의 단점을 잘 파악하여 오로지 상대방과의 융화에만 힘을 쓰기 위한 배려라고도 할 수 있으나, 나쁘게 말하면 타인에게 쉽게 자신의 속을 내보이지 않으려는 이중·삼중의 가면과도 같은 거라고 할 수 있을 것이다. 적어도 조조라는 인간은 유비보다 훨씬 더 간결하고 명료했다. 때때로 감정을 표출하는 것만 봐도 어느 정도는 속내를 읽을 수가 있었다. 그렇다고 해서 유비는 속이 검은 사람이고 조조는 좋은 사람이라고 단정적으로 말할 수는 없었다. 왜냐하면 조조가 내보이는 감정에도, 쾌활하게 내뱉는 말에도, 서생처럼 흉금을 털어놓는 모습에도 상당한 기교와 기지가 있었기 때문이다. 그것은 오히려 자신부터 허물없는 태도를 보여 상대방을 방심시키려는 술책이라고도 볼 수 있을 것이다. 단, 조조에게는 원래의 성격에서 나오는 행동과 기지와 기교에서 나오는 행동을 스스로 의식하지 못한 채 행하는 면이 있었다. 따라서 그 자신은 두 개의 행동을 일일이 구분해서 언동에 나타내고 있다고는 생각지 못했을 수도 있다.

아름다운 옥으로 만든 술잔과 화려하게 구운 술병이 놓여 있었다. 그리고 안주는 푸른빛의 작은 매실이었다. 조금 전 매실을 줍던 미희들 속에서 본 듯한 여인이 몇 명 나와서 두 사람의 술시중을 들었다.

"아아, 취하는구나. 매실과 함께 마시면 술기운이 이렇게 빨리 도는 걸까?"

"저도 꽤 많이 마셨습니다. 요즘에는 이처럼 기분 좋게 술을 마신 적이 없었습니다."

"푸른 매실에 술을 데워 영웅을 논하다. 아까부터 시의 첫 구절만 떠오를 뿐 그 뒤가 이어지질 않소. 그대가 한번 이어서 지어보겠소?"

"제게는 가당치도 않은 일입니다."

"시는 짓지 않는가?"

"선천적으로 풍류와는 거리가 먼 듯합니다."

"참 재미없는 사람이군."

"죄송합니다."

"그럼 술이나 더 마시기로 하지. 어째서 잔을 놓는 겐가?"

"술도 충분히 마셨으니 오늘은 이만 물러갈까 합니다."

"아직 안 되오!"

조조가 자신의 술잔을 내밀며 말했다.

"아직 영웅론이 끝나지 않았소. 자네는 아까 원술과 원소 두 사람을 당세의 영웅이라 했소만 천하에 다른 인물은 더 없다는 게요? 그럼 묻겠소! 당대에 인재가 그다지도 없단 말이요?"

억지로 권하는 술잔과 던져진 질문 앞에서 유비는 함부로 일어날 수도 없어 술잔을 받으며 대답했다.

"조금 전에 든 이름은 세상에서 들은 바를 말씀드린 것일 뿐입니다."

조조가 쉴 틈을 주지 않고 다시 물었다.

"세상 사람들이 하는 말이어도 상관없네. 원소와 원술 이외에는 누가 당금의 영웅이라는 소리를 듣고 있나?"

"다음으로는 형주의 유표일 것입니다."

"유표?"

"위세가 9개 주를 덮고 있으며 여덟 준재俊才 중 하나라 불리고, 영지를 다스림에도 뛰어나다고 들었습니다."

"영지를 다스리는 것은 그의 부하 중 조그만 재주를 가진 자가 행하고 있는 일에 불과하오. 누가 뭐래도 유표의 단점은 주색에 빠지기 쉽다는 점이오. 여포와 비슷한 점이 있소. 그런데 어찌 시대의 영웅이라 할 수 있겠소."

"그렇다면 오의 손책은……?"

"음, 손책 말인가?"

조조는 웃어넘기지 않았다. 고개를 약간 갸웃거렸다.

"승상의 눈에 손책은 어떻게 보이십니까? 그는 강동의 영수領袖라 할 수 있습니다. 게다가 아직 어린 나이임에도 백성들로부터 소패왕이라 불리며 신임을 얻고 있는 듯합니다."

"말할 가치도 없소. 한때의 임기응변으로 공을 세웠다고는 하나 아버지의 이름을 물려받은 애송이에 불과하오."

"그렇다면 익주의 유장劉璋은 어떻습니까?"

"그런 자는 문을 지키는 개에 지나지 않소."

"그렇다면 장수, 장로張魯, 한수韓遂 등과 같은 인물들은 어떻습니까? 그들도 역시 영웅이라 할 수 없습니까?"

"아하하하하, 그런 사람들도 있었는가?"

조조가 손뼉을 치며 비웃었다.

"그들은 모두 변변치 못한 소인배로 논할 가치조차 없소. 조금 더 그럴듯한 인물은 없단 말이오?"

"그들 외에 제가 들은 자는 없습니다."

"참으로 딱하구려. 무릇 영웅이란 큰 뜻을 품고, 오묘한 만계萬計를 지니고 있으며, 앞으로 나감에 두려움이 없고, 시조에 뒤처지지 않고, 우주의 기운과 천지의 이치를 체득하여 만민의 지휘에 임하는 자가 아니면 안 되오."

"오늘의 세상에 그런 자질을 전부 갖춘 인물이 정말 있습니까? 저는 알지 못합니다만."

"아니, 있네!"

조조가 갑자기 손가락을 들어 유비의 얼굴을 가리킨 뒤, 그 손가락을 다시 되돌려 이번에는 자신의 얼굴을 가리켰다.

"자네와 나. 지금 천하에 영웅이라 할 수 있는 사람은 자네와 나, 두 사람밖에 없네."

그 말이 채 끝나기도 전이었다. 번쩍하고 시퍼런 번개가 두 사람의 무릎에서 번뜩이나 싶더니 폭포 같은 빗줄기와 함께 천둥이 울리며 근처의 나무에 벼락이 떨어진 모양이었다.

"앗!"

유비는 손에 들고 있던 수저를 내던지고 두 귀를 막으며 자리에 엎드려버렸다. 그것은 틀림없이 천지를 찢어놓을 듯한 진동이었지만, 지나치게 겁을 먹은 유비의 모습에 자리에 있던 미희들이 깔깔깔 웃음을 터뜨렸다. 조조는 한동안 얼굴도 들지 않고 있는 유비를 의심하며 날카로운 시선으로 바라보았다. 하지만 미희들마저 비웃었기에 입가에 쓴웃음을 지으며 말할 수밖에 없었다.

"그만 일어나시오. 하늘도 갠 지 이미 오래요."

술기운이 싹 가신 듯한 얼굴로 유비가 말했다.

"아아, 정말 놀랐습니다. 전 원래부터 천둥소리를 아주 싫어합니다."

"천둥은 천지의 목소리인데 어찌 그리 무서워하는 게요?"

"모르겠습니다. 천성인 듯합니다. 어렸을 때부터 천둥이 울리면 숨을 곳부터 찾았습니다."

"흠……."

조조는 유비의 원모遠謀인 줄도 모르고, 유비를 보며 세상에 크게 쓰일 사람은 아니라고 생각했다. 바로 그때 남쪽 정원의 문에서도 천둥소리와 같은 사람의 목소리가 들려왔다.

"문을 열어라, 문을 열어. 열지 않으면 깨부수고 들어가겠다."

정원 안의 보초병이 놀라 되물었다.

"누구냐? 어찌 문을 깨부수겠다는 말이냐?"

그렇게 묻는 사이에도 문이 덜컹덜컹 흔들렸다. 문 위의 지붕에서 기와 두어 장이 떨어져 깨져버리고 말았다.

"무뢰한 놈들! 누군지 이름을 밝혀라. 무슨 일인지 용건을 밝혀라."

그러자 문밖에서 다시 외침이 들려왔다.

"한가하게 떠들고 있을 틈이 없다. 우리는 오늘 승상의 초대를 받아온 손님 유현덕의 두 동생들이다."

"그렇다면 관우와 장비 두 장군이십니까?"

"어서 문을 열어라."

"승상의 허락을 받고 오셨습니까?"

"그런 한가한 소리나 하고 있을 때가 아니라는데도 이러는구나. 에잇, 귀찮다. 형님, 뒤로 물러나 있으슈. 이 바위로 문을 찍을 테니."

안의 병사가 깜짝 놀라 다급하게 외쳤다.

"잠깐 기다리십시오. 왜 이리 서두르십니까? 열지 않겠다고는 하지 않았습니다."

"빨리 열어라, 빨리!"

"어쩔 수 없구나."

병사가 벌벌 떨며 마지못해 문을 열려고 하는데 승상부의 관리와 병사들이 문밖에서 좌우를 감싸며 소리쳤다.

"안 되오. 승상의 허락을 얻어야 한다고 말했건만 억지로 밀고 들어온 자들이니 함부로 들여서는 안 되오."

"버러지 같은 놈들. 밟혀 죽고 싶은 것이냐?"

장비는 병사들을 때리고, 짓밟고, 멀리 던져버렸다. 병사들이 겁을 먹고 우르르 도망가자 장비가 커다란 바위를 들어 올려 문을 찍었다. 마침내 안으로 들어간 두 사람은 매화나무 사이를 질풍처럼 달려갔다. 유비는 이제 막 자리에서 일어나 돌아가려던 참이었다. 유비가 정자 앞으로 내려서자마자 두 사람이 달려오며 외쳤다.

"아아, 주공!"

"큰형님!"

두 사람은 유비의 무사함을 보고 땅바닥에 털썩 무릎을 꿇고 주저앉았다. 그러고는 북받쳐 오르는 눈물과 함께 한순간에 맥이 풀려 한동안 어깨를 들썩이며 숨을 헐떡였다. 그 모습을 보고 조조가 물었다.

"관우와 장비가 아니요? 부르지도 않았는데 어쩐 일로 오신 게요?"

관우는 대답할 말이 얼른 떠오르지 않았다.

"그, 그게……. 오랜만에 술자리가 열린다기에 재주는 없으나 저희가 검무를 추어 흥을 돋우기 위해 무례함을 무릅쓰고 달려왔습니다."

조조가 그들의 궁색한 변명을 듣고는 큰 소리로 웃었다.

"와하하하하. 이 두 사람, 무슨 소리를 하는 게요. 이곳은 홍문鴻門의 연회장이 아니오. 어찌 항장項莊과 항백項伯을 쓸 데가 있겠소? 안 그렇소, 유 황숙?"

"죄송합니다. 둘 모두 경솔한 사람들이어서……."

유비 역시 웃어넘겼다.

"어찌 경솔한 사람들이라 하시오. 천지의 소리를 두려워하는 유 황숙에게는 과분할 정도의 아우들이오."

그렇게 말한 뒤, 한동안 눈을 떼지 않고 두 사람을 바라보고 있던 조조가 정자 위에서 다시 말을 이었다.

"검무는 추지 않아도 좋소. 어쨌든 이렇게 자리에 왔으니 한잔하시오. 애들아, 저 두 번쾌樊噲에게도 술을 올려라."

장비는 감사의 절을 한 뒤 화풀이라도 하듯 벌컥벌컥 들이켰으나 관우는 조조가 다른 곳을 보는 사이에 입에 물고 있던 술을 뒤쪽으로 뱉어버렸다. 비가 그친 저녁 하늘에는 무지개가 걸려 있었다. 호랑이의 아가리에서 벗어난 유비의 수레는 무지개 아래로 바큇자국을 그리며, 두 동생의 호위 속에 무사히 돌아가고 있었다.

39
거짓 황제의 말로

뜻밖에 듣게 된 오랜 벗 공손찬의 죽음. 황제를 참칭하는 원술과
하북 최고의 세력 원소와의 결합을 끊겠다며 허도를 나서 서주로 향하는 유비

며칠 후 유비가 명령했다.

"일전의 초대에 대한 답례를 하기 위해 승상부로 들어갈 생각이니
수레를 준비하여라."

천하에 두려울 것이 없는 관우와 장비도 조조에게만은 경계심을 늦
추지 않았다. 두 사람은 유비에게 자중할 것을 간절하게 청했다.

"조조의 뱃속에는 무엇이 들어 있는지 알 수 없습니다. 꾀가 많은 간
웅의 흉문으로 형님이 먼저 찾아가시는 것은 현명하지 못합니다."

유비는 고개를 끄덕였다. 그리고 미소를 지으며 입을 열었다.

"바로 그렇기 때문에 밭에서 거름통을 지기도 하고, 천둥소리에 귀를 막기도 하고, 숟가락을 떨어뜨려 보이기도 한 것이다. 하지만 총명하고 민감한 조조이니 피하기만 하고 다가가지 않으면 다시 의심을 하게 될 게야. 오히려 어리숙한 척하며 때때로 찾아가 그의 비웃음을 사는 편이 더 나을 것이다."

그제야 두 사람은 유비의 입을 통해 밭에서 쟁기질을 하는 이유와 천둥소리에 귀를 막은 뜻을 듣고 그의 용의주도함에 감탄했다. 그렇게까지 조심하고 있으니 조조에게 다가가는 것도 크게 걱정할 일은 아니라는 듯 두 사람 모두 수레의 뒤를 따랐다.

조조는 유비를 보자 기분이 매우 좋아진 듯 평소의 청아담미淸雅淡味를 버리고 그날만은 온갖 음식과 술로 상을 가득 채웠다.

"황숙, 전과는 달리 오늘은 바람도 없고 날도 온화하오. 천둥 번개가 칠 일도 없을 테니 우리 천천히 즐기기로 합시다."

그때 시신 하나가 와서 조조에게 고했다.

"하북의 정세를 살피러 나갔던 만총滿寵이 밀정들의 첩보를 전부 모아가지고 지금 막 돌아왔습니다."

곁눈질로 유비의 얼굴을 보던 조조가 명령했다.

"그래, 만총이 돌아왔다고? 어서 이리로 데리고 오게."

잠시 뒤 시신의 안내를 받은 만총이 방으로 들어와 자리의 한쪽 구석에 섰다. 조조가 만총에게 말했다.

"하북의 정세는 어떤가? 원소의 허실을 잘 살피고 왔는가?"

만총이 보고를 시작했다.

"하북에 특별히 이렇다 할 사태는 일어나지 않았으나 북평의 공손찬이 원소의 손에 목숨을 잃고 말았습니다."

그 말을 듣고 놀란 사람은 옆에 있던 유비였다.

"뭐, 공손찬이 목숨을 잃었다고요? 그와 같은 세력과 지반에 덕도 겸비한 인물이 어찌 하루아침에 멸망을 했단 말입니까. 아아⋯⋯."

허무하다는 듯 탄식하며 손에 든 잔도 잊은 유비의 모습을 보고 조조가 이상히 여기며 물었다.

"황숙은 공손찬의 죽음을 어찌 그리 슬퍼하는 게요? 나는 잘 이해가 되지 않소. 흥망은 병가兵家에 늘 있는 일이 아니오."

"그야 물론 그렇지만, 공손찬은 오래전부터 저와 친하게 지내던 은우恩友였습니다. 황건적의 난이 시작되었을 때 가난 속에서 뜻을 세워 무기도 병력도 부족했던 저는 관우, 장비 두 아우들과 함께 난을 평정하기 위해 나선 공손찬의 부대에 가세했고, 또 그의 병력을 얻어 싸움에 임하는 등 여러 가지로 보살핌을 받았습니다. 아아, 만총 장군 좀 더 자세히 얘기를 들려주실 수 없으시겠소."

그 말을 듣고 조조가 말했다.

"그랬었군. 황숙이 무명이었던 시절부터 황숙과 공손찬은 가볍지 않은 사이였구려. 이보게, 만총. 귀빈께서 저렇게 청하시지 않는가. 공손찬이 어떻게 해서 목숨을 잃게 되었는지, 자세히 말해보게."

애초부터 만총은 그러한 견문을 모으기 위해 하북에 다녀온 사람이었다. 그가 들려주는 이야기는 매우 구체적이고 정확했다. 그의 말을 정리하자면 다음과 같은 것이었다.

***

북평의 공손찬은 최근 기주의 요지에 역경루易京樓라는 커다란 성곽을 짓고 그곳으로 일족 모두를 옮겼다. 역경루는 어마어마한 규모를 자랑하는 성으로 언뜻 그의 위세가 더욱 강성해진 것처럼 보였으나, 사실을 살펴보면 해를 거듭할수록 원소에게 국경 지방을 잠식당하다 보니 예전의 성에 머물기가 불안해졌던 것이다. 그래서 대토목공사를 시작했고, 그곳으로 옮겼다는 사실 자체가 이미 후퇴를 의미하는 퇴조退潮의 첫걸음이었던 것이다.

공손찬은 거기에 군량 30만 석을 쌓아두고 대병을 배치해 이후 거듭된 몇 번의 싸움에서는 강국의 면모를 보여주었다. 하지만 원소와의 전쟁 중에 자신의 한 부대를 적 속에 버리고 온 일이 생기면서 신망을 잃었고, 군의 사기도 떨어지기 시작했다. 그날 공손찬은 성 밖으로 나가 어지러이 싸움을 펼치다 결국은 적에게 밀려 정신없이 성안으로 쫓겨 들어와 역경루의 성문을 굳게 닫았다.

"적 가운데 퇴로를 끊긴 우리 군 5백여 명이 아직 남아 있습니다. 그냥 내버려둘 수 없으니 원군을 편성해 그들을 돕게 해야 합니다."

장병들이 다시 성문을 열어 그들을 구원하려 했으나 공손찬은 허락하지 않았다.

"그럴 수는 없다. 5백 명의 병사를 구하기 위해 천 명의 병사를 잃을 수 없으며, 성문을 연 틈을 이용해 적이 밀려들면 우리는 큰 손실을 입게 될 것이다."

그러자 원소군이 성 바로 앞까지 밀고 들어왔을 때, 성안의 불평분자들은 성 밖으로 나갔고, 뜻밖에도 천 명 이상이나 되는 사람들이 한꺼번에 항복을 해버리고 말았다. 항복한 병사들은 적의 취조에 대해 망설이지 않고 대답했다.

"공손찬은 우리를 화폐나 물건으로밖에 생각지 않습니다. 단순히 득실만을 따져 적에게 포위된 5백 명을 그냥 죽게 내버려두었습니다. 그래서 우리는 그에게 천 명의 손실을 안겨주기로 작정했습니다."

그 후 남은 장병들의 사기를 더는 끌어올릴 수가 없었다. 이에 공손찬은 흑산黑山의 장연張燕에게 협력을 요청해 원소를 협공하겠다는 계책을 세웠으나 그 계책마저 적에게 간파당했고, 그것을 역이용한 원소군의 공격에 참패를 당하게 되었다. 공손찬은 역경루를 지키기만 할 뿐 성 밖으로 나가려 하지 않았기에 마침내 원소도 공격에 지치고 말았다.

"역경루를 떨어뜨리려면 적어도 성안의 병사들이 30만 석의 군량을 다 먹어치울 때까지는 기다려야 할 것이다."

하지만 원소 휘하에는 참으로 귀신같은 재주를 지닌 군사가 있었다. 그들은 밤낮으로 땅을 파서 갱도를 만들어 성안으로 들어갔고, 곳곳에서 방화, 교란, 살육 등 불시에 습격을 가했다. 동시에 성 밖에서도 공격을 하여 단번에 성 전체를 점령해버렸다. 퇴로가 완전히 끊긴 공손찬은 자기 손으로 처자를 벤 뒤 스스로 목숨을 끊었다.

＊＊＊

"이런 연유로 원소의 영토는 더욱 넓어지고 병마는 더욱 증강되고 있습니다. 뿐만 아니라 한때는 황제를 참칭하던 그의 동생, 회남의 원술도 더는 자신의 세력을 유지할 수 없게 되자 형 원소에게 옥새를 내주고 형을 황제로 칭한 뒤 자신은 실리를 취하면서 둘의 합체를 꾀하고 있습니다. 이 두 세력이 하나로 합쳐지면 더욱 커다란 세력이 되어 더는 맞설 자가 없어지게 될 것입니다."

만총이 보고를 마쳤다. 조조는 참으로 불쾌하다는 듯한 표정을 지어 보였다.

"승상, 한 가지 청을 드리고 싶습니다. 들어주시기 바랍니다."

유비가 조조의 편치 않은 얼굴을 보며 조심스럽게 말을 꺼냈다.

"황숙, 새삼스럽게 청할 일이 있다니, 대체 무엇이오?"

"제게 승상의 일군一軍을 빌려주셨으면 합니다."

"나의 일군을 이끌고 자네는 대체 어디로 가려는 겐가?"

"지금 만총의 말을 듣자 하니 회남의 원술은 자신이 참칭하던 황제의 이름과 옥새를 형 원소에게 양보하여 안으로는 두 사람의 세력을 합치고, 밖으로는 하북과 회남을 하나로 묶어 세력을 더욱 펼칠 심산인 듯합니다. 이는 승상께서도 그냥 내버려둘 수 없는 일이 아니겠습니까?"

"물론 그냥 내버려둘 수 없는 일이기는 하오만, 그에 대한 무슨 대책이라도 있단 말이오?"

"원술이 회남에서 하북으로 가려면 반드시 서주 땅을 지나야 합니다. 제가 지금 일군을 빌려 급히 달려가 그의 길을 끊으면 승상의 근심을 제거할 수 있습니다. 또 함부로 제위에 오르려는 원소를 응징하여 그들이 품은 모든 야심을 미연에 깨뜨릴 수도 있을 것입니다."

"평소 자네답지 않은 용기로군. 어째서 갑자기 그런 생각을 하게 된 게요?"

"원술과 원소를 치면 오랜 벗인 공손찬의 영도 조금이나마 위로를 얻지 않을까 하여……."

"그래, 자네의 신의와도 관계된 일이로군. 원소는 오랜 벗의 원수이기도 하단 말이지. 알겠네. 내일 아침 함께 조정으로 들어가 천자께 자네의 뜻을 아뢰도록 합세. 자네가 가준다면 내 마음도 든든할 게야."

다음 날, 조조가 조정으로 나가 그와 같은 뜻을 황제에게 알리자 황제는 눈물을 흘리며 유비를 궁문까지 배웅했다.

유비는 장군의 인을 허리에 차고 조정에서 나와 승상부로 갔다. 그리고 조조에게서 5만 명의 병력과 두 장군을 빌린 후 허도의 집을 정리하고 급히 성을 벗어났다.

"뭐? 유 황숙이 허도를 떠났다고?"

그 소식을 듣고 놀란 사람은 다름 아닌 동승이었다. 동승은 십리정十里亭까지 말을 달려 유비의 뒤를 따라갔다.

"국구, 안심하시기 바랍니다. 지난날의 약속을 잊은 것이 아닙니다. 비록 허도를 떠나나 제 마음은 한시도 천자 곁을 떠나지 않을 것입니다. 우리가 꾀한 일을 조조가 눈치채지 않도록 조심하시기 바랍니다."

유비는 동승을 안심시킨 뒤 다시 서주를 향해 떠났다. 그는 병사들을 재촉하여 길을 서둘렀다. 관우와 장비가 이상히 여기며 유비에게 물었다.

"평소의 형님답지 않으십니다. 어찌 이리도 서둘러 도읍에서 벗어나려 하시는 겝니까?"

"여기까지 왔으니 하는 말이네만, 우리가 허도에 머물 때는 단 하루도 마음 편한 날이 없지 않았는가? 허도에 있는 동안 우리의 목숨은 새장 안의 새, 그물 속의 물고기와 바를 바 없었지. 혹시 조금이라도 조조의 마음이 바뀌면 언제 그의 손에 죽을지 모를 목숨이었다네. 드디어 허도에서 벗어나, 지금은 새가 창공으로 날아오르고 물고기가 대해로 들어간 듯한 기분이 드네."

유비가 감격스럽다는 듯이 말했다. 그 말을 들은 관우와 장비는 그간 유비가 얼마나 마음고생을 했는지 이해하게 되었다. 무사한 날이 계속될수록 유비의 마음고생은 더욱 심했던 것이다.

그 후 각 군의 순찰을 마치고 허도의 승상부로 돌아온 곽가는 유비가 대군을 빌려 허도를 떠났다는 사실을 알게 되었다.

"아뿔싸!"

놀란 곽가는 바로 조조를 만나 그 일이 옳지 않다는 것을 설명했다.

"어찌하여 호랑이에게 날개를 빌려주고, 또 들판에 풀어주기까지 하신 겝니까? 승상께서는 유비를 너무 쉽게 생각하고 계신 듯합니다."

"그런가?"

조조의 얼굴에 동요의 빛이 어리기 시작했다. 곽가가 더욱 어조를 높여 말했다.

"그렇습니다. 좀 더 노골적으로 말하자면 승상께서 유비에게 한 방 얻어맞은 셈입니다."

"어째서?"

"유비는 승상께서 생각하신 것처럼 그저 사람 좋기만 한 범인이 아닙니다."

"물론 나도 처음에는 그렇게 생각했으나……."

"맞습니다. 그런 유비가 어째서 갑자기 거름통을 짊어지고 밭으로 나가 어리숙한 모습을 보였는가 하는 점입니다. 승상처럼 형안을 가지신 분께서 어찌 유비에게만은 그리도 마음을 놓으셨던 것입니까?"

"그렇다면 그가 병력을 빌려 나를 위해 원술을 치겠다는 말은 거짓이었단 말인가?"

"그 말만은 거짓이 아닙니다. 그러나 승상을 위해서 하는 일이라고 흡족해하셔서는 안 됩니다. 그의 행동은 어디까지나 그 자신을 위한 것입니다."

"그렇다면……."

조조는 발을 구르고 후회로 입술을 씹으며 탄식했다.

'이는 내 일생의 실수로다. 천둥을 무서워하는 놈에게 당했구나.'

그때 문득 밖에서 누군가의 목소리가 들려왔다.

"승상, 무얼 그리 분해하십니까? 제가 한달음에 달려가서 그놈을 사로잡아 오겠습니다."

사람들이 돌아보니 그는 호분교위虎賁校尉 허저였다.

"허저, 기특하구나. 어서 가라!"

허저는 가벼운 차림의 날랜 병사 5백 명을 뽑아 질풍같이 유비의 뒤를 쫓았다. 허저는 4일 동안 내달려 유비군을 따라잡았다. 허저와 유비는 서로의 병사들을 뒤로 한 채 말 위에서 이야기를 주고받았다. 유비가 먼저 말했다.

"교위, 어쩐 일로 여기까지 오셨소?"

"승상의 명령입니다. 병사들을 제게 넘기시고 속히 허도로 돌아가시기 바랍니다."

"참으로 뜻밖의 말씀이로군. 나는 천자를 뵙고 칙서를 받았으며, 또한 승상의 명령을 받아 당당하게 도읍에서 나온 몸이오. 그런데 이제 와서 교위를 보내 병사를 되돌리라고 하다니. 아하, 알겠소. 교위도 곽가나 정욱 등의 무리와 같은 비렁뱅이였구려."

"뭣이, 비렁뱅이라고!"

"그렇소! 화를 내기 전에 우선은 자신을 돌아보시오. 내가 출병하기에 앞서 곽가, 정욱 두 사람이 뇌물을 요구했으나 나는 상대도 않고 요구를 거절했소. 그에 대한 화풀이로 승상께 참언을 하여 교위로 하여금 나를 뒤쫓게 한 것이오. 아아, 참으로 우습구나. 비렁뱅이들의 혀끝에 놀아나 당당하게 사자로 오다니! 참으로 정직하시구려."

유비가 껄껄 웃은 뒤 다시 말을 이었다.

"만일 힘으로라도 나를 끌고 갈 생각이라면 내게 관우와 장비가 있으니 서로 인사를 시켜드리도록 하겠소. 하나 승상께 사자의 목만 돌려보낸다는 것도 마음에 걸리는 일이기는 하오. 교위께서도 깊이 생각하시어 내 뜻을 승상부에 잘 전해주시기 바라오."

유비는 그렇게 말한 뒤 수많은 병사들 속으로 모습을 감추었다. 그의 군대는 곧 당당하게 앞으로 전진을 시작했다. 허저는 달리 막을 방법이 없었기에 헛되이 발걸음을 돌릴 수밖에 없었다.

허저는 있는 그대로를 조조에게 보고했다. 화가 난 조조는 바로 곽가를 불러 뇌물에 대해 엄히 따져 물었다. 곽가가 노여운 빛을 띠며 대답했다.

"어찌 이러십니까? 제가 말씀드린 지 얼마나 됐다고 또 유비에게 속아서 저까지 의심을 하시는 겁니까?"

그 말을 들은 조조가 이내 깨닫고 큰 소리로 웃으며 곽가의 마음을 달래주었다.

"오늘의 일은 한바탕 희극이 아닐 수 없네. 세월은 불러도 돌아오지 않고, 실수는 후회해도 예전으로 돌아가지 않는 법이지. 주종의 관계이니 이제 불평은 그만두기로 하세. 어리석구나, 참으로 어리석어……. 차라리 술 한잔을 들며 새로운 방법을 모색해, 훗날 유비에게 오늘의 실책을 백배로 되갚아주겠네. 곽가, 누에 올라 나와 술을 나누기로 하세."

*　*　*

예전에 스스로 동승을 찾아가 의맹에 가담했던 서량태수 마등도 유비가 허도를 탈출했다는 이야기를 전해 들었다.

'앞길이 더욱 요원해졌구나.'

그 후 마등은 오랑캐의 내습이 걱정된다며 갑자기 서량으로 돌아가 버리고 말았다.

때는 건안 4년(199년) 6월이었다. 유비는 이미 서주에 도착해 있었다. 서주성은 예전에 조조가 잠시 머물게 했던 임시 태수 차주車胄가 지키고 있었다. 마중을 나온 차주가 이상히 여기며 물었다.

"승상의 직속 부대를 이끌고 갑자기 무슨 일로 내려오신 것입니까?"

하지만 그는 성안에서 성대히 잔치를 열어 먼 길을 오느라 쌓인 피로를 풀어주겠다고 말했다. 잔치 전에 유비는 차주를 다른 방으로 불러 협력을 요청했다.

"옥새를 가지고 사사로이 황제를 칭하던 원술이 형 원소와 힘을 합치기 위해 옥새를 하북으로 가져가려 하고 있소. 그 길을 끊어 원술을 치게 하려고 승상께서 내게 5만 명의 병력을 내주신 것이오. 그러니 원술의 근황과 회남의 정세를 귀공이 신속하고 또 은밀하게 알아봐주셨으면 하오."

"알겠습니다. 그런데 승상께서 붙여주신 장군은 누구와 누구입니까?"

"주령朱靈과 노소露昭일세."

그때 옛 부하인 미축과 손건 등이 들어와 인사를 했다.

"건승하신 듯하니, 이보다 더한 기쁨도 없습니다."

유비는 그들과 함께 잔치에 참석했다. 그리고 잔치가 끝난 후 오랜

만에 처자가 있는 자신의 집에 들렀다. 우선은 노모가 있는 방으로 가서 노모 앞에 무릎을 꿇고 절했다.

"어머니, 이제야 유비가 돌아왔습니다."

"오오, 우리 비가 왔느냐. 이렇게 무사하니 정말 다행이구나."

노모는 눈물을 흘리며 유비의 손과 어깨를 쓰다듬고 얼굴을 끌어안았다. 요즘 노모는 눈도 흐려지고 귀도 어두워지고, 혼자서는 걸을 수조차 없었다. 하지만 언제나 비단과 모피와 깃털로 만든 옷을 입고 지내고 있으니 큰 불편함이 없었다. 그녀는 오로지 아들이 무사하기만을 빌었다.

"기뻐해주십시오, 어머니. 이번에 도읍에 가서 천자를 뵈었는데, 그때 하문에 답하여 저희 집안의 내력을 들려드렸더니, 천자께서 직접 조정의 계보를 살펴보시고, 유현덕은 틀림없이 우리 한실의 피를 물려받은 짐의 숙부에 해당하는 자이니라, 하고 참으로 황송한 말씀을 하셨습니다. 그로 인해 오랫동안 묻혀 있던 우리 집안도 다시 한가漢家의 계보에 기록되었고, 땅속에 계신 조상님들께도 미흡하나마 제사를 올릴 수 있게 되었습니다. 이 모두가 어머니의 힘으로, 이 유비라는 묘목을 키워 하나의 꽃을 피운 결과입니다. 어머니 더욱 오래오래 사셔서 우리 유씨 집안의 정원에 더욱 많은 꽃이 피는 것을 꼭 보시기 바랍니다."

"그러냐, 오오, 그런 일이."

노모는 기쁨을 오로지 눈물로만 표현했다. 그저 눈물을 흘리며 고개를 끄덕이기만 했다. 잠시 뒤 그곳에 온 가족이 둘러앉았다. 유비의 아내들과 자식들이 모여들었다. 유비도 어느 틈엔가 사심 없는 한 가족의 가장이 되어 있었다.

그 무렵 회남의 원술은 스스로 황제로 칭하고 궁궐을 전부 제왕의 부府에 따라 짓느라 막대한 비용을 쏟아부었다. 그렇다 보니 백성들에게 과도한 세금을 매기고, 폭정에 폭정을 더하여 그들을 탄압하지 않으면 자신의 세력을 유지할 수 없는 상태가 되었다. 당연히 백성들은 등을 돌렸으며, 내부에서도 균열이 일기 시작했다. 뇌박, 진란 등과 같은 장군들이 앞날이 걱정된다며 숭산으로 들어가 몸을 숨긴 데다 몇 년 동안의 수해로 국정은 완전히 마비 상태가 되어버렸다. 이에 원술은 기사회생의 방책으로 생각한 것이 형인 하북의 원소에게 자신이 감당하지 못했던 황제의 칭호와 옥새를 떠넘기고 자신의 몸을 지키는 것이었다.

예전부터 원소에게는 천하를 오로지하고 싶다는 야망이 있었다. 게다가 얼마 전에는 북평의 공손찬에게 승리를 거두어 단번에 영토가 확장되었다. 처음부터 군량과 재화는 충분히 있었다. 그렇다 보니 원소는 두말할 것도 없이 원술의 청을 받아들였다.

"회남을 버리고 하북으로 온다면 어떻게든 너를 돕도록 하겠다."

이에 어리석은 원술은 모든 인마를 끌어모아 수해로 굶주려 움직일 수 없게 된 백성들만을 남겨둔 채 회남에서 하북으로 옮겨갈 결심을 했다. 황제로서 지니고 있던 물건과 궁문의 집기를 옮기는 데만도 수백 대의 수레가 필요했다. 후궁의 여인들을 태운 가마와 일족의 노유老幼들을 실은 말의 길이만 해도 수 리里에 이르렀다. 거기에 기마와 보병의 군대가 뒤를 이었으며, 장병들의 가족과 가재도 따라가야 했기에 일찍이 본 적도 들은 적도 없는 대대적인 이사 행렬이 이어졌다. 그 기다란 행렬은 개미처럼 끈질기게 들판을 지나고 산을 넘고 강을 건너,

아침이면 안개 속에서 일어나고 저녁이면 석양 속에 멈춰 서며 북으로 북으로 이동해나갔다.

서주 가까운 곳에서 유비군이 그들을 기다리고 있었다. 총 병력은 5만 명이고, 한가운데에 유비가, 좌우에 주령과 노소가 늘어서 학익진으로 적을 감쌌다.

"주제넘은 멍석 팔이 필부 놈이."

원술의 선봉에서 대장 기령이 앞으로 달려나왔다. 장비가 그것을 보고 맞서 싸우러 나갔다.

"네놈을 기다린 지 오래다."

장비는 불꽃을 튀기며 10여 합 정도 싸우다 곧 기령을 창으로 찔러 죽였다. 그러고는 그 시체를 적군에게 집어 던지며 외쳤다.

"이렇게 되고 싶은 자는 장비 앞에 이름을 밝히고 나와라!"

원술의 부대는 차례차례로 짓밟히고 말았다. 잠시 뒤, 어지러워진 후진에서부터 한 떼의 군마가 원술의 중군을 기습하여 군량과 재보, 부녀자들을 수레째 약탈해갔다. 싸움이 채 끝나기도 전인 백주대낮에 약탈이 이루어진 것이었다. 게다가 그 도적의 무리는 얼마 전에 원술에게 실망하여 숭산으로 숨어들었던 진란과 뇌박의 군이었다.

"이 불충, 불의한 역적 놈들!"

원술이 비명을 지르는 부녀자들을 구하기 위해 창을 쥐고 광분했다. 하지만 어느 틈엔가 아군의 선봉은 무너졌고 2진도 짓밟히고 말았다. 저물녘의 초저녁달 아래에는 헤아릴 수도 없는 아군의 시체들만 나뒹굴고 있었다. 그는 이러다가는 자신이 목숨을 잃을지도 모르겠다고 생각하며 밤을 낮 삼아 달아났다. 하지만 도중에 강도와 산적들의 습격이 끊이지 않았고, 병사들은 제멋대로 흩어져 달아나버렸다. 갖은 고생 끝에 강정江亭이라는 곳까지 물러나 남은 병력을 헤아려보니 천 명도 되지 않는 소수에 불과했다. 게다가 그들 중 절반은 뚱뚱하게 살이 찐 일족이나 아무 도움도 되지 않는 늙은 관리와 아녀자들이었다.

때는 한여름인 6월이었기에 그 괴로움은 이만저만한 게 아니었다. 뙤약볕에 지쳐 더는 한 걸음도 움직일 수 없다는 노인도 있었다. 처절한 목소리로 물을 찾으며 숨을 거둔 환자와 부상자들도 있었다. 무리의 숫자는 10리를 가면 10명이 줄었고, 50리를 가면 50명이 줄었다.

"어쩔 수 없다. 부상이나 병으로 걷지 못하는 자는 버리고 간다. 우물쭈물하고 있다가는 유비군에게 추격을 당하고 말 것이다."

원술은 자기 일족 중 힘없는 자와 부하들까지도 미련 없이 버리고 달아났다. 그런데 며칠을 도망치는 동안 가지고 있던 식량이 동이 나고 말았다. 원술은 보리 껍데기를 먹으며 3일을 버텼으나 그것마저도 바닥이 났다. 굶어 죽은 사람의 수는 헤아릴 수 없을 정도로 많았다. 게다가 곳곳의 도적들에게 입고 있던 옷마저 빼앗겼다. 그는 거의 기다시피 하여 10여 일을 도망쳤는데, 문득 주위를 살펴보니 그의 곁에는 조카인 원윤袁胤 한 사람밖에 남아 있지 않았다.

"저쪽으로 농가 하나가 보입니다. 저기까지만 참으십시오."

원윤은 곧 숨이 끊어질 것 같은 원술의 팔을 자신의 어깨에 얹어 뙤약볕 밑을 비틀비틀 걸어갔다. 두 사람은 아귀처럼 그 농가의 부엌까지 기어갔다. 원술이 큰 소리로 외쳤다.

"농부, 농부, 내게 물을 가져오너라. 꿀물은 없는가?"

그러자 그곳에 있던 농부 하나가 웃으며 대답했다.

"뭐, 물을 달라고? 핏물이라면 있다만 꿀물은 어디에도 없다. 말 오줌이라도 마시든가."

농부의 냉혹한 말에 원술이 두 손을 들어 비틀비틀 일어났다.

"아아! 나는 이제 단 한 명의 백성도 갖지 못한 국주國主가 되었구나. 물 한 모금 주는 사람 없는 몸이 되었구나."

이윽고 원술은 목 놓아 우는가 싶더니 입에서 두 말의 피를 토하고 썩은 나무가 쓰러지듯 고꾸라져 숨을 거두었다.

"아, 큰아버지!"

원윤이 있는 힘껏 불렀으나 그는 더 이상 대답이 없었다. 원윤은 눈물 속에서 원술을 땅에 묻고 홀로 노강 쪽으로 달아나다 광릉의 서구徐璆에게 사로잡혔다. 서구가 원윤의 몸을 살펴보니 뜻밖의 물건이 나왔다. 바로 전국의 옥새였다.

"어째서 이런 물건을 가지고 있는 게냐?"

고문 끝에 원윤은 원술의 최후를 상세히 자백했다. 서구는 깜짝 놀라 바로 조조에게 문서로 그 사실을 알리고, 그와 함께 옥새를 보냈다. 조조는 그 공을 인정하여 서구를 광릉태수에 봉했다.

한편 유비는 소기의 목적을 달성했기에 주령과 노소 두 장군을 도웁으로 돌려보내고, 조조에게 빌린 병력 5만 명은 '경계를 지키기 위해서'라는 명목으로 그냥 서주에 머물게 했다.

허도로 돌아간 주령과 노소는 그러한 사실을 조조에게 전부 고했다.

"내 병사들을 어찌 나의 허락도 없이 서주에 두고 온 것이냐?"

조조가 불같이 화를 내며 당장 두 사람의 목을 베려 했다. 이에 순욱이 조조를 말리며 간했다.

"승상께서 이미 유비에게 총대장을 허락하셨으니, 당연히 유비가 군을 지휘할 권한이 있습니다. 두 사람은 유비의 부하로 따라간 자들이니 그의 명령을 어길 수 없었을 것입니다. 이제 와서 이들을 탓할 수는 없습니다. 이렇게 된 이상 차주에게 계책을 주어 유비를 모살할 수밖에 없습니다."

"옳은 말이오."

순욱의 말을 받아들인 조조는 오로지 유비를 제거할 궁리만을 했다. 그리고 차주에게 은밀히 글을 보내 그 계책을 알려주었다.

* * *

진 대부의 아들인 진등은 그 후에도 서주에 남아 차주를 보좌하고 있었다. 하루는 차주가 사람을 보내왔기에 무슨 일인가 싶어 찾아갔다. 차주가 주위 사람들을 물리치고 낮은 목소리로 말했다.

"실은 조 승상으로부터 밀서가 왔는데, 유비를 살해하라는 명령이 담겨 있었네. 만에 하나 실수라도 하면 큰일이 벌어질 텐데, 자네에게 좋은 계책이 없겠나?"

진등은 내심 놀랐으나 짐짓 별일 아니라는 듯한 표정으로 대답했다.

"지금 유비를 죽이는 것은 주머니 속의 물건을 집는 것처럼 참으로 간단한 일이 아닙니까? 성문 안에 복병을 숨겨두고 그를 불러 성문을 지나게 한 다음 사방에서 창과 검으로 찌르도록 하십시오. 저는 망루 위에서 유비의 뒤를 따르려는 부하들에게 화살을 퍼붓도록 하겠습니다."

차주가 기뻐하며 일을 서둘렀다. 그는 바로 병사들을 배치하고 성밖의 유비에게 사람을 보내 서찰을 전했다.

> 마침 시원한 추팔월, 달을 구경하기에 좋은 계절입니다. 청풍
> 에 가마를 타고 성루의 앙월대仰月臺로 오셔서 하룻밤 달을 즐기
> 시기 바랍니다. 미희와 옥배를 늘어놓고 기다리겠습니다.

그날 진등은 집으로 돌아가자마자 아버지 진 대부에게 그 사실을 밝히고 아버지의 안색을 살폈다. 유비에 대한 진 대부의 마음은 예전과 조금도 다르지 않았다.

"유비는 인자가 아니냐. 우리 부자가 비록 조조에게서 녹을 받고 있기는 하나, 그렇다고 해서 유비를 죽일 수는 없는 일이다. 너는 어떻게 생각하느냐?"

"저도 차주에게 한 말이 본심은 아니었습니다."

"그렇다면 유비에게 얼른 사람을 보내 그 사실을 알려주어라."

"다른 사람을 보내기는 불안하니 밤이 되면 제가 직접 가기로 하겠습니다."

밤이 되자 진등은 땅거미가 진 길을 말을 타고 달려나갔다. 그는 유비의 집으로 찾아가서 유비는 만나지 않고 관우와 장비를 불러 차주의

모략을 들려주었다.

"조금 전에 뻔뻔스럽게 예를 갖추고 찾아와서 달구경에 초대한다는 말을 전하고 돌아간 놈이 그놈이요? 어리석은 놈이 자기 분수도 모르고."

진등의 말을 듣자마자 장비가 이를 갈며, 바로 경기병輕騎兵 7, 80명을 모아 성안으로 돌진하여 차주의 목을 베겠다고 소란을 피웠다.

"서둘러서는 안 된다. 적도 이미 대비를 하고 있지 않느냐?"

관우가 장비의 경솔함을 나무라고 대비책을 세웠다. 그러고는 밤이 깊기를 기다렸다.

"이런 일은 형님께 말씀드릴 필요도 없는 조그만 일에 지나지 않는다. 우리 둘이서 조용히 처리하기로 하자."

장비는 사려 깊은 관우의 말에 감탄하며, 관우가 세운 계략에 따르기로 했다. 얼마 전 허도에서 데려온 5만 명의 군대에는 조조군의 깃발이 있었다. 관우는 안개가 깊은 밤이 되자 그 깃발을 앞세워 병마를 서주성의 호 앞까지 데리고 갔다. 그리고 성안에 대고 큰 소리로 외쳤다.

"문을 열어라, 문을 열어라!"

"누구냐?"

뜻밖의 시간에 나타난 군마였기에 문을 지키는 부장은 적잖이 긴장한 듯 쉽게 문을 열려 하지 않았다.

"나는 조 승상의 사자로, 급한 일을 전하러 허도에서 온 장료라는 사람이다. 의심스럽다면 승상께서 직접 내리신 깃발을 보아라."

관우는 목소리를 꾸미며 말하고, 안개 낀 별빛 아래서 깃발을 흔들게 했다. 조조가 보낸 급사가 왔다는 말을 듣고 차주는 망설이지 않을 수 없었다. 진등은 그에 앞서 성안으로 들어와 있었는데 차주가 의심하여 망설이는 모습을 보고 은근히 그를 위협했다.

"무엇을 망설이시는 겝니까? 얼른 성문을 열도록 하십시오. 저렇게 승상의 깃발을 흔들고 있지 않습니까. 만약 사자 장료의 마음을 상하게 하여 훗날 어려움을 겪게 되신다 해도 저는 관여하지 않겠습니다."

차주도 만만한 사람은 아니었다. 진등이 아무리 독촉을 하고 협박을 해도 쉽게 문을 열려 하지 않았다.

"아니오, 날이 밝기를 기다렸다가 열어도 늦지 않을 것이오. 지금 성밖은 어두울 뿐만 아니라 사전에 아무런 연락도 없이 온 사자가 아니오. 함부로 문을 열 수는 없소."

차주는 그렇게 말하며 고집을 부렸다. 날이 밝으면 모든 일이 허사로 돌아가버리고 만다. 관우도 다급해지지 않을 수 없었다.

"어서 열지 못하겠느냐! 다급하고도 긴밀한 일이 생겨 조 승상께서 보내신 이 장료를 어찌 성문을 열어 맞아들이지 않는 것이냐? 옳거니, 차주가 다른 마음을 품고 있는 것이로구나. 알겠다. 돌아가서 승상께 이 일을 있는 그대로 고하도록 할 테니 나중에 후회하지나 말아라."

관우는 그렇게 말한 후 병사들에게 일부러 큰 소리로 돌아가자는 명령을 내렸다. 당황한 차주가 얼른 성문을 열며 말했다.

"기다리시오. 이제는 동쪽 하늘도 희붐하게 밝기 시작하여 진실을 파악할 수 있게 되었소. 승상의 사자임에 틀림없소. 어서 안으로 들어오시오."

순간 호 안에 들어차 있던 하얀 안개가 뭉게뭉게 성안으로 들어오기 시작했다. 그 안개 속을 우르르 건너오는 병사와 말들의 발소리가 너무도 요란스러웠다. 날이 아직 완전히 밝지 않았기에 얼굴과 얼굴을 마주하지 않으면 누가 누구인지 알 수가 없었다.

"자네가 차주인가?"

관우가 다가가자 차주가 이상한 낌새를 채고 갑자기 어딘가로 잽싸게 달아났다. 그 일대에 한바탕 피바람이 몰아쳐 그곳을 지키던 병사 모두가 목숨을 잃었다. 성안의 병사 대부분이 아직 잠을 자고 있었다. 어젯밤부터 만반의 준비를 하고 온 관우와 장비의 병사 천 명은 그곳으로 뛰어들어 칼과 창을 마음껏 휘둘러댔다. 진등은 가장 먼저 성의 망루로 뛰어올라가 미리 숨겨두었던 수많은 궁수들에게 차주의 부하들을 쏘라고 명령했다. 활을 들고 있던 병사들은 아군을 쏘라는 명령에 당황하지 않을 수 없었으나 검을 뽑아 든 진등이 뒤에 버티고 있었기에 달아나는 아군을 향해 일제히 화살을 쏟아부었다.

어지러이 쏟아지는 화살에 맞아 쓰러진 병사의 수는 헤아릴 수 없을 정도로 많았다. 차주는 마구간에서 말을 꺼내 타고 한달음에 성문을 빠져나가 달아나기 시작했다. 그때 관우가 그를 발견하고 뒤쫓아왔다.

"이 벼룩 같은 놈, 어디로 튀려는 것이냐."

차주는 관우가 휘두른 칼에 맞아 목이 땅에 떨어지고 말았다.

어느덧 날이 밝았다. 어젯밤에 있었던 이야기가 유비의 귀에도 들어갔다.

"큰일을 저질렀구나."

유비가 서둘러 집을 나서 서주성으로 달려가려는데 피투성이가 된 관우가 안장에 차주의 목을 걸고 개가凱歌를 부르며 돌아왔다. 유비가 혼자 어두운 얼굴을 하고 그를 맞아들였다. 그리고 안타깝다는 듯 말했다.

"차주는 조조가 믿는 신하이자, 서주의 임시 성주가 아니냐. 그를 죽였으니 조조의 분노가 더욱 커질 것은 자명한 일이다. 내가 알았다면 죽이지 못하게 했을 텐데……."

무리 속에 장비의 모습이 보이지 않자 유비는 걱정이 되었다. 이윽고 장비가 그들보다 한발 늦게 그곳으로 달려왔다. 장비는 피칠갑을 한 몸으로 말했다.

"아아, 속이 다 시원하다. 아침 술이라도 한잔 들이킨 기분이야."

유비가 눈썹을 찌푸리며 물었다.

"차주의 처자와 권속들은 어떻게 처분했느냐?"

장비가 대수롭지 않다는 듯한 표정으로 의기양양하게 대답했다.

"제가 뒤에 남아서 하나도 남김없이 목을 베고 왔으니 조금도 걱정하실 것 없습니다."

"어째서 그처럼 무자비한 짓을 한 것이냐?"

유비가 장비의 난폭함을 크게 꾸짖으며 훈계했다. 하지만 아무리 야단을 쳐도 이제는 되돌릴 수 없는 일이 되어버리고 말았다. 허도의 조조에 대한 유비의 근심과 두려움은 사람들의 상상을 뛰어넘는 것이었다.

40
부전불화不戰不和

자신의 뜻과는 달리 조조의 부하들을 죽이고 서주성에 들어가게 된 유비.
노한 조조의 침공에 맞서기 위해 선택한 방법은……

그 후 유비는 뜻하지 않은 일로 서주성에 들어갔다. 사태의 추이도
그렇고, 주변의 정세도 그렇고, 그는 더 이상 전처럼 애매하거나 비굴
한 태도를 취할 수 없었다. 유비는 무슨 일이든 억지로 하거나 서두르
는 것을 싫어하는 성격이었다. 이제는 조조와 완전히 등을 돌리게 되
었는데, 이번과 같은 사건으로 조조의 분노에 기름을 붓는 것과 같은
형태는 결코 유비가 바라던 바가 아니었다.

"조조의 성격으로 봐서는 틀림없이 스스로 대군을 이끌고 와 성을
공격할 것이다. 나는 대체 무엇으로 그를 막으면 좋단 말이냐."

유비가 솔직하게 근심을 털어놓았다.

"걱정하실 필요 없습니다."

진등이 유비에게 말했다. 유비가 알 수 없다는 표정으로 그 이유를 반문했다. 그러자 진등이 전혀 엉뚱한 얘기를 꺼내기 시작했다.

"이 서주의 교외에 홀로 시화詩畵와 금기琴碁를 즐기며 여생을 보내고 있는 고사高士가 계십니다. 환제桓帝께서 세상을 다스리시던 시절에 궁정의 상서로 있었으며, 재산이 넉넉하고 인품도 뛰어나……."

"진등, 자네는 내게 무슨 말을 하려는 겐가?"

"그러니까 장군께서 혹시 지금의 근심을 떨치실 생각이라면 그 정현鄭玄 고사를 한번 찾아가시는 게 어떻겠습니까?"

"서화와 금기는 이 유비의 마음에 아무런 위로도 되지 않을 것일세."

"그가 속세를 떠난 풍류객이기는 하나, 장군께까지 풍류를 즐기라고 드리는 말씀은 아닙니다. 고사 정현과 하북의 원소는 궁중에서 함께 고관으로 있었으며, 두 집안은 3대에 걸쳐 친분을 쌓아온 관계입니다."

"……?"

유비가 눈을 반짝였다.

"조조가 지금의 커다란 위세와 힘을 가지고도 언제나 두렵게 생각하는 자가 바로 하북의 원소입니다. 하북 4개 주의 정병 백만여 명과 그를 둘러싼 문관, 무장, 모사, 그리고 하북 땅의 풍요로움과 그의 가문 등은 도저히 뛰어넘을 수 없는 커다란 세력입니다. 참으로 실례되는 말씀입니다만, 장군과 같은 사람은 아직 그의 안중에도 없을 것입니다."

"흠…… 옳은 말이오. 나와 같은 사람은 아직 그의 안중에 없을 것이오."

유비는 쓴웃음을 지었다.

"친히 정현을 찾아가 원소에게 보내는 편지 한 통을 받아오십시오. 정현이 편지를 써준다면 원소는 틀림없이 장군께 호의를 품게 될 것입니다. 원소의 협력을 얻을 수만 있다면 상대가 조조라 해도 두려워할 필요는 없습니다."

"자네의 깊은 헤아림은 참으로 귀중한 것이나 성공하지는 못할 것이오."

"어째서 그렇게 생각하십니까?"

"생각해보시오. 나는 이미 원소의 동생인 원술을 이 땅에서 쳐 없애지 않았소?"

"정현에게 청하여 바로 그 점을 무마해달라고 하는 것입니다. 어쨌든 속세를 떠난 고사에게 속세의 일을 부탁한다는 점에 이번 술책의 오묘함이 있는 것입니다."

결국 유비는 진등의 안내를 받아 고사 정현의 집으로 찾아갔다. 정현은 흔쾌히 만나주었을 뿐만 아니라 자기 앞에 무릎을 꿇고 간곡히 청하는 유비를 보고 마음이 움직인 듯했다.

"전혀 뜻밖의 일이기는 하나, 자네와 같은 인자를 위해 오랜만에 속세의 일에 관여하는 것도 한가로운 노후를 보내는 늙은이에게는 즐거운 일이라 할 수 있지."

그는 그렇게 말하고는 바로 붓을 들더니 자신의 세세한 의견까지 더해 하북의 원소에게 보내는 편지를 한 통 써주었다.

모쪼록 사사로운 원한 따위는 버리고 유현덕을 도와주기 바라네. 청사는 밝고 만대는 멸하지 않으며, 오늘의 시운은 대의와 대도를 지닌 사람에게 기울어가고 있네. 이번에 유현덕을 얻는 것은 자네 가문의 커다란 경사이기도 하다는 생각에서, 흔연히 붓을 든 것일세.

"이것이면 되겠는가?"

정현은 자신의 글을 시처럼 음송한 뒤에 봉투에 넣었다. 감사하는 마음으로 그것을 받아든 유비는 인사를 하고 밖으로 나왔다. 그러고는 말을 달려 성으로 돌아오자마자 부하인 손건을 하북으로 보냈다.

멀리 서주에서 사자 손건이 편지를 들고 왔다는 말을 듣고 원소는 그를 만났다. 손건은 우선 유비의 친서를 내밀었다.

"청컨대 각하의 정병으로 허도의 조조를 토벌하여 크게는 한실을 위해, 작게는 저희 주공이신 유비를 위해 평소의 포부를 보이시고 위세를 만천하에 떨치시기 바랍니다."

손건이 재배하고 머리를 낮추어 한껏 예를 갖추며 간곡히 청했다. 원소가 껄껄 웃으며 대답했다.

"무슨 일인가 했더니 유비의 뻔뻔스러운 청이었구먼. 그는 일전에 내 동생인 원술을 살해하지 않았는가? 조만간 동생의 원수를 갚겠다는 생각을 한 적은 있으나, 그를 돕겠다는 생각은 추호도 한 적이 없다. 무슨 생각으로 이 원소에게…… 아하하하, 사자로 온 놈도 낯짝이 참으로 두껍구나."

"각하, 그 원한이야말로 조조에게 돌려야 할 것입니다. 묘당의 간적은 무슨 일이나 조명朝命이라는 명목 하에 함부로 명을 내리고 거기에 거역하면 칙명을 어겼다며 죄를 뒤집어씌웁니다. 저희 주공인 유현덕도 자신의 뜻과는 전혀 상관없이 서주로 내려가게 되었으나, 공은 생각지도 않고 잘못만 탓하는 조조의 부당함을 끝내 견딜 수 없어 오늘 이렇게 저를 멀리까지 사자로 보낸 것입니다. 부디 현명하게 살피시어 이번 일을 깊이 생각해주시기 바랍니다."

"그것도 틀림없이 진실한 말이기는 할 것이다. 조조란 자는 원래 그와 같은 간재奸才에 뛰어난 놈이니까. 생각건대 사람 좋은 유비로서는 어쩔 수 없는 일이었겠지. 어쨌든 유비는 성실하고 신의와 인망이 두텁다는 장점도 있으니 그가 진심으로 뉘우치고 있다면 돕지 못할 것도 없다만, 우선은 논의를 해본 뒤 답을 내리도록 하겠다. 역관에서 며칠 쉬며 기다리도록 하라."

"관대한 처분만을 기다리고 있겠습니다. 그리고 이것은 평소 저희 주공 유현덕을 자식처럼 아끼고, 누구보다도 신뢰하고 계시는 정현 고사께서 특별히 맡기셔서 가지고 온 서면입니다. 나중에 한번 읽어보시기 바랍니다."

손건은 그렇게 말한 뒤 원소 앞에서 물러났다. 정현의 편지를 읽은 후 원소는 마음이 크게 움직였다. 애초부터 그는 북쪽의 4개 주에 만족하지 않았다. 중원으로 나아가 조조의 세력을 일소할 기회를 늘 엿보고 있었다. 그랬기에 그는 동생의 원한은 잊고, 유비를 자신의 휘하로 받아들이는 편이 장래를 위해 훨씬 더 득이 될 것이라고 생각을 바꾸게 되었다.

이튿날 원소 휘하의 각 장군들이 한자리에 모였다. 조조 정벌을 위한 출병의 시기에 대한 논의가 치열하게 전개되었다. 모사, 군사, 각 장군, 혹은 일족, 측근 등이 두 파로 나뉘어 끝도 없는 설전을 펼쳤다.

하북 제일의 영걸이자 식견이 높기로 유명한 전풍이 말했다.

"지난 몇 년 동안 계속된 전쟁으로 창고에 쌓아둔 곡식이 풍부하다고 말할 수 없으며, 백성들의 부역 또한 아직 조금도 줄지 않았습니다. 우선은 내부의 우환을 달래고, 변경의 병마를 강성하게 기르고, 하천에서는 배를 만들게 하고, 무기와 양초를 쌓아 천천히 때를 기다리면 3년 안에 반드시 허도 안에서 내홍의 조짐이 일 것입니다. 그때까지는 조정에 공물을 바치고, 농정農政에 힘쓰고 백성들을 편하게 해주어 오로지 힘을 모으는 데에만 주력해야 할 것입니다."

그러자 다른 한 사람이 바로 일어나 큰 소리로 반박했다.

"지금의 말씀은 제 생각과 많이 다릅니다. 하북 4개 주의 정병과 주공의 무위가 있는데 조조 따위를 어찌 그리 두려워하는 것입니까? 오늘날과 같은 격동의 시대에 3년 동안이나 가만히 지키고만 있으면 저절로 부유해지고 강성해진다는 것은 어리석은 자의 꿈이나 마찬가지입니다. 지금이 때가 아니라고 하면 10년이 지나도 때는 오지 않을 것입니다. 눈을 밝게 떠 살펴야 할 것입니다. 지금이야말로 중원으로 나설 절호의 기회입니다."

그 장군은 얼굴이 단정하고 위엄이 있었는데, 누군가 보니 위군魏郡 사람으로 자가 정남正南인 심배審配였다.

그러자 또 다른 사람이 일어나 심배의 말에 반대했다.

"아닙니다. 지금의 말씀, 귀에는 용감하게 들릴지 모르나 일국의 흥망을 걸고 자신의 교만을 만족시키려는 것입니다. 커다란 도박과 다를 바 없는 폭거暴擧입니다."

모든 사람들이 돌아보니, 그는 광평廣平 사람으로 저수沮授였다. 저수가 이어 말했다.

"의병義兵은 이기고 교병驕兵은 반드시 진다는 것은 누구나 알고 있는 싸움의 원칙입니다. 조조는 지금 허창에 머물며 천자를 끼고 앉아 전부 황제의 이름으로 명령을 내리고 있습니다. 조조는 기변묘승機變妙勝의 담대한 전략을 가지고 있고, 장병들은 잘 단련되어 있습니다. 따라서 그가 발하는 법령에는 누구도 거스를 수가 없습니다. 그러니······."

"기다리시오."

심배가 다시 분연히 일어나며 말했다.

"그렇다면 조조는 칭찬할 만하고 우리가 일으키려는 군대는 교병이란 말이오?"

"그렇습니다."

"뭣!"

"적을 모르고 적을 이길 수는 없습니다."

"귀공은 적을 알고 있는 것이 아닙니다. 단지 두려워하고 있는 것일 뿐입니다."

"그렇습니다. 저는 조조를 두려워하고 있습니다. 조조를 앞서 제거한 공손찬과 같다고 생각하면 커다란 화를 당하게 될 것입니다."

"아하하하. 조조를 이처럼 두려워하는 자가 있었다니. 조조를 두려워하는 자와의 논의는 무익하오."

심배가 여러 사람들을 향해 큰 소리로 웃어 보이며 말했다. 그리고 옆에 있는 곽도郭圖를 바라보았다. 평소 저수와 사이가 좋지 않은 곽도가 자신의 설을 지지해줄 것이라 믿었기 때문이다. 곽도가 일어나 말했다.

"지금 조조를 치는 것을 어찌 명분이 없는 싸움이라 할 수 있겠습니까? 무왕武王이 주紂를 치고 월왕越王이 오를 쓰러뜨린 것도 전부 때를 얻어 변화에 응했기 때문입니다. 오로지 태평하기만을 바라며 세상의 움직임을 수수방관한 나라에서 백 년의 기초를 다진 예는 아직 없습니다. 더구나 현사賢士 정현까지도 유비를 돕고 함께 조조를 치는 일은 지금이 아니면 안 된다고 말씀하시지 않았습니까? 주공께서는 어찌하여 유예하고 계시는 것입니까? 이제 무익한 논쟁은 그만두고 속히 출병을 명하셔야 합니다."

그의 목소리가 우렁차고 태도가 당당했기에 분분하던 논쟁도 한동안 잠잠해지고 말았다.

"그렇소, 정현은 일세의 현사요. 그가 이 원소에게 일부러 좋지 않은 일을 권할 리가 없소."

마침내 원소는 군대를 일으키기로 마음을 정했다. 곽도, 심배 등의 강경파들은 개가를 부르며 자리에서 물러났고, 반대를 했던 전풍과 저수 등의 무리도 어쩔 수 없다는 듯 말없이 자리에서 나와 출정 명령을 기다렸다.

"허도로! 중원으로!"

10만 대군이 편제되었고, 심배와 봉기 두 사람을 총대장으로 삼았다. 전풍, 순심荀諶, 허유許攸를 모사로 삼고, 안량, 문추 두 호걸에게 선봉의 양 날개를 맡겼다. 기마병 2만 명, 보병 8만 명에 수많은 수송부대와 기계화 병단까지 편제되었다.

"됐다! 우리 주공의 무운은 아직 다하지 않았다."

하북 땅에서 하늘을 뒤덮을 것 같은 병진兵塵이 일기 시작할 무렵, 유비의 사자 손건은 쉴 새 없이 채찍을 휘둘러 서주로 급히 돌아갔다. 품속에는 원소가 직접 쓴 '원조 수락'의 뜻이 담긴 답장이 들어 있었다.

은둔자의 글이라 할지라도 어떻게 쓰느냐에 따라 병마로도 할 수 없는 일을 하는 법이다. 고사 정현의 글 하나가 하북의 병사 10만 명으로 하여금 조조를 향해 진격하게 한 것이었다.

* * *

그 무렵 북해(산동성 수광현)태수 공융은 장군에 임명되어 허도에 머물고 있었다. 그는 하북의 대군이 여양까지 진출했다는 소식을 듣고 바로 승상부로 달려가 조조에게 직언을 했다.

"원소와는 결코 가볍게 싸워서는 안 됩니다. 그의 요구를 조금 들어주는 한이 있더라도 이번에는 그와 화목하시고 훗날을 꾀하는 것이 최선책이라 여겨집니다."

"귀공도 그렇게 생각하시오?"

"세력이 왕성한 자와 충돌하여 타격을 입는 것은 어리석음의 극치라 할 수 있습니다."

"왕성한 세력은 피하고 약한 세력을 친다…… 당연한 병법이지. 하지만 장비만을 자랑하는 교만한 대군은 가벼운 차림의 적은 병사로 기습하기에 아주 좋은 먹잇감이기도 하지 않은가?"

조조는 그렇게 중얼거리고는 한동안 가타부타 말이 없다가 다시 입을 열었다.

"어쨌든 여러 사람들의 의견을 들어보기로 하겠소. 오늘의 군의軍議에는 귀공도 참석해주기 바라오."

그날 평의회에서 조조는 자리에 모인 사람들에게 화목을 하는 것이 옳을지, 결전을 치르는 것이 옳을지에 대한 의견을 기탄없이 말해보라고 했다.

순욱이 가장 먼저 말했다.

"원소는 명문가의 자손으로 구세력을 대표하는 인물입니다. 시대의 변화를 기뻐하지 않고 구시대의 꿈을 고집하고 있는 자들만이 그를 지지하여 시운時運에 역행하고 있습니다. 그처럼 무용한 벌족의 대표자는 마땅히 일전을 벌여 타파해야 할 것입니다."

그의 말이 끝나기를 기다렸다가 공융이 자리에서 일어났다.

"아닙니다! 맞서서는 안 될 이유가 몇 가지 있습니다. 하북은 땅이 넓고 비옥하며 백성들이 근면합니다. 그러니 우리가 알고 있는 것 이상으로 부강할 것입니다. 뿐만 아니라 원소 일족 중에는 부유하고 명석한 자제들이 많으며, 휘하에는 심배와 봉기처럼 병사를 잘 부리는 자들이 있습니다. 또한 전풍과 허유는 지모가 뛰어나고, 안량과 문추는 용맹합니다. 그리고 저수, 곽도, 고람高覽, 장합張郃, 우경于瓊 등과 같은 신하들도 모두 천하에 이름이 알려진 명사들입니다. 그러한데 어찌 그의 진용을 가벼이 평가할 수 있겠습니까?"

순욱은 공융의 말을 가만히 웃으며 듣고 있다 천천히 답했다.

"귀하는 하나만 알고 둘은 모르십니다. 적을 가벼이 보는 것과 적의 허점을 아는 것은 전혀 다른 얘깁니다. 원소가 풍요로운 땅을 점하고 있다 보니 가장 부강한 자라 일컬어지기는 하나, 그는 구습을 좇는 인물로 사대주의에 빠져 있어 새로운 인물이나 사상을 받아들일 만한 아량이 없습니다. 따라서 그가 다스리는 지방의 법은 결코 잘 시행되고 있지 않습니다. 그 신하들을 둘러보면 전풍은 강직하나 윗사람을 범하는 버릇이 있고, 심배는 그저 강경하기만 할 뿐 지모가 없고, 봉기는 사람은 아나 때를 모르는 인물입니다. 그 외에 안량과 문추 등은 필부의 용맹에 지나지 않으니 한 번의 싸움으로 사로잡을 수 있을 것입니다. 또한 놓쳐서 안 될 것은 그처럼 변변치 못한 소인배들이 서로 권력을 다투고 질투하여 오로지 공을 세우기에만 급급하다는 점입니다. 10만의 대군이라 해도 두려워할 것 없습니다. 그가 먼저 공격해온다는 것은 우리 군의 행복입니다. 지금 일거에 그를 맞아 싸우지 않고 화의를 청하러 간다면 그들의 교만은 더욱 커질 것이며 백 년간의 뉘우침을 남기게 될 것입니다."

두 사람의 말을 묵묵히 듣고 있던 조조가 가만히 입을 열어 결단을 내렸다.

"나는 싸울 것이오! 논의는 이것으로 마치겠소. 속히 출병을 준비하시오!"

그날 밤 허도는 새빨갛게 물들었다. 전후 양 진영의 관군이 20만 명이었다. 말은 울부짖고 철갑은 쩌렁쩌렁 울렸다. 날이 밝은 뒤에도 여양을 향해 떠나는 병마의 행렬이 끊이지 않았다.

조조는 그 대군을 직접 통솔하여 여양으로 갈 생각이었다. 그는 아침 일찍부터 무장을 갖춘 채 궁궐로 들어갔다가 궁문에서 바로 말에 올랐다. 그러고는 부하인 유대와 왕충王忠에게 5만 명의 병사를 나누어주며 명했다.

"너희는 서주로 가서 유현덕과 맞서라."

그리고 그는 자신의 뒤에 서 있던 기수의 손에서 승상기를 취해 그들에게 건네주며 계책을 들려주었다.

"이 깃발을 중군에 꽂아 내가 직접 서주로 가는 것처럼 꾸미도록 해라."

두 장군이 씩씩하게 대답하고 서주로 떠나자 정욱이 간언했다.

"유대와 왕충 둘이서 유비를 상대하기에는 지략과 용맹 모두 부족합니다. 좀 더 적당한 장군 하나를 골라 뒤따라가게 하는 것이 어떻겠습니까?"

그러자 조조가 말할 필요도 없다는 듯 큰 소리로 웃으며 대답했다.

"저들의 부족함은 나도 잘 알고 있네. 바로 그렇기 때문에 승상기를 주어 내가 직접 지휘에 나선 것처럼 꾸며 싸움에 임하라고 명한 것일세. 유비는 내 실력을 아주 잘 알고 있어. 내가 직접 군대를 이끌고 있다고 생각하면 결코 쉽게 나와서 맞서지 못할 게야. 그사이에 나는 원소의 병사들을 짓밟고 승기를 몰아 여양에서 서주로 우회하여 유비의 멱살을 쥐고 개선가를 부르며 허도로 돌아올 생각이라네."

"참으로 묘책입니다."

정욱은 두말하지 않고 조조의 지모에 따르기로 했다.

이번 결전은 무엇보다 여양이 중요했다. 여양에서만 승리를 거두면 서주는 저절로 손에 떨어질 터였다. 그런데 서주에 중점을 두어 좋은 장수와 병력을 서주로 향하게 하면 분명 적은 서주로 수많은 구원군을 보낼 것이다. 그렇게 되면 서주도 얻지 못하고 여양에서도 승리를 거두지 못해 두 마리 토끼를 다 놓치는 어리석은 싸움으로 그칠 우려가 있었다.

"승상께는 함부로 의견도 내지 못하겠구나. 내 얕은 생각을 드러내는 것이나 다를 바 없어."

정욱이 혼자 중얼거렸다.

여양에서의 대전은 뜻밖에도 장기전이 되어버리고 말았다. 적 원소와 80여 리의 거리를 둔 채 서로 지키기만 할 뿐, 8월에서 10월까지 어느 한쪽도 적극적으로 공격에 나서지 않았다.

"대체 어찌 된 일이지? 혹시 원소에게 커다란 계략이 있어서 그런 것은 아닌지……."

조조가 은밀하게 세작을 풀어 적의 동정을 살피게 했으나 특별히 그런 계략이 있는 것 같지는 않았다. 다만 적의 대장 중 으뜸이라 할 수 있는 봉기가 여양에 와서 병에 들고 말았다. 그 때문에 심배가 사령관 업무를 수행하게 되었는데, 평소 그와 사이가 좋지 않던 저수가 걸핏 하면 그의 명령에 반기를 드는 모양이었다.

"그래서 우유부단한 원소가 여기까지 왔으면서도 쉽게 싸움을 걸지 못하는 것이로군. 그렇다면 곧 내분이 일어날지도 몰라."

그렇게 결론을 내린 조조는 일군을 거느리고 허도로 돌아가버렸다. 물론 장패, 이전, 우금 등의 맹장을 그대로 남겨두었고, 조인을 총대장 으로 임명해 청주와 서주의 경계에서부터 관도官渡의 요지에 이르는 방대한 진지陣地戰을 한 치의 빈틈도 없이 수행하게 했다. 때를 읽는 눈이 날카로웠던 조조는 자신이 그곳에 있어봐야 크게 득이 될 게 없 다고 판단하고 전장에서 물러난 것이었다. 그리고 서주의 전황도 마음 에 걸렸기 때문이다.

* * *

조조는 허도로 돌아오자마자 승상부로 들어가 서주의 전황에 관한 보고를 들었다.

"전황은 8월 이후 아무런 변화도 없는 듯합니다. 승상의 명령에 따라 적을 향해 떠날 때 친히 내려주신 승상기를 세워 승상께서 직접 지휘하 시는 것처럼 적에게 보이며 서주의 백 리 앞에 진을 쳤습니다. 그 뒤 가 벼이 움직이지 않고 있으며, 한 번의 공격도 하지 않았다고 합니다."

그 말을 들은 조조가 어처구니없다는 듯 말했다.

"아둔한 데는 참으로 약도 없는 모양이로구나. 상황에 따라서 대처할 줄도 모른단 말이냐? 섣불리 싸우지 말라고 하면 10년이라도 움직이지 않을 생각이란 말인가? 조조가 직접 군대를 이끌고 온 것이라면 백 리나 거리를 둔 채 8월 이후부터 지금까지 헛되이 시간만 보내고 있지는 않을 것이라고 적이 오히려 의심을 하지 않겠느냐."

조조는 급히 전령을 보내 엄하게 명령했다.

"속히 서주를 공격하여 적의 허실을 파악하라."

며칠 후 조조의 전령이 서주 공략군의 진중에 도착했다.

"무슨 일로 전령이 온 것이지?"

공격군의 두 장수 유대와 왕충이 공손하게 전령을 맞아들였다. 전령이 조조의 명령을 전하며 말했다.

"승상께서 두 장군께 살아 있는 병사들을 주었는데, 어찌 허수아비 흉내를 내고 있느냐며 매우 불쾌해하셨습니다. 한시도 지체 말고 공격하십시오."

그 말을 들은 유대가 말했다.

"나 역시 승상기만을 꽂아놓고 오랜 시간 움직이지 않는 것은 좋은 계책이 아니라고 생각했소. 왕 장군, 우선은 귀공께서 한번 밀고 들어가 적이 어떻게 움직이는지 알아보기로 합시다."

왕충이 고개를 흔들며 말했다.

"그것참 뜻밖의 말씀이십니다. 허도에서 나올 때 조 승상은 귀공께 친히 계책을 주지 않으셨습니까? 공께서 먼저 나가 적의 실력을 가늠해보시기 바랍니다."

"저는 공격군의 총대장이라는 중임을 맡고 있습니다. 어찌 가벼이 진 밖으로 나갈 수 있겠습니까? 귀공께서 선봉에 서시기 바랍니다."

"참으로 알 수 없는 말씀이십니다. 귀공과 저는 관작에도 차이가 없는데 어찌 저를 아랫사람 대하듯 하십니까?"

"오해십니다. 아랫사람 대하듯 하다니요."

"조금 전의 말투는 이 왕충을 부하로 여기고 있는 듯하셨습니다."

두 사람이 말다툼을 하자 전령이 눈썹을 찌푸리며 말했다.

"제 말을 잠깐 들어보시기 바랍니다. 적과 일전을 벌이기도 전부터 아군끼리 다툰다면 잘잘못을 떠나서 두 분 모두 비난을 받게 될 것입니다. 그보다는 제가 지금 제비를 만들 테니 그것을 뽑아 선봉을 정하는 것이 어떻겠습니까?"

"그거 좋은 생각이오."

왕충과 유대 모두 동의했다. 전령은 두 사람에게 다시 한번 다짐을 받고 두 개의 제비를 만들어 뽑게 했다. 왕충이 '선先'을 뽑고, 유대가 '후後'를 뽑았다. 이에 왕충은 어쩔 수 없이 일군을 이끌고 서주성으로 공격해 들어갔다. 서주성 안에 있던 유비는 그 사실을 알고 방어태세를 갖춘 뒤 진등을 불러 대책을 물었다. 진등은 진작부터 적군의 승상기에 의심을 품고 있었다. 그는 틀림없이 조조의 속임수가 있을 거라고 생각했다.

"우선은 한번 맞붙어보면 적의 실력을 알 수 있을 것입니다. 계책은 그다음에 세워도 늦지 않습니다."

"그렇다면 제가 나가서 적의 실체를 파악해보도록 하겠습니다."

그렇게 말하며 자리에서 일어난 사람이 있었다. 그 커다란 목소리만으로도 그가 누군지 금방 알 수 있었다. 다름 아닌 장비였다.

장비가 성 밖의 적과 맞서겠다고 앞으로 나서자 유비는 오히려 기쁘지 않은 듯한 표정을 지어 보였다.

"그 요란스러움에는 언제나 변함이 없구나. 잠시 기다리도록 해라."

유비는 그렇게 말할 뿐, 나가서 싸우라고도 나가서는 안 된다고도 말하지 않았다.

"제 실력을 믿지 못하겠다는 말씀이십니까?"

장비가 불만이라는 듯 말했다.

"네 성격은 참으로 가볍고 요란스럽기만 해서 일을 그르치기 쉬우니, 나는 그 점을 걱정하고 있는 것이다."

유비가 솔직하게 말했다.

"혹시 조조라도 만나게 되면 처참하게 짓밟혀서 돌아올 것이라고, 그 점을 걱정하고 계시는 모양입니다. 참으로 우습습니다. 조조가 나타나면 오히려 뜻밖의 행운이니, 그놈을 붙들어 여기로 데려오도록 하겠습니다."

장비가 더욱 뾰로통한 얼굴로 말했다.

"입 다물고 있어라. 바로 그렇기 때문에 너는 요란스럽기만 하다는 게다. 조조는 속으로 한실을 뒤엎겠다는 무시무시한 반역의 뜻을 품고 있으나, 명령을 내릴 때는 언제나 잊지 않고 칙명으로 내린다. 따라서 우리가 지금 그를 대적한다면 조조를 잡을 수는 있을지 몰라도 우리는 조정의 적이라 불리게 될 것이다."

"일이 이렇게까지 되었는데 아직도 명분 타령이십니까? 만약 그가 공격을 해오면 팔짱을 낀 채 자멸할 생각이십니까?"

"원소의 구원군이 온다면 이 위기도 타개할 수 있을 테지만, 그것도 썩 믿을 만하지는 않고, 조조로부터 적대시당하면 편하게 죽지는 못할 것이니…… 흥망의 갈림길이 바로 눈앞에 닥쳤구나."

"이러한 때에 그런 나약한 소리를 하다니. 대장 된 자로서 스스로 아군의 사기를 떨어뜨리는 일이 아닙니까!"

"적을 알고 나를 아는 것은 대장 된 자의 도리이다. 그러니 결코 쓸데없이 근심하는 것이 아니다. 지금 성안에 있는 군량으로 과연 몇 달을 버틸 수 있겠느냐? 게다가 그 군량을 먹는 병사들 대부분이 원래는 조조에게서 빌려온 자들이니 모두들 허도로 돌아가고 싶어 할 것이 아니냐. 그처럼 약한 전력으로 조조에 맞선다는 것은 생각할 수도 없는 일이다. 우리가 유일하게 의지할 수 있는 것은 원소의 원군이다만, 그것 또한……."

유비의 솔직한 탄식에 휘하의 사람들의 마음까지 가라앉고 있었다. 너무 솔직하기만 한 대장도 썩 좋지만은 않았다.

"이렇게 나약한 주공은 어디에도 없을 것입니다."

그러고는 장비는 입을 꾹 다물어버렸다. 그러자 다음으로 관우가 앞으로 나서며 말했다.

"그렇게 걱정하시는 것도 당연한 일입니다. 그렇다고 가만히 앉아서 죽기만 기다리고 있을 수도 없는 일이니 제가 성 밖으로 나가서 적군의 허실을 알아볼 수 있을 정도로만 살짝 부딪쳐보겠습니다. 그 후에 계책을 세우면 될 것입니다."

관우도 역시 진등과 같은 의견을 냈다. 유비는 관우의 말에 동의하며 관우에게 출진을 허락했다. 관우는 수하 3천 명을 데리고 성 밖으로 나갔다. 마침 10월의 하늘은 잿빛으로 흐려 있었으며 깃털 같은 눈이 천지에 어지러이 흩날리고 있었다. 성에서 나온 3천 기의 병마가 눈을 흩뿌리며 왕충군을 향해 돌진해 들어갔다. 눈과 말, 눈과 창, 눈과 병사, 눈과 깃발이 만卍자를 그리며 순식간에 혼전이 펼쳐졌다.

"거기에 있는 것은 왕충이 아니냐? 어째서 방패의 뒤쪽만 좋아하는 것이냐?"

관우가 청룡도를 비켜들고 적의 중군 속으로 달려가며 외쳤다. 왕충도 맞서 나오며 말했다.

"필부 놈! 항복을 하려면 지금밖에 없다. 우리 중군에는 조 승상이 계시다. 저 깃발이 안 보인단 말이냐?"

관우가 내리는 눈 속에서 모란처럼 빨간 입을 벌려 껄껄껄 웃었다.

"조조라면 내가 누구보다도 바라던 적수다. 이리 나오라고 해라."

왕충이 침을 뱉고 대답했다.

"조 승상께서 어찌 너처럼 비천하고 야만스러운 놈과 창을 맞대겠느냐. 억울하면 다시 한번 태어나도록 해라."

"잘도 지껄이는구나, 왕충."

관우가 말을 달려나가자 왕충도 창을 비켜들고 맞섰다. 관우는 적당히 상대를 하다 일부러 도망치기 시작했다.

"하찮은 놈."

왕충은 관우의 꾀에 빠져 어리석게도 관우의 뒤를 쫓았다.

"하찮은 놈인지 아닌지, 내 안장의 반을 내줄 테니 이리 와서 확인해 봐라, 왕충."

관우가 청룡도를 왼손으로 바꿔 쥐었다. 왕충은 당황하여 말 머리를 뒤로 돌렸다. 하지만 관우는 이미 손을 뻗어 왕충의 갑옷을 쥐었다. 그러고는 그를 가볍게 들어 올려 옆구리에 낀 채 말을 내달렸다. 관우군은 어지럽게 도망치는 왕충군을 내몰고 말 백 필, 무기 20바리를 빼앗아 당당하게 성안으로 들어왔다. 성으로 들어온 관우는 왕충을 묶어 유비 앞으로 데려갔다.

유비가 왕충에게 물었다.

"너는 어찌하여 조 승상을 사칭하였느냐?"

왕충이 사실 그대로 대답했다.

"내 어찌 사사로이 승상을 칭할 수 있겠소. 승상이 우리에게 깃발을 내주며 승상이 있는 것처럼 꾸미라고 계략을 주신 것이오. 원소를 처치하고 곧 승상이 이곳으로 오시면 서주 따위는 하루 만에 짓밟을 수 있을 것이오."

"귀공의 말이 참으로 옳소. 어쩔 수 없는 일로 승상의 화를 사게 되어 정벌군을 맞아 서주성을 지키고는 있으나 내게는 승상을 대적할 마음이 조금도 없소. 귀공도 우리 성에 잠시 머물며 사태의 변화를 기다리도록 하시오."

무슨 생각에서 그런 건지는 몰라도 유비는 왕충의 몸을 풀어주고 그에게 깨끗한 방과 옷과 술을 내주었다.

왕충을 연금하고 난 뒤, 유비가 다시 근신近臣들을 모아 말했다.

"이제는 유대가 남았는데 가서 그를 사로잡아 올 지혜를 가진 자 누구 없소?"

그때 관우가 여담 삼아 자신의 혜아림이 맞았는지, 틀렸는지 솔직하게 물어보았다.

"역시 형님의 뜻은 거기에 있었습니까? 사실은 왕충과 맞부딪쳤을 때 단칼에 베어버리고 싶었지만, 문득 형님이 어쩌면 조조와 화목하지도 않고 싸우지도 않는[不戰不和] 미묘한 방침을 품고 계신 게 아닐까 하는 생각이 들어 일부러 사로잡아 온 것입니다."

그러자 유비가 회심의 미소를 지으며 대답했다.

"참으로 기특하구나! 부전불화不戰不和라, 내 마음에 품고 있는 계책을 잘도 꿰뚫어보았다. 아까 장비가 앞장서서 나선다고 했을 때 말린 것은, 장비의 격한 성격으로는 왕충을 반드시 죽이고 말 것이라고 생각했기 때문이다. 왕충이나 유대와 같은 자들을 죽이면 우리에게는 아무런 득도 되지 않을 뿐만 아니라 오히려 조조의 화를 더하게 된다. 하나 그대로 살려두면 우리에 대한 조조의 감정이 조금은 누그러들 것이다."

그 말을 듣고 장비가 다시 앞으로 나서며 유비에게 말했다.

"알겠습니다. 그런 의중을 알았으니 이번에는 제가 나가서 유대를 반드시 끌고 오도록 하겠습니다."

"나가는 것은 상관없다만 왕충과 달리 유대는 가벼이 상대할 사람이 아니다."

"뭐가 다르다는 말씀이십니까?"

"이전 연주 자사로 있을 때 유대는 호로관의 전투에서 동탁까지도 괴롭힌 인물이다. 결코 가벼운 적이 아니다. 그 점만 잘 명심한다면 네가 가는 것을 허락하마."

***

유비의 명령은 참으로 미적지근했다. 나가서 싸우고 싶어 몸이 근질근질한 장비에게는 그것이 영 성에 차지 않았다.

"유대가 호로관에서 잘 싸웠다는 사실 정도는 저도 알고 있습니다. 하지만 그게 어쨌단 말입니까. 당장 달려가서 이 장비가 놈을 붙잡아 여기로 데려오도록 하겠습니다."

"너의 용맹을 의심하는 것이 아니라 나는 너의 요란스러운 성격을 걱정하는 것이다. 마음에 잘 새기고 나가도록 해라."

유비의 훈계에 장비가 벌컥 화를 내며 말했다.

"요란스럽다, 요란스럽다, 귀에 못이 박힐 정도로 이 장비에게 잔소리를 하시는데, 만약 제가 유대를 죽이고 온다면 그때는 무슨 말씀을 하셔도 좋습니다. 아무리 큰형님이라 해도, 주공이라 해도 아우를 그렇게 막 대하는 법이 어디 있습니까?"

장비가 불같이 성을 내며 각 밖으로 나갔다. 그러고는 3천 명의 병사들을 모아놓고 그들에게 화풀이하듯 말했다.

"지금부터 유대 놈을 생포하러 갈 것이다. 난 관우 형님과는 달라서 군율에 매우 엄하다!"

장비의 인솔을 받아 나가는 병사들은 적보다 오히려 자신들의 대장을 더 무서워했다. 한편 장비가 공격해 들어온다는 보고를 받은 유대는 겁을 먹은 듯 병사들에게 명령했다.

"목책, 참호, 진문의 방비를 튼튼히 하고 결코 우리가 먼저 나가 공격해서는 안 된다."

장비는 단번에 유대를 사로잡을 기세로 달려나갔지만 소라처럼 움츠린 채 나오지 않는 적에게는 손을 쓸 방법이 없었다. 장비는 장병들을 매일 유대의 진채 앞으로 보내서 온갖 욕설을 퍼붓게 했으나 적은 무슨 말을 들어도 진채 안에서 나올 생각을 하지 않았다. 성격이 급한 장비는 화가 나서 더는 견딜 수 없게 되었는지 씩씩거리며 부하들에게 명령했다.

"다 때려치우자. 이렇게 된 이상 야습밖에 없다. 오늘 밤 이경에 야습을 감행하여 소라 같은 놈들을 짓밟도록 하겠다. 모두들 철저히 준비하도록!"

모든 준비가 끝난 후 장비는 낮부터 장병들에게 술을 나누어주고 자신도 적잖은 술을 마셨다. 참으로 시원시원한 대장이라며 병사들도 술을 마실 때는 장비를 칭찬했다. 잠시 뒤 장비가 무슨 마음에 들지 않는 일이 있었는지 아무런 죄도 없는 병사 하나를 흠씬 두들겨 팬 뒤 다른 병사들에게 명령했다.

"오늘 밤 출병할 때 이놈의 피로 제사를 지내겠다. 저기 보이는 큰 나무 위에 매달아두어라."

병사가 울부짖으며 손을 모아 빌었으나 장비는 용서하지 않았다. 그 병사는 손을 뒤로 결박당한 채 나무에 매달리고 말았다. 저녁이 되자 수많은 까마귀들이 그 나무로 몰려들었다. 장비에게 맞아 살이 터지고 온몸이 자줏빛으로 물든 병사가 벌써 시체처럼 보였는지 까마귀들이 새카맣게 모여들어 얼굴에 앉아 날개를 퍼덕이기도 하고 부리로 눈을 쪼기도 하며 소란을 피웠다.

"이놈들…… 저리 가라."

비명을 지르면 까마귀들이 푸드득 달아났다가 힘없이 고개를 숙이면 다시 모여들었다.

"살려줘."

병사는 쉴 새 없이 외쳤다. 저녁 어스름이 깔리자 동료 하나가 살금살금 기어와 나무 위로 올라갔다. 그러고는 병사의 귀에 대고 무슨 말인가를 속삭이더니 밧줄을 끊어주었다.

"제길, 이 원한만은 무슨 짓을 해서라도 갚고 말겠다!"

초주검이 된 병사와 그를 도와준 병사가 서로를 안은 채 원한이 담긴 눈빛으로 장비의 막사를 노려보고는 어딘가로 달아났다.

장비는 진영 안에서 아직도 술을 마시고 있었다. 그곳으로 오장伍長 하나가 허겁지겁 달려 들어왔다.

"보초를 게을리하여 큰 실수를 범하고 말았습니다."

그는 땅바닥에 납작 엎드려 몸을 부들부들 떨며 보고했다.

"벌을 받아 나무에 묶어두었던 병사가 어느 틈엔가 달아나버렸습니다."

"나도 알고 있다. 대장이 돼서 그 정도의 일도 몰라서 쓰겠느냐? 아하하하하, 그냥 내버려두어라."

장비는 커다란 술잔을 들어 자축하듯 술을 마셨다. 그러고는 막사에서 나와 밤하늘의 별을 올려다보았다.

"슬슬 이경 무렵이 되어가는구나. 3천 명의 병사를 셋으로 나눠 각자의 행동에 들어가기로 하겠다. 하나는 길가에 숨어 있고, 또 하나는 산을 넘고, 나머지 하나는 여기서 적의 정면으로 향하도록 하라."

장비의 명령이 떨어지자 우선 2천 명의 병사가 밤안개에 섞여 어딘가로 가기 시작했다. 그들은 적의 진채 뒤로 돌아 들어가 몸을 숨기고 있을 복병이었다.

"아직은 조금 이르다. 한잔 더 마시고 나서 가기로 하자."

장비는 남은 병력 3분의 1을 그곳에 머물게 한 뒤 다시 일각 정도 술을 마시며 별의 움직임을 살폈다.

유대의 진채 쪽에서는 오늘 밤 장비의 야습이 있을 거라는 사실을 일찌감치 알아내고 상당히 긴장하고 있었다.

"당황할 것 없다. 적의 탈주병이 한 말이라고는 하나 쉽게 믿을 수는 없다. 내가 직접 그 병사들을 취조하도록 하겠다. 놈들을 이리로 끌고 와라."

유대는 동요하는 부하들을 진정시킨 뒤, 그날 저녁 밀고를 위해 찾아왔다는 적의 두 탈주병을 자기 앞으로 불렀다. 살펴보니 하나는 사지가 멀쩡했지만, 다른 하나는 손발이 상처투성이였고 얼굴이 항아리처럼 퉁퉁 부어 있었다.

"이놈들, 너희는 오늘 밤 야습이 있다고 거짓으로 밀고하여 우리 군을 혼란에 빠뜨리라는 장비의 술책을 받고 온 놈들이 아니냐? 내가 그런 허술한 작전에 넘어갈 줄 알았느냐?"

"당치도 않습니다. 저희는 장비 놈에게 매운맛을 보여주기 위해 목숨을 걸고 도망쳐온 자들입니다."

"어째서 장비에게 그처럼 깊은 원한을 품게 되었느냐?"

"자세한 내용은 조금 전 부하들께 말씀드린 대로이고, 그 외의 다른 것은 없습니다."

"아무런 잘못도 없는데 죽도록 매를 맞고 나뭇가지에 묶였다고 하더구나."

"그렇습니다. 너무 잔혹한 처사라고 생각했기에 그에 대한 복수로 이렇게 오게 되었습니다."

"여봐라, 저 탈주병의 옷을 벗겨보아라."

유대가 곁에 있던 사람들에게 명령했다. 탈주병은 알몸이 되었다. 그의 얼굴과 손발뿐만 아니라 등과 겨드랑이 쪽에도 밧줄 자국이 선명하게 남아 있었다. 그리고 온몸이 얼룩덜룩 물들어 있었다.

"그래, 거짓은 아닌 듯하구나."

의심이 많은 유대도 반 이상은 믿는 듯했다. 하지만 아직 완전히는 믿지 못한 듯 적의 야습에 대한 대비를 철저히 하지는 않았다.

그런데 이경이 조금 지났을 무렵 진채의 망루를 지키고 있던 불침번이 경판을 울렸다.

"적의 야습이다."

밤안개 속에서 밀물과도 같은 함성이 들려왔다. 그러더니 적이 마른 풀을 쌓아놓고 불을 지른 것인지 진문 앞쪽에서 불길이 일어 하늘을 밝혔다. 화살 나는 소리가 이미 유대 주위에서도 들려오기 시작했다.

"아뿔싸! 적병의 밀고가 거짓이 아니었구나. 모두 힘을 합쳐 방어에 힘쓰도록 하라!"

당황한 유대는 무기를 손에 들고 적을 막기 위해 달려나갔다.

장비군은 곳곳에 불을 지르고 화살을 소나기처럼 퍼붓고 함성을 질렀다. 장비의 야습은 그의 성격에 걸맞게 매우 요란스러웠다. 그것을 본 유대는 장병들을 독려하며 방어전에 임했다.

"장비가 비록 용맹하기는 하나 지략은 부족하다. 겁먹을 것 없다."

유대의 지휘 아래 모든 장병들이 하나가 되어 맞섰기에 야습을 감행했던 적들은 장비가 아무리 물러나지 말라고 외쳐도 진형을 잃고 어지러워졌다. 결국에는 장비도 달아나는 병사들 사이에 섞여 뒤로 물러나고 말았다.

"오늘 밤이야말로 장비의 목을 내 손에 넣기로 하겠다. 적들을 한 놈도 살려 보내서는 안 된다."

유대가 큰 소리로 명령하자 마침내 진채의 문을 활짝 열고 병사들이 밖으로 우르르 쏟아져 나왔다. 그것을 본 장비가 갑자기 말 머리를 돌리며 중얼거렸다.

"일이 내 생각대로 되었구나."

장비는 유대를 사로잡으라고 외치며 적을 향해 달려갔다. 그때까지 걸음아 나 살려라 도망치던 적이 갑자기 방향을 바꿔 공세로 돌아서자 조심성이 많은 유대는 뭔가 좀 이상하다 싶었는지 다급하게 자신의 진채 쪽으로 달아났다. 하지만 때는 이미 늦었다. 그날 밤 정면에서 공격해 들어온 부대는 총 병력의 3분의 1에 지나지 않았으며, 주력부대인 나머지 3분의 2는 진채 뒤쪽과 옆쪽의 산으로 돌아가 숨어 있었다. 그들이 때맞춰 한꺼번에 쏟아져 나왔기에 그의 진채는 이미 적의 손에 넘어간 뒤였다.

"계략에 걸려들었구나."

당황한 유대를 발견한 장비가 말을 달려 그의 곁으로 다가가 그를 덥석 쥐었다. 그리고 땅바닥에 내동댕이치고는 주위의 병사들에게 명령했다.

"이놈을 가지고 가라."

그러자 진채 안쪽에서 두 명의 병사가 소리를 지르며 달려왔다.

"그 오랏줄은 저희에게 맡겨주십시오."

장비의 명령으로 일부러 진영에서 탈주하여 유대에게 오늘 밤의 야습을 밀고하고 좋은 대우를 받았던 수훈자 두 명이었다.

"알았다, 끌고 가라."

장비는 그들에게 오랏줄을 넘겨주고 당당하게 발걸음을 돌렸다. 나머지 적병들도 대부분 항복했기에 장비군은 진채에 불을 지르고 유대와 수많은 포로들을 끌고 서주성으로 돌아갔다. 그러한 전황을 들은 유비는 이루 말할 수 없을 만큼 기뻐했다. 마치 자신이 전쟁을 지휘했던 것처럼 기쁜 마음으로 장비를 칭찬했다.

"거칠기만 했던 장비가 이제는 지모를 써서 공을 세우는구나. 이로써 장비도 어엿한 대장으로서의 기량을 갖추게 되었다고 할 수 있겠다."

유비는 그렇게 말하고는 직접 성 밖까지 마중을 나갔다. 장비가 득의양양해서 커다란 목소리로 말했다.

"큰형님. 큰형님은 언제나 이 장비를 쓸데없이 요란스럽기만 한 놈이라고 꾸중하셨는데, 오늘은 어떻습니까?"

유비가 껄껄 웃으며 대답했다.

"오늘은 그야말로 희대의 명장으로 보이는구나."

그 옆에 있던 관우도 한마디 덧붙였다.

"하지만 싸움에 앞서 형님께서 너를 타이르지 않으셨다면 이처럼 깔끔하게 일을 처리하지는 못했을 것이다. 저 유대의 목 따위는 벌써 떨어져 네 칼끝에 걸려 있었을 게다."

"정말 그럴지도 몰랐겠소."

장비가 폭소를 터뜨리자 유비도 빙그레 웃었다. 관우도 호탕하게 웃었다. 세 사람의 웃음소리가 들리는 가운데 밧줄에 묶여 끌려온 유대는 혼자 재미없다는 듯한 표정을 짓고 있었다.

그런 유대의 모습을 본 유비가 무슨 생각에서인지 그를 풀어준 뒤 한 방으로 데리고 갔다.

"자, 안으로 드십시오."

거기에는 앞서 잡혀온 왕충이 호화로운 옷과 술과 음식을 제공받으며 연금되어 있었다. 포로가 된 적의 두 장군을 미주가효美酒佳肴 앞에 나란히 앉혀놓고 유비가 말했다.

"적장인 유비가 무슨 일로 술과 음식을 대접하는가 싶어 뜻밖이라 여기실지 모르겠으나, 모쪼록 그런 생각은 마시고 마음 편히 지내시기 바랍니다."

유비는 술잔을 권하고 예의를 갖춰 말했으며, 패한 적장이라고 경멸하는 태도는 조금도 없었다.

"여러 가지로 부족한 저의 실수 때문에 장군들과 제가 불행한 싸움을 하게 되었습니다. 저는 오래전부터 승상의 커다란 은혜를 입었을 뿐만 아니라 승상의 명령은 곧 조정의 명령이라고 생각했습니다. 그런데 어찌 그것을 어길 수 있겠습니까? 기회가 오면 꼭 갚으리라 늘 생각하고 있었으나, 뜻밖에도 이처럼 오해를 사게 되어 저의 부덕함을 한탄하고 있습니다. 허도로 돌아가서서 부디 이 유비의 충정을 승상께 잘 말씀해주시기 바랍니다."

유대와 왕충은 유비의 간곡하고 진심 어린 말에 그저 의외라는 듯한 표정을 짓고 있었다. 하지만 두 사람도 성의를 가지고 대답할 수밖에 없었다.

"유예주의 진심은 잘 알았습니다. 그러나 저희는 장군께 사로잡힌 몸입니다. 어찌 도읍에 계신 승상께 그러한 말을 전할 수 있겠습니까?"

"잠시나마 오랏줄로 묶는 커다란 실례를 범했으나 처음부터 두 분의 목숨을 끊겠다는 불경한 생각은 조금도 하지 않았습니다. 원하신다면 언제든 이 성을 떠나셔도 좋습니다. 그것도 이 유비가 승상의 군에 저항할 뜻이 없다는 증거라고 생각해주시기 바랍니다."

과연 이튿날이 되자 유비는 두 사람을 성 밖까지 배웅해주었을 뿐만 아니라 포로로 잡았던 부하들까지 전부 유대와 왕충의 손에 넘겨주었다.

"유비는 싸울 뜻이 전혀 없구나. 게다가 병가에서는 보기 드물게 온정이 넘치는 사람이다."

감격한 두 사람이 서둘러 병사들을 단속하여 허도로 출발했는데, 가는 길에 숲 속에서 갑자기 장비의 부대가 튀어나왔다. 두 장군 앞을 가로막고 선 장비가 부릅뜬 눈으로 장팔사모를 앞으로 내밀며 말했다.

"기껏 사로잡은 너희 둘을 그냥 돌려보낼 수는 없다. 큰형님께서는 놓아주셨을지 모르나 나는 그냥 놓아줄 수가 없다. 내 앞을 지나갈 수 있으면 지나가 보아라."

유대와 왕충은 싸울 기력도 없었기에 말 위에서 그저 벌벌 떨고만 있었다. 그런데 뒤쪽에서부터 장비를 꾸짖는 소리가 들려왔다.

"이놈 장비야! 또 쓸데없는 짓을 하는구나. 형님의 명령을 어길 생각이냐?"

유비가 혹시나 해서 관우에게 장비의 뒤를 쫓아가게 한 것이었다.

"아아, 형님. 어째서 말리는 거유? 지금 이 녀석들을 놓아주면 다시 공격해올 날이 있을 거유."

"다시 공격해오면 다시 사로잡으면 그만이다."

"왜 그런 귀찮은 짓을 하자는 게요. 그보다는……."

"그만두라고 하지 않았느냐."

"안 되겠수?"

"굳이 두 장군을 쳐야겠다면 이 관우부터 쓰러뜨려라. 자, 덤벼라."

"아, 알겠소."

장비가 고개를 돌리며 혀를 찼다. 유대와 왕충은 감사의 인사를 거듭한 뒤 허도로 돌아갔다.

　그 후 유비는 서주성은 지키기가 쉽지 않아 소패성으로 들어가기로 하고 처자와 일족을 관우에게 맡겨 전에 여포가 있던 하비성으로 옮기게 했다.

41
기설학인奇舌學人

원소와의 결전이 길어지자 다시 허도로 돌아온 조조는 전쟁을
잠시 미루기로 하고, 장수와 유표를 향한 외교전에 돌입한다

허도로 돌아간 유대와 왕충이 조조에게 보고를 올렸다.

"유비에게는 아무런 야심도 없습니다. 오로지 조정을 공경하고, 승
상에게도 복종하고 있습니다. 또한 백성들의 신망도 두터울 뿐만 아니
라 장사들을 적절히 쓰고, 적인 저희에게까지 잊지 않고 덕을 베풀었
습니다. 참으로 뛰어난 인걸이라 할 수 있으니 그와 같은 사람을 적으
로 생각하는 것은 썩 좋은 일이라 할 수 없을 듯……."

말이 끝나기도 전에 조조는 눈썹을 곤추세웠다. 참을 수 없는 분노
를 머금은 듯한 얼굴이었다.

"닥쳐라! 네놈들은 조조의 신하냐, 유비의 신하냐? 나의 승상기를 들고, 나의 장사들을 이끌고 무엇을 하러 서주까지 갔었던 것이냐!"

조조는 좌우의 무장들을 돌아보며 엄하게 명령했다.

"이들은 다른 지방의 정벌에 나섰다 자신의 이름만 더럽히고 온 자들이니, 모두의 본보기를 위해 각 영문 앞으로 끌고 다닌 뒤 목을 쳐라."

그러자 곁에 있던 공융이 조조의 노기를 달래며 말했다.

"애초부터 유대와 왕충은 유비의 상대가 아니었습니다. 그 점은 승상께서도 잘 알고 계셨으리라 생각됩니다. 그런데 그 결과를 두 장군의 죄로만 돌려서 목숨을 앗으신다면 사람들의 마음속에 오히려 승상이 밝지 못하다는 생각이 들게 될 것이며, 남몰래 불안감을 품게 될 것입니다. 이는 사람의 마음을 얻는 길이 아닙니다."

공융의 말이 끝날 때쯤, 조조는 평상심을 되찾았다. 그러더니 참으로 옳은 말이라며 고개를 끄덕인 뒤, 두 사람의 목숨을 살려주는 대신 그 관작을 빼앗고 처벌은 훗날 다시 논하겠다고 언도했다.

그 후 조조는 직접 대군을 이끌고 가서 서주를 공략하겠다며 회의를 열었다. 하지만 이번에도 공융이 자중할 것을 권했다.

"지금은 추위가 기승을 부리는 겨울이니 병사를 함부로 움직이는 것은 좋지 않습니다. 내년 봄을 기다렸다 출발하셔도 늦지 않을 것입니다. 그동안에 해야 할 일이 하나 있습니다. 우선은 외교내결外交內結, 내부를 굳게 다져야 할 것입니다. 제 어리석은 눈으로 보기에 형주의 유표와 양성의 장수가 은밀하게 연대하여 조정에까지 불손한 태도를 취하고 있습니다. 지금 승상께서 그들에게 사신을 보내 불평을 달래주며, 바라는 바를 들어주고, 그들이 자랑으로 여기는 것을 칭찬하며, 잠시 마음을 억눌러 뜨거운 예로 맞아들인다면 그들은 반드시 승상의 휘하에 들 것입니다. 형주와 양성 두 세력만 승상의 세력권 안에 넣으신다면, 천하의 울림에 응하듯 각 군웅들도 승상을 따르게 될 것입니다."

"그 말은 나의 뜻과 잘 맞는 것이오. 곧 사람을 보내도록 하겠소."

조조는 유엽을 사자로 뽑아 양성의 장수에게 보냈다. 양성 최고의 모사인 가후는 조조의 사자를 맞아 내심 기뻐하며 찾아온 뜻을 물었다. 그러자 유엽이 대답했다.

"난마와 같이 어지러운 지금의 세상에서 어짊과 용기, 덕과 믿음, 그리고 책략에 이르기까지 한나라의 고조에 버금가는 영걸을 찾는다면 우리 주공이신 조 승상밖에 없을 것입니다. 공께서는 호북 제일의 형안과 통찰을 지닌 분이라 들었습니다만, 어떻게 생각하십니까?"

"옳습니다. 제 생각도 같습니다."

그렇게 대답한 가후는 자신이 허투루 대답한 것이 아님을 증명하기라도 하듯 주공인 장수에게 조조의 미덕을 칭찬한 뒤 그에게 전향할 것을 권했다.

"이번의 권고를 계기로 못 이기는 척 조 승상을 따르는 것이 양성을 위해서도 최선책인 듯합니다."

그런데 바로 그때 하북의 특사가 와서 원소의 편지를 건네주었다. 같은 목적을 가진 양 세력의 사신이 목표로 삼고 있는 성안에서 맞닥뜨린 것이었다. 조조의 사신인 유엽은 적잖이 걱정이 되었다.

'하북의 원소가 보낸 특사라니!'

조조의 입장을 아무리 좋게 봐준다 해도 원소에게 미치지 못하는 것만은 사실이었기 때문이다.

"걱정하실 것 없습니다. 귀공은 저희 집으로 가서 일을 지켜보시기 바랍니다."

유엽은 그 말을 믿고 희망을 품은 채 가후의 집에서 묵기로 했다.

이윽고 가후는 성안으로 원소의 특사를 불러들였다. 그리고 특사에게 물었다.

"얼마 전 원 공께서 군대를 일으켜 조조를 공격하기 시작했다는 말은 들었으나 아직 그 결과는 듣지 못했습니다. 승패는 어찌 되었습니까?"

특사가 대답했다.

"계절이 겨울로 접어들었기에 잠시 전쟁을 멈추고 결전은 내년 봄으로 미룬 채 대기하고 있는 상태입니다. 저희 주공께서 형주의 유표와 양성의 장수는 참된 국사들이라고 늘 말씀하셨습니다. 그래서 이번에 두 영웅을 산하로 받아들이기를 간절히 바라고 계십니다. 이에 부족한 저를 사자로 뽑아 보내신 것입니다. 장수 장군님께 잘 좀 말씀해주시기 바랍니다."

특사가 재배하고 찾아온 목적을 말하자 가후가 비웃으며 말했다.

"어쩐 일인가 했더니 그런 목적이었소? 특사께는 참으로 안된 말씀입니다만 얼른 돌아가서 원소에게 분명히 전하도록 하시오. 자신의 골육인 원술조차 늘 의심하며 받아들이지 않은 좁은 도량으로 어찌 천하의 국사를 맞아들여 쓸 수 있겠느냐고."

한편 원소의 편지를 찢고 사자를 내쫓았다는 말을 들은 장수는 놀란 얼굴로 가후를 나무랐다.

"어찌 내게 데려오지도 않고 그런 무례를 범했단 말이오?"

가후가 태연하게 대답했다.

"어차피 다른 사람의 밑에 들어갈 바에는 조조에게 항복하는 편이 낫기 때문입니다."

장수가 고개를 저으며 말했다.

"안 될 말이오. 지난날의 전쟁을 잊었단 말이오? 조조와 나 사이의 숙원은 조금도 풀리지 않은 상태요. 만약 지금 그가 보낸 글대로 그의 밑에 들어간다면 훗날 반드시 보복을 당하게 될 것이오."

"그렇지 않습니다. 그것은 영걸의 마음을 전혀 헤아리지 못한 생각입니다. 조조는 큰 뜻을 품은 사람인데, 어찌 지난날의 패전 따위를 마음에 담아두고 있겠습니까? 또한 원소와 견주어보자면 조조에게는 세 가지 장래가 약속되어 있습니다. 하나는 천자를 옹호하고 있는 것이며, 둘은 시대의 기운에 따르고 있고, 셋은 큰 뜻이 있어 다스림을 안다는 것입니다."

"그렇지만 원소는 부강하나 조조는 아직 약소하지 않소?"

"저는 현세를 말하고 있는 것이 아닙니다. 장래를 말하고 있는 것입니다. 당장 1, 2년 동안의 안태를 원하신다면 원소에게 붙으시기 바랍니다."

가후가 장수를 버리면 장수도 불안할 수밖에 없었다. 이튿날 가후는 유엽을 장수 앞으로 데려왔다. 유엽이 장수에게 말했다.

"승상은 결코 과거의 원한을 마음에 담아두시는 분이 아닙니다. 그렇다면 어찌 예를 다해서 저를 여기에 보내셨겠습니까?"

마침내 장수도 마음이 움직여 조조의 권유에 따르기로 하고 양성에서 나와 조조에게 항복했다. 조조는 직접 나가 손을 잡고 장수를 당으로 맞아들였다. 그리고 그를 양무장군揚武將軍에 임명했으며, 장수를 설득한 가후의 공을 인정하여 그에게 집금오執金吾의 자리를 내주었다. 양성에 대해서는 외교책만으로 커다란 성과를 거두었으나 형주는 완전히 실패로 돌아가고 말았다.

형주의 유표(호북과 호남 땅을 영유하고 있었으며, 양양성에 머물고 있었다)는 각지에 할거하는 군웅 중에서도 제법 큰 세력을 유지하고 있었다. 무엇보다도 강을 끼고 비옥한 땅이 펼쳐져 있었으며, 병마도 강성했다. 예전에 손책의 아버지인 손견이 그 땅으로 침입해 들어갔다가 참패 끝에 전사했고, 마침내는 한 많은 비석을 세워 유표의 자랑거리가 될 정도였다.

이에 조조가 보낸 사자는 유표의 비웃음만 샀을 뿐 제대로 말도 해보지 못한 채 쫓겨나고 말았다. 장수가 항복 이후 자신도 공을 세우고 싶다는 생각에 조조에게 말했다.

"제가 유표에게 편지를 써보도록 하겠습니다. 그와 저는 오래전부터 친분을 맺고 있었습니다."

장수는 편지에 천하의 추세와 이해관계 등을 상세히 적었다. 그리고 공사公私 양면에서 유표를 설득하는 글을 써 조조에게 건넸다.

"말솜씨가 뛰어난 자가 이것을 가지고 가면 틀림없이 성공할 것입니다."

"세객說客으로는 누가 좋겠는가?"

조조가 묻자 사람들 사이에서 공융이 앞으로 나와 한 사람을 추천했다.

"제가 아는 사람 중에 자가 정평正平인 평원의 예형禰衡이 있습니다. 예형이라면 형주로 가서도 기죽지 않을 것이며 승상의 이름을 더럽히지도 않을 것입니다."

"예형이란 어떤 인물인가?"

"저희 집 근처에 살고 있는 자입니다. 학식이 높고 언변이 뛰어나나, 타고난 고집불통에 혀끝이 사람을 찌르고 풍자로 가득하며 세상일에 신경을 쓰지 않을 뿐만 아니라 가난하기까지 해서 누구도 친하게 지내려 하지 않습니다. 그러나 유표와는 학문을 익힐 때부터 사귐이 있었으며 지금도 편지를 주고받고 있는 듯합니다."

"그야말로 적임자로군."

바로 불러오라는 조조의 명령이 떨어지자 승상부에서 사람이 달려갔다.

부름을 받은 예형이 평소 입고 있던 냄새나는 옷을 입은 채 들어왔다. 그는 조조와 그 신하들이 늘어서 있는 각의 한가운데 서서 예의도 갖추지 않고 두리번거리다 큰 소리로 말했다.

"아아, 사람이 없구나, 사람이 없어. 천지간은 이렇게 넓은데 어찌 이리도 사람이 없단 말이냐!"

그 말을 들은 조조도 큰 소리로 말했다.

"예형, 어찌 사람이 없다고 하는 겐가? 천지간을 둘러볼 필요도 없이 이 각 안에 있는 재주 많은 내 휘하 인사들이 눈에 보이지 않는단 말인가?"

예형이 마른 잎처럼 껄껄 웃더니 아무런 거리낌도 없이 말했다.

"아하하, 그렇게 많았습니까? 바라건대 어떤 재주가 있는 인사들인지, 얼마나 사람다운지, 그 재능을 자세히 들어보고 싶습니다."

진작부터 입이 거칠고 기행을 일삼는 학자라는 소리를 들었기에 조조는 특별히 나무라지 않았으며 또 놀라지도 않았다.

"재미있는 사람이로군. 그렇다면 오른쪽에 있는 사람들부터 순서대로 가르쳐줄 테니 잘 보고, 잘 들어 기억해두기 바라네. 우선 저기에 있는 순욱, 순유는 지모가 뛰어나고 용병에 능해 먼 옛날의 소하나 진평陳平 등과 같은 무장도 감히 따를 수 없는 인재들이라네. 그다음에 있는 장료, 허저, 이전, 악진과 같은 자들은 용맹하기로 유명한데 저들의 용맹은 만 명의 군대로도 당할 수 없으며 수많은 실전 경험을 가지고 있는 인사들이지. 그리고 또 왼쪽에 있는 우금과 서황 두 사람은 옛날의 잠팽岑彭과 마무馬武보다 뛰어난 기량을 갖추고 있으며, 하후돈은 우리 군중 최고의 기재奇才일세. 조자효曹子孝는 평소 술책에 능하여 세상에 널리 알려진 부장일세. 어떤가, 이래도 사람이 없다고 할 텐가?"

조조의 말을 듣자마자 예형이 무례하게도 배를 움켜쥐고 웃었다.

"승상은 마음도 참 좋으십니다. 제가 본 것과는 달라도 너무 다릅니다."

"신하를 보는 눈은 그 주인을 따를 자가 없다는 말도 있네. 이 조조가 저들을 그다지도 잘못 봤다면 큰일이 아닐 수 없지. 자네의 평을 기탄없이 들려주기 바라네."

"그렇다면 이곳에 늘어선 사람들을 본 그대로 평할 테니 마음 상하는 일 없도록 하십시오. 우선 순욱에게는 병문안을 가게 하고, 상가喪家에 보내 문상하게 하면 될 것입니다. 순유에게는 무덤을 쓸게 하고, 정욱은 문지기를 시키면 좋을 것입니다. 곽가에게는 글을 짓게 하고 시라도 쓰게 하면 충분할 것입니다. 장료에게는 북을 치게 하고 징을 두드리게 하면 잘할지도 모르겠습니다. 허저에게는 우마와 돼지를 기르게 하면 잘할 것입니다. 이전에게는 편지를 주어 심부름꾼으로 쓰면 잘 어울릴 것입니다. 만총에게는 술지게미라도 먹이고 술통의 테라도 두드리게 하면 꼭 알맞을 것입니다. 서황은 개 도살에 적임자입니다. 우금은 등에 판자를 지게 한 뒤 담장을 쌓게 하면 잘 어울릴 것이며, 하후돈은 애꾸눈이니 눈을 고치는 의원의 약바구니라도 들게 하면 참으로 그럴듯할 것입니다. 다른 사람들에 대해서는 일일이 말하기도 번거로우나 옷을 입고 있으니 옷걸이와 같고, 밥을 먹으니 밥주머니와 같고, 술을 마시니 술통과 같고, 고기를 먹으니 고기자루와 같을 뿐입니다. 때때로 손발을 움직이고 가끔 입에서 소리를 낸다고 하여 사람이라고는 말할 수 없습니다. 사마귀도 손발을 움직이며, 지렁이도 소리를 냅니다. 승상의 눈은 얼굴에 뚫린 구멍입니까? 저들이 사람으로 보이다니. 아아, 우습구나, 우스워."

혼자 손뼉을 치며 웃는 사람은 예형뿐이었다. 그의 지나친 호언과 비웃음에 모두가 화를 참으며 입을 다물고 있었다. 조조도 속으로는 분노를 불태우고 있었다. 애초부터 기설奇舌을 거침없이 내뱉는 학인學

人이라는 말을 듣고도 부른 것이기에 이제 와서 어쩔 수는 없었다. 조조는 높은 곳에 앉아 씁쓸한 표정을 지어 보이며 거친 목소리로 질문했다.

"학인, 그렇다면 묻겠는데, 학인에게는 대체 어떠한 재능이 있는가?"

예형이 입술을 굳게 다물고 오만불손하게 콧구멍을 살짝 들어 올려 숨을 내쉰 뒤 대답했다.

"천문지리에 관한 책에 하나라도 통달하지 않은 것이 없으며, 구류삼교九流三教를 남김없이 깨달았다는 말이 있는데, 그것은 이 예형을 칭하기 위해 생겨난 말입니다. 아니, 아직 다 말하지 않았습니다. 위로는 임금을 요순에 이르게 할 수 있고, 아래로는 덕을 공자나 안연에 미치게 할 수 있습니다. 좀 어려운가⋯⋯. 이해할 수 있을 리가 없지. 좀 더 쉽게 말해서 가슴속에는 나라를 다스리고 백성을 편안히 할 경론經論이 가득하여 달리 사욕을 넣을 여지도 없을 정도라 할 수 있습니다. 이와 같은 그릇을 참된 사람이라 할 수 있는 것이니, 어찌 저기 있는 똥자루들과 같다 할 수 있겠습니까."

그 순간 늘어선 사람들 속에서 칼자루 울리는 소리와 함께 호통을 치며 일어선 사람이 있었다.

"보자보자 하니까 못 하는 소리가 없구나. 이 입만 살아 있는 학자 놈! 움직이지 마라."

아까부터 편하지 않은 얼굴로 가만히 참고 있던 장료가 더는 참을 수 없었는지 칼자루를 손에 쥐고 당장이라도 뛰어들어 예형의 목을 벨 듯한 표정을 짓고 있었다.

"기다려라!"

조조가 날카로운 목소리로 장료의 행동을 말린 후 여러 신하들을 돌아보며 말했다.

"지금 궁궐의 악실에 북 치는 사람이 부족하다 들었네. 며칠 후 주연이 전상殿上에서 벌어질 터이니 그때 예형으로 하여금 북을 치게 하세. 비록 학인이라고는 하나 무슨 일에나 막힘이 없는 자네의 재능이라면 북도 칠 수 있겠지. 어떤가?"

조조가 그를 난처하게 만들 생각이라는 것은 분명히 알 수 있었다. 하지만 예형은 굳이 사양하지 않았다.

"겨우 북인가. 알겠습니다."

예형은 오히려 당당하게 받아들이고 유유히 물러났다.

***

공융은 참으로 어처구니없는 사람을 추천했다는 말밖에는 달리 할 말이 없었다.

'사람이란 함부로 추천해서는 안 되는구나.'

예형을 천거한 공융은 혼자 후회하며 당혹감을 감추지 못했다. 그 때문인지 그날 공융이 언제 자리에서 물러났는지 아는 사람은 아무도 없었다. 자리에 남은 사람들의 분노에 찬 목소리가 시끄럽게 들려왔다. 특히 장료 등의 사람들은 화를 가라앉히지 못하고 조조에게 따지듯 물었다.

"어째서 그런 비렁뱅이 같은 유학자를 베어버리지 않고 큰소리치게 그냥 내버려두신 겁니까?"

그에 대해 조조가 대답했다.

"물론 나도 화가 나서 몸이 떨릴 정도였으니 몇 번이고 베어버릴까 싶기도 했지만 그의 기행은 세상에 널리 알려진 듯하고, 기설도 세상에서 허명虛名을 얻고 있는 듯하네. 말하자면 일종의 반동자로서 민간에서는 묘한 인기를 얻고 있는 사내인 듯해. 그처럼 이름이 알려진 자인데 승상인 내가 화를 참지 못하고 그를 베었다는 말이 전해지면 민중들은 오히려 나를 속이 좁다고 비웃을 것이며, 내게 기대를 걸고 있던 자들은 실망을 품게 될 것일세. 어리석구나, 참으로 어리석어. 그보다 그가 자랑하는 재능이 아닌 북을 치게 하여 전상에서 비웃어주는 것이 더 재미있지 않겠나?"

때는 건안 4년(199년) 8월 초하루였다. 성청省廳에서 조하朝賀의 주연이 벌어졌다. 조조도 물론 참석했으며, 궁중의 공경백관, 승상부의 각 장군 등 기라성 같은 빈객들이 자리를 메우고 있었다. 배하拜賀, 예배禮杯 등의 의식이 끝나고 잔치의 분위기가 무르익었을 무렵, 악실의 악인樂人들과 고수 등이 일렬로 당의 중앙으로 나와 무악舞樂을 연주하기 시작했다.

미리 약속을 해두었던 예형도 그 가운데 섞여 있었다. 그가 북을 치며 「어양삼과漁陽三撾」를 연주했는데 그 음절이 절묘하고 소리의 변화도 자유로워, 참으로 명인의 연주를 듣는 듯했기에 사람들 모두 황홀경에 빠져 있었다. 하지만 무곡이 끝나자 황홀경에서 깨어난 각 장군들이 한목소리로 예형의 무례함을 질타했다.

"야, 이 더러운 놈아. 조당朝堂의 축하연에는 악실의 악인은 물론 무인舞人, 고수 모두 깨끗한 옷을 입어야 하거늘 너는 어째서 더러운 옷을 입고 와서 사방으로 이를 퍼뜨리는 것이냐?"

그렇게 말하면 예형이 틀림없이 얼굴을 붉히며 부끄러워할 줄 알았는데, 예상외로 그는 가만히 허리끈을 풀었다.

"그렇게도 보기 싫으냐?"

그러고는 옷 하나를 벗고 둘을 벗더니 결국에는 속옷 하나만 걸친 시뻘건 알몸이 되어버렸다. 장소가 장소인 만큼 사람들 모두 어리둥절해서 '저런, 저런' 하며 놀랐지만 예형만은 태연하게 알몸인 채로 다시 북채를 잡아 삼통三通까지 연주했다. 배짱에서는 누구에게도 뒤지지 않는 각 무장들조차 놀란 표정을 지었기에 조조가 더는 참지 못하고 호통을 쳤다.

"무엄하게도 조정의 축하연에서 알몸을 드러내다니, 뭐 하는 놈이란 말이냐! 무례하구나!"

예형이 북을 내려놓고 벌떡 일어서더니 조조의 자리를 향해 배꼽을 정면으로 내밀며 그에게도 지지 않을 만한 목소리로 말했다.

"하늘을 비웃고 천자를 속이는 무례함과 부모에게서 받은 이 몸을 있는 그대로 드러내는 무례함, 어느 쪽이 더 무례한지 생각해보기 바라오. 나는 이처럼 겉과 속이 다르지 않은 사람이라는 사실을 거리낌 없이 내보일 수 있소. 승상, 분하다면 당신도 의관을 벗어 던지고 나처럼 겉과 속 사이에 살갗 하나밖에 없다는 사실을 내보이도록 하시오."

"다, 닥쳐라!"

결국에는 조조도 화가 났다. 궁궐의 전각 안에서 두 개의 천둥이 서로 으르렁거리는 듯 두 사람의 목소리가 울려댔다.

조조가 마침내 격한 목소리로 말했다.

"이, 썩어빠진 학자 놈! 너는 입을 열면 자신만 청백한 것처럼 말하고, 남을 보면 더러운 물건처럼 비방하는구나. 너처럼 썩어빠진 놈이 어디에 또 있겠느냐?"

예형도 지지 않고 말했다.

"더러운 자일수록 자신의 냄새는 맡지 못하는 법이오. 승상은 자신의 더러움을 알지 못하는 듯하오."

"뭣이, 나를 더러운 자라 말하는 게냐!"

"그렇소, 당신은 현명한 척하나 그 눈은 사람의 현명함과 어리석음조차 구분하지 못하고 있소. 눈이 더러워졌다는 증거가 아니겠소."

"이놈, 잘도 지껄이는구나."

"또한 시서를 읽어 마음을 정화시키는 법도 알지 못하오. 말은 마음을 나타내는 것이라 했소. 당신 입의 더러움은 고결한 수양을 하지 못했다는 증거요."

"이놈이……."

"타인의 충언을 듣지 않으니 이는 귀가 더럽다는 증거요. 고금에 통달하지 못했으면서 자신의 생각만 내세우니 그것을 정조의 더러움이라 하는 거요. 평소의 행실이 무엇 하나 깨끗한 것이 없고 무엇 하나 방자하지 않은 것이 없으니 이는 육체의 더러움이오."

"……"

"게다가 그 더러운 마음을 누구 하나 막는 자가 없어 자만에 빠지게 되었고, 결국에는 반역의 싹을 키워 장래의 고난을 만들기에 이르렀소. 참으로 어리석구나. 참으로 우습구나."

"……"

"나 예형은 천하의 명사이거늘, 당신은 예우도 하지 않았을 뿐만 아니라 북을 치게 하여 모욕을 주려 하였소. 참으로 소인배의 처사라 하지 않을 수 없소. 옛날 양화陽貨가 공자를 원망하여 해를 입히려 한 짓이나, 장창臧倉의 무리들이 맹자에게 침을 뱉은 짓거리와 다르지 않소. 당신은 방약무인하게도 마음속으로 패도를 수행하리라 생각하고 있으면서, 하는 행동이라고는 그처럼 소심하기 짝이 없는 것들뿐이오. 소심하면서도 거짓 위세로 사람을 두렵게 하는 자, 이를 필부라 하오. 참으로 희대의 필부가 옥전玉殿에 나타난 셈이오. 당대의 승상 조조! 참으로 위대하구나! 위대한 필부로구나!"

손뼉을 치며 조롱하고 비웃는 그의 모습은 위대한 광인인지, 목숨이 아까운 줄 모르는 멍청이인지, 혹은 하늘이 이 땅에 보내 말을 하게 한 대현大賢인지, 참으로 짐작이 가지 않았다.

조조는 얼굴이 창백해져버렸다. 아니, 전상殿上이 예형 한 사람에게 압도되어, 문무백관 모두가 침을 삼키고 입술을 씹으며 커다란 침묵에 잠겨 그 결과가 어떻게 될지 기다리고 있었다. 공융은 조조가 예형을 당장이라도 살해하지나 않을까 눈을 감고 마음속으로 안절부절못했다. 잠시 뒤, 예형의 귀에는 여러 장군들이 눈초리를 곤추세우고 검을 두드리며 요란스럽게 일어서는 소리가 들렸다.

"썩어빠진 학자 놈이 잘도 나불거리는구나. 듣자듣자 하니 방자하기 짝이 없는 험담과 욕설뿐이다. 열 손가락과 사지를 따로따로 잘라 맛을 보여주도록 하겠다."

순간 공융은 눈을 떴는데 온몸의 털구멍에서 땀이 흘러나왔다. 조조도 자리에서 일어나 있었기 때문이다. 하지만 조조는 검을 들고 달려들려는 각 장군들 앞에 두 팔을 벌리고 서서 외쳤다.

"그만두어라! 누가 예형을 죽이라고 명령했느냐. 나를 위대한 필부라 말한 것이 옳지 않지만 크게 틀린 것은 아니니 그렇게 화를 낼 필요도 없다. 또한 이 썩어빠진 유학자는 쥐새끼와 같아서 태양과 대지와 대세大勢를 알지 못하니 민가에서는 지붕과 마루 밑에 머물며 홀로 영리한 척이나 할 것이며, 혹시 전상에 오른다 할지라도 기이한 행동밖에 할 줄 모르는 음지의 작은 동물에 지나지 않는다. 죽인다 해도 득이 될 게 아무것도 없다. 그보다는 내가 이 사람에게 명령할 일이 있다."

조조는 사람들을 제지한 뒤 예형에게 옷을 주며 물었다.

"형주의 유표와 친분이 있다더구나."

"그렇소, 유표와는 오랜 친분이 있소."

예형이 코웃음을 치며 대답하자 조조가 명령을 내렸다.

"그렇다면 나를 위해 당장 형주로 가서 말을 전하도록 하라."

조조의 명령이라면 궁중에서나 승상부에서나 행해지지 않는 것이 없었으나 예형은 고개를 옆으로 흔들었다.

"싫소."

"어째서 싫다는 게냐?"

"무슨 말인지 대충은 알겠소만, 내가 할 만한 일이 아니라고 생각하기 때문이오."

"내가 아직 아무런 말도 하지 않았는데 사명을 미루어 짐작할 수 있단 말이냐?"

"형주의 유표를 설득하여 당신의 문 앞에 말을 묶게 하면 당신은 곧 마음이 풀릴 테지."

"그렇다. 유표에게 가서 이해관계를 잘 설명하여 이 조조에게 항복을 맹세케 하면 너를 궁중의 학부學府로 받아들여 공경으로서 무겁게 쓸 생각이다. 네 마음은 어떠냐?"

"하하하, 쥐새끼가 의관을 두른다면 참으로 우습겠구나."

"내가 네 목숨을 잠시 빌려주는 셈이다. 대답은 필요 없다. 당장 출발하도록 하라."

조조가 무관들을 돌아보며 명령했다.

"이자에게 좋은 말을 내어주고, 좋은 음식과 술로 송별회를 열어주도록 하시오."

사람들은 예형을 둘러싸고 일부러 시끄럽게 떠들며 술잔을 들고 또 그에게도 적잖이 술을 마시게 했다. 그리고 여럿이서 동문까지 그를 데리고 갔으며 말을 가져다 안장 위에까지 올려주었다. 조조가 다시 명령했다.

"나의 명령을 받아 출발하는 대사大使를 위해 모두 동문 밖에 정렬하여 배웅을 하도록 하라."

조금 전 예형이 명망 있는 학자를 예우하지 않았다는 점을 들어 비꼬았기에 조조는 바로 그의 말을 받아들여 그를 사자로 유효하게 써먹어야겠다고 생각한 것이었다. 문무백관 모두가 그러한 사실을 잘 알고 있었으나 누구 하나 성실하게 정렬하려 들지 않았다.

"저런 비렁뱅이 같은 미치광이 유학자에게 어찌 예를 취할 수 있단 말인가."

특히 순욱은 몹시 화가 나서 부하 병사에게 이렇게 말하기까지 했다.

"예형이 이곳으로 나와도 자리에서 일어날 필요는 없다. 모두 그냥 앉아 있도록 해라. 떡하니 자리 잡고 앉아서 그가 울상을 지으며 어쩔 수 없이 떠나가는 모습을 지켜보기만 하면 된다."

잠시 뒤 억지로 말에 앉혀진 예형이 말의 발걸음에 따라 장대한 동화문東華門 안에서 어슬렁어슬렁 나왔다. 말과 사자 모두 기운이 없어 보였으나 안에서는 환송의 목소리와 음악이 울려 퍼지고 있었다. 문밖으로 나와 보니 순욱의 부대를 따라서 모든 부대의 장병들이 양반다리를 하고 유쾌하다는 듯 앉아 있었다.

"아아, 슬프도다."

말을 멈추고 그렇게 중얼거린 예형이 곧 소리 내어 통곡하기 시작했다. 양지에 앉은 병사들도, 음지에 앉은 병사들도 모두 깔깔거리며 웃어댔다. 순욱이 통쾌하다는 듯 예형을 약 올렸다.

"선생, 명예로운 길을 떠나시는데 어찌 통곡을 하시는 게요?"

그러자 예형이 지체하지 않고 대답했다.

"둘러보니 수천이나 되는 무리들이 허리를 다쳐 일어설 줄 모르고 있소. 마치 죽은 자들의 벌판 같소. 죽은 자들의 벌판과 산을 지나는데 그것이 어찌 슬프지 않을 수 있겠소."

"우리가 죽은 사람들이라고? 아하하하, 우리가 보기엔 그런 당신이야말로 목 없는 미친 귀신 같소."

"무슨 말이요? 나는 한실의 신하요."

예형의 대답은 전혀 뜻밖의 것이었다. 또 무슨 말을 하려는 건지, 순욱은 당황스럽다는 표정으로 눈을 깜빡였다.

"뭐, 한실의 신하라고? 우리도 모두 한실의 신하요. 어찌 당신 혼자서만 한실의 신하인 양하시오?"

"그렇소. 한실의 신하는 여기에 나 한 사람밖에 없소. 당신들은 모두 조조의 신하들이 아니오."

"그게 그거요."

"거짓말 마시오, 눈뜬장님들."

"눈뜬장님이라고?"

"아아, 어둡구나, 어두워. 세상은 이처럼 어둡구나. 잘 들어라, 구더기들아. 나 예형만은 너희와는 달리 반역자의 신하가 아니다."

"반역자라니, 누구를 말하는 것이냐?"

"물론 조조를 말하는 것이다. 너는 이 예형을 보고 목 없는 미친 귀신이라고 했다만, 반역자를 돕는 너희의 목이야말로 내일을 기약할 수 없는 것이다."

예형과 순욱의 대화를 듣고 있던 다른 부장들이 창과 검을 뽑아들며 크게 화를 냈다.

"순욱! 왜 그 녀석을 안장 위에서 끌어내리지 않는 게요. 우리 앞으로 던져주시오. 육회를 떠줄 테니."

순욱도 살의와 분노가 한꺼번에 치밀어 올라 남의 손을 빌릴 것도 없이 단칼에 쳐 죽이고 싶었으나 조조조차 인내를 하고 사자로 쓴 사람이니 함부로 죽일 수가 없어 가만히 참았다.

"아니, 잠깐 기다리시오. 승상도 조금 전에 말씀하셨소. 이 녀석은 쥐새끼 같은 놈이라고. 쥐새끼를 베면 우리의 칼만 더러워질 뿐이오. 진정들 하시오."

그 말을 들은 예형이 안장 위에서 좌우의 부장들을 두리번두리번 둘러보았다.

"끝내 나를 쥐새끼라 하는 게냐? 그러나 쥐새끼에게는 사람에 가까운 심성이 있다. 안 됐지만 너희는 모두 구더기다. 뒷간에서 꿈틀대는 구더기 말이다."

"뭣이!"

창칼을 들고 덤벼들려는 사람들을 순욱이 간신히 말렸다.

"그냥 내버려두시오. 정신이 온전치 못하니. 어차피 형주로 가서 실수를 하거나 아무런 성과도 없이 돌아와 크게 창피를 당할 것이오. 그러니 저 녀석의 목은 그때까지만 붙어 있을 것이오. 아하하하, 차라리 웃으시오."

예형은 각 장군들과 병사들의 비웃음 속을 지나 금문 밖으로 나갔다. 혹시 형주로 가지 않고 집으로 돌아가 숨어버리는 것이 아닐까 싶어 두어 명의 병사들이 따라가 보았으나 그럴 생각도 없는지 말의 뒷

모습은 서두르지도 않고, 게으름을 피우지도 않고 형주 쪽을 향해 멀어져갔다.

며칠 후 예형은 형주에 도착했다. 오랜 벗이기에 바로 만나기는 했으나 유표는 귀찮다는 표정을 지어 보였다. 예형의 혓바닥은 여기에서도 쉬지를 않았다. 하지만 사자로 온 것이니 유표의 덕을 칭송하기는 했는데, 곧바로 독설을 퍼부어 결국 아무런 도움도 되질 않았다. 유표는 내심 그를 싫어했기에 그럴듯한 핑계를 대서 강하성으로 보내버렸다. 강하는 그의 신하인 황조黃祖가 지키고 있었다.

"황조도 그대를 만나고 싶어 하고, 강하는 풍경도 좋고 술맛도 뛰어나니 그곳에서 며칠 노닐다 오시오."

전부터 황조도 예형과 사귐이 있었기에 그런 핑계로 그를 쫓아버린 것이었다. 그 후 한 신하가 이해할 수 없다는 듯 유표에게 물었다.

"예형이 성에 머무는 동안 곁에서 지켜보았는데 그는 참으로 무례하고 억지에 가까운 요설로 태수를 욕보였습니다. 그런 그를 어찌 죽이지 않고 강하로 보낸 것입니까?"

유표가 웃으며 대답했다.

"조조가 죽이지 않고 참은 데에는 틀림없이 어떤 이유가 있었을 것이오. 조조는 이 유표의 손으로 그를 죽이게 하려고 사자로 보낸 것이오. 내가 만약 예형을 죽이면 조조는 곧 천하에 대고 형주의 유표가 학식 있는 현인을 죽였다고 좋지 않은 소문을 퍼뜨릴 것이 틀림없소. 내어찌 그런 조조의 술책에 넘어갈 수 있겠소. 조조도 허투루 볼 수 없는 사람이오, 하하하하하."

***

　예형이 강하성으로 가 있는 동안 조조의 적인 원소 쪽에서도 유표에게 사자를 보내 우호를 청해왔다. 양쪽이 형주를 놓고 힘겨루기에 들어간 꼴이었다. 어디를 선택할지, 유표의 뜻 하나에 모든 것이 달려 있었다. 유표는 욕심이 발동하다 보니 오히려 대세를 판단하기가 어려워졌다.

　"한숭, 자네는 어떻게 생각하는가? 조조 편에 드는 것이 좋을 듯한가, 원소의 요구에 따르는 것이 좋을 듯한가?"

　종사중랑장從事中郎將 한숭이 여러 신하들을 대표하여 공손히 대답했다.

　"어떤 방침을 취할지, 우선은 장군께서 마음의 결정을 내리셔야 합니다. 만일 장군께서 천하에 욕심이 있으시다면 조조를 편들어야 할 것입니다. 하지만 천하에 욕심이 없으시다면 형세를 봐서 유리한 쪽에 가담하면 될 것입니다."

　유표의 얼굴을 보니 천하에 욕심이 아주 없는 것도 아닌 듯했다. 이에 한숭이 다시 덧붙였다.

　"조조는 천자를 끼고 있어 언제나 대의명분을 앞세울 수 있기 때문입니다."

　"하나, 원소의 부유함과 세력 또한 무시할 수 없지 않느냐?"

　"그러니 조조가 패하고 스스로 파탄에 이르러 지금의 위치에서 실각이라도 한다면 필연적으로 그를 대신할 기회도 생기게 될 것입니다.”

그래도 마음을 정하지 못한 유표가 이튿날 다시 한숭을 불러 명령했다.

“여러 가지로 생각해보았으나 우선은 자네가 도읍으로 가서 그곳의 자세한 실정과 조조의 속사정을 엿보고 오는 편이 좋을 듯하네. 나의 거취는 그 후에 결정하기로 하지.”

한숭이 썩 내키지 않는 듯 잠시 생각에 잠겨 있다가 대답했다.

“저는 절개가 있는 사람이라는 점을 믿어주시기 바랍니다. 장군께서 천자를 받들기 위해 천자 밑에 있는 조조와도 제휴하실 생각이라면 허도에도 편안한 마음으로 갈 수 있으나, 만일 그렇지 않다면 저는 절개 때문에 역경에 처하게 될지도 모릅니다.”

“어째서 그런 걱정을 하는 게요. 나는 이해할 수가 없소.”

“제가 도읍으로 가면 조조는 틀림없이 제 환심을 사려 할 것입니다. 또 어쩌면 천자에게 청해 관작을 내릴지도 모릅니다. 각 주의 신하들이 허도를 찾았을 때를 살펴보아도 충분히 생각해볼 수 있는 일입니다. 그렇게 되면 저는 한실의 은혜를 입게 되며, 한실의 신하가 되니 장군께는 옛 주인이라는 마음을 품게 될 것입니다. 그러니 만일의 사태가 벌어졌을 때, 천자의 명에는 따라도 장군을 위해서는 일할 수 없게 될지도 모릅니다.”

“무슨 소린가 했더니, 그처럼 먼 앞날의 일까지 걱정하고 있었던 게요? 각지에 할거하고 있는 영웅들의 신하 중에도 조정으로부터 관작을 받은 자들은 얼마든지 있지 않소. 내게도 다 생각이 있소. 얼른 허도로 가서 조조의 내막과 허실을 잘 살피고 오시오."

한숭은 어쩔 수 없이 명을 받들어 형주의 특산물과 여러 진귀한 물건들을 수레에 싣고 허도로 향했다. 그는 가장 먼저 승상부를 찾아가 수많은 선물을 풀어놓았다. 조조는 얼마 전 자신의 사자로 예형을 보냈는데, 그가 돌아오기도 전에 한숭이 온 것을 이상히 여겼지만 그를 만나 호의에 감사의 뜻을 전했다. 그리고 성대한 잔치를 열어 그의 노고를 위로했다. 그리고 조정에 청하여 한숭에게 시중侍中이라는 벼슬과 영릉零陵태수라는 관직을 주어 돌려보냈다. 한숭이 허도에 보름쯤 머물다 떠나자 순욱이 바로 조조를 찾아가 물었다.

"어찌하여 그를 그냥 돌려보내신 것입니까? 그는 틀림없이 허도의 내정을 살피러 온 자입니다. 그를 빈객으로 대우하다니, 있을 수 없는 일입니다. 중앙의 부府에 있는 저희는 다른 주의 신하로 온 자들에게 좀 더 엄중히 경계심을 품어야 할 것입니다."

순욱의 말을 가만히 듣고 있던 조조가 미소를 지으며 대답했다.

"참으로 옳은 말이오. 그러나 내게 작전 이외의 허실은 없소. 따라서 무엇을 보고 돌아가든 내 실력의 참된 가치를 알았을 테니 오히려 환영할 만한 첩자라 할 수 있지 않겠소? 게다가 지금은 형주로 예형을 파견해놓았소. 내가 바라는 바는 그 예형을 유표의 손으로 죽여주는 것이오. 지금 그 이상 무엇을 더 바라겠소."

조조의 높은 안목에 순욱도 더는 말을 하지 않았다.

한편 한숭은 형주로 돌아가자마자 유표를 만나 허도에 발흥의 기운이 왕성하다고 고했다. 유표는 한숭의 얘기를 듣는 동안 고개를 옆으로 돌렸다.

"어리석으나마 신이 보기에는 장군의 아들 중 한 명을 조정의 신하로 보내 허도에 볼모로 묶어두면 조조도 의심하지 않을 것이며, 장래의 가운家運을 위해서도 좋을 듯합니다."

유표가 갑자기 주위의 무사들을 향해 명을 내렸다.

"두 마음을 품은 불충한 놈. 한숭을 결박하고 목을 치도록 해라!"

무사들이 검으로 손을 가져가며 얼른 한숭의 뒤쪽에 섰다. 한숭이 손을 흔들고 머리를 바닥에 조아리며 다급하게 말했다.

"그래서 신이 사자로 가기 전부터 거듭 말씀드리지 않았습니까? 저는 자신이 믿는 바를 말씀드리는 것이 최선의 신도臣道라 여기고 있으며, 또 장군의 가문을 위해서도 좋은 일이라 생각했기에 말씀드린 것에 지나지 않습니다. 그렇게 할지 말지는 장군께서 결정하실 일입니다."

시신인 괴량도 한숭을 도와 함께 청했다.

"한숭의 말은 조금도 궤변이 아닙니다. 그는 도읍으로 가기 전부터 거듭 지금과 같은 말을 했습니다. 그러니 도읍에 다녀온 이후 갑자기 변한 것이라고도 할 수 없으며, 두 마음이 있는 것이라고도 할 수 없습니다. 게다가 그는 이미 조정으로부터 은작을 받아 돌아왔으니 지금 바로 처형하신다면 조정에도 반하는 일이 됩니다. 이번에는 관대한 처분을 내리시는 것이 좋을 듯합니다."

유표는 여전히 화가 가라앉지 않은 듯했으나 괴량의 논리정연한 말에 어쩔 수 없다는 듯 다시 명을 내렸다.

"조정을 거스를 수는 없지. 목숨만은 살려주도록 하겠다. 단단히 묶어 옥에 가두도록 하라."

한숭이 무인들의 손에 끌려가며 큰 소리로 한탄했다.

"도읍으로 가면 어떻게 될 것이고, 형주로 돌아오면 어떻게 될 것이라는 사실을 전부 알고 있었으면서도 결국은 내 스스로를 이렇게 만들어버리고 말았구나. 불신의 끝은 반드시 불행하며, 믿음을 지키려 하면 또 이렇게 되는구나. 세상의 길을 택하기가 어찌 이리도 어렵단 말인가!"

그의 모습이 사라지자마자 강하에서 사람이 찾아와 새로운 사실을 고했다.

"빈객 예형이 결국에는 황조의 손에 목숨을 잃고 말았습니다."

"뭣, 기설 학인이 황조의 손에……."

예상하고 있던 일이기는 했으나 모두 그 말을 듣고 놀란 표정을 지어 보였다. 유표는 바로 강하에서 온 사람을 앞으로 불러 반은 조조에 대한 두려움으로, 또 반은 호기심으로 전후 사정을 물었다.

강하에서 온 사람의 말을 들어보니 다음과 같은 일이 있었다.

예형은 강하에서도 변함없이 다른 사람은 안중에도 없다는 듯이 행동했는데 하루는 그가 하품하는 것을 보고 성주인 황조가 비꼬듯이 물었다.

"학인, 그렇게 무료하십니까?"

예형이 고개를 끄덕이며 대답했다.

"말벗이 아무도 없으니."

"성안에는 저도 있고 수많은 장병들도 있는데 어찌 그러십니까?"

"그러나 얘기를 나눌 만한 사람은 아무도 없소. 허도는 구더기로 가득하고, 형주는 파리 떼로 가득하고, 강하는 개미굴 같은 곳이오."

"그렇다면 저도?"

"대충 그런 셈이지. 무엇을 해도 무료하기 짝이 없소. 나비나 새와 이야기를 나눌 수밖에 없으니."

"군자는 무료함을 모른다고 들었습니다만."

"전부 거짓말이오. 무료함을 모른다는 것은 신경쇠약에 걸렸다는 증거요. 정말 건강하다면 무료함을 느끼는 것이 자연스러운 일이오."

"그렇다면 하룻밤 잔치를 열어 학인의 무료함을 달래드리도록 하겠습니다."

"주연은 질색이오. 귀공들의 눈과 입에는 주지육림酒池肉林이 진수성찬으로 보일지 모르겠으나, 내 눈에는 마치 들개들이 쓰레기를 둘러싸고 소란을 피우고 있는 것처럼 보이오. 그런 곳에 앉아서 나를 안주 삼아 마시는 모습을 어찌 가만히 보고 있을 수 있겠소."

"그렇다면 오늘은 그런 형식은 배제하고 둘이서만 마시기로 합시다. 잠시 뒤에 건너오시기 바랍니다."

그렇게 말하고 자리를 뜬 황조가 잠시 뒤 동자 하나를 보내 예형을 초대했다. 동자를 따라가 보니 성의 남원에 멍석 하나와 술 한 단지만을 놓은 채 황조가 기다리고 있었다.

"이거 마음에 드는군."

입이 걸기로 유명한 예형도 처음으로 마음에 들었는지 고분고분 멍석 위에 앉았다. 옆에는 커다란 소나무가 한 그루 서 있었는데 강바람을 받아 쏴아아 소리를 내며 하늘의 시를 읊조리고 있었다. 단지의 술은 금방 동이 났고 다시 한 단지, 또 한 단지 동자에게 가져오게 했다. 황조가 꽤 술기운이 올랐는지 혀가 꼬부라진 소리로 예형에게 물었다.

"학인은 오래도록 허도에 계셨다고 들었습니다만, 도읍에서는 지금 어떤 사람들을 영웅이라고 할 수 있습니까?"

황조의 물음이 끝나자마자 예형이 대답했다.

"어른 중에서는 공문거孔文擧, 아이 중에서는 양덕조楊德祖."

황조가 몸을 앞으로 내밀며 더욱 꼬부라진 소리로 물었다.

"그럼 저는 어떻습니까, 이 황조는."

예형이 껄껄 웃고 난 뒤 대답했다.

"자네 말인가, 자네는 사당 안의 신神일세."

"사당 안의 신? 그건 어째서입니까?"

"사람들의 제사는 받으나 아무런 영험도 없다는 말이지."

"뭣이! 다시 한번 말해보시오."

"아하하하. 공물만 받아먹는 목각인형이 화를 다 내는구나."

"이놈!"

황조는 검을 뽑아들자마자 예형을 두 동강 내어버리고 온몸에 피를 뒤집어쓴 채 미친 사람처럼 고래고래 고함을 질렀다.

"어서 치워라. 이놈의 시체를 당장 땅에 묻어라. 이놈은 죽어서도 입을 놀리고 있다!"

그러한 사실을 듣자 유표도 가엾다는 생각이 들었는지 그 후 신하들을 보내 예형의 시체를 앵무주의 강가에 이장하게 했다.

예형의 죽음은 필연적으로 조조와 유표 사이의 외교교섭을 중단시키는 결과를 가져왔다. 예형의 죽음을 들은 조조가 쓴웃음을 지으며 말했다.

"그도 결국은 자신의 칼날 같은 혀로 스스로를 찔러 죽이고 말았군. 예형뿐만이 아니야. 학문을 자랑하며 지혜로운 자인 척하는 사람에게서는 흔히 볼 수 있는 일이지. 그런 의미에서 그의 죽음에도 까마귀가 불에 타 죽은 것만큼의 가치는 있다고 봐야겠군."

42
태의太醫 길평吉平

황제의 밀서를 받은 이후, 몇몇 동지들을 모으기는 했으나 조조를 없앨 방법이 떠오르지 않아 마침내 병에 걸린 동승. 황제는 그에게 태의를 보내 치료케 한다

오래전 조조가 낙양의 일개 황궁 경리警吏에 지나지 않은 백면의 청년이었을 때 조조에게 '자네는 치세의 능신, 난세의 간웅일세'라고 예언했던 것은 낙양의 명사 허자장이라는 관상쟁이였다. 당시 한빈寒貧한 일개 청년이었던 조조는 화를 내기는커녕 '간웅이라, 나쁘지 않군' 하며 자리를 떴다고 한다. 그 후 자장의 예언은 빗나가지 않았다. 하지만 시대의 풍운 속에서 조조가 그처럼 커다란 권력을 쥐게 될 줄 누가 알았을까. 많은 세월이 흘렀다고는 하나 그로부터 겨우 십수 년밖에 지나지 않았다. 어쩌면 조조 자신조차도 천하의 형세가 이렇게 빨리

변하여 자신이 지금과 같은 위치에 서게 되리라고는 생각지 못했을지도 모른다.

조조는 이제 남자의 최고 전성기라 할 수 있는 40대로, 패도를 향한 마음이 더욱 왕성해진 듯했다.

조조가 그처럼 빨리 커다란 성공을 거둘 수 있었던 요인은 물론 그 자신의 자질에 있었을 테지만, 거기에 그를 둘러싸고 구름처럼 일었던 모사와 뛰어난 장수들, 그 가운데서도 특히 순욱과 같이 뛰어난 신하들의 공도 있었음을 잊어서는 안 된다. 순욱은 언제나 조조 곁에 머물며 참으로 귀중한 조언을 했다. 이제 그는 조조의 한쪽 팔이라 할 수 있는 존재가 되었다. 순욱은 조조보다 일곱 살이나 어렸지만 참으로 조숙했던 인물로 당시 30대였다. 영천 사람으로 집안은 후한의 명문가 중 하나였으며, 걸사傑士 순숙苟淑의 손자였다. 명문가의 자재들 중에 영준英俊한 인물은 드물었는데, 순욱은 어렸을 때부터 스승인 하옹何顒에게 '왕좌王佐의 재才'라는 말을 들었다. '왕좌의 재'란 왕도를 보좌하기에 충분한 대정치가로서의 자질이 있다는 뜻이다. 난세에는 귀한 존재라고 하지 않을 수 없다. 그랬기에 한때는 하북의 원소도 상빈上賓의 예로 그를 맞아들이려 했다. 하지만 순욱은 조조를 만나 서로의 속마음을 털어놓고 이야기한 뒤 스스로 조조의 휘하로 들어갔다.

역시 조조에게는 그만큼 매력이 있었다. 조조의 장점 중에서도 가장 큰 장점은 뛰어난 인물을 잡아끄는 매력과 포용력이었다. 조조는 특히 '자네는 나의 장량일세'라고 말할 정도로 순욱을 아꼈다. 장량은 한나라 고조의 참모총장이라 할 수 있는 중신이었다. 그 말을 뒤집어보면 조조 자신을 한나라의 고조에 은근히 빗댄 것이었다. 그러니 기설 학인 예형이 죽은 일 따위는 까마귀가 불에 타 죽은 것처럼 가볍게 웃어넘길 일에 지나지 않았던 것이다. 하지만 어쨌든 조조의 명령을 받아 사자로 간 사람을 형주 땅에서, 그것도 유표의 부하가 죽였다는 사실은 중대한 문제로 삼을 수 있는 일이었다.

"이대로 내버려둘 수 없다. 그를 칠 좋은 구실이기도 하다."

조조는 대군을 일으켜 단번에 형주를 취할 생각으로 신하들을 모아 회의를 열었다. 각 장군들이 전의를 불태웠으나 순욱은 찬성하지 않았다.

"원소와의 전쟁도 아직 끝나지 않았을 뿐만 아니라, 서주에는 유비가 여전히 건재합니다. 그런데 동쪽으로 군사를 일으킨다는 것은, 배속의 병을 그냥 두고 손발의 상처를 먼저 치료하는 것과 같은 일입니다. 우선은 병의 근원인 원소부터 정벌하고 다음으로 유비를 제거한 뒤에 형주를 쳐도 늦지 않을 것입니다."

조조는 순욱의 말에 따라 형주와의 전쟁을 잠시 뒤로 미루었다.

이렇듯 조조는 순욱의 말을 잘 따랐다. 조조가 그와 같은 성공을 거둘 수 있었던 중요한 기략機略의 근본은 누가 뭐래도 조정의 위급함을 틈타 발 빠르게 헌제를 허도로 옮긴 일에 있었다. 그때 순욱은 이렇게 말했다.

"주상을 받들고 인망을 얻는 일이야말로 장군의 운명을 평탄하게 해줄 대도이기도 합니다. 다른 이가 행하기 전에 어서 결행하시기 바랍니다."

당시 다른 군웅들은 낙양에서의 동맹이 깨진 이후 장안의 대란과 뒤이어 일어난 끝없는 전쟁의 어지러움 속에서 그저 서로의 공략에만 정신을 팔고 있었다. 그러한 때 홀로 그 점에 착안한 젊은 순욱의 식견은 참으로 뛰어난 것이었다. 원소의 모사인 저수도 같은 견해를 갖고 원소에게 그 일을 권했다. 하지만 원소의 우유부단한 성격으로 우물쭈물하는 동안 조조에게 그 기회를 빼앗기는 바람에 대대로 한나라의 명문가였던 그 강성한 세력도 이제는 지방적인 존재가 되어버리고 말았다.

　순욱은 내정內政이라는 면에서도 착실한 공적을 쌓았다. 허도를 중심으로 둔전제屯田制를 시행했으며, 지방의 양민 가운데서 인망이 있는 호장戶長을 뽑아 각 주군의 전관田官으로 삼고 그 단위를 조직케 했다. 또한 백성들을 선도하고 농경을 크게 장려했기에 전국이 전란에 휩싸여 있을 때에도 산업이 흥해 오곡의 증산액만 매해 백만 석이 넘었다.

　이처럼 허도는 군사와 경제 양면에서 발전을 이루어가고 있었다. 하지만 수도의 번창이 곧 조정의 성대함을 나타내는 것이라고는 말할 수 없었다. 단지 허도의 번창은 곧 조조의 번창을 나타내는 것에 불과했다. 승상부에서 극단적인 무단정치를 행하면서 날이 갈수록 조정의 위세와 존립은 위태로워 보였다.

　그러한 추이를 지켜보며 남몰래 고심하던 사람은 국구라 불리는 거기장군 동승이었다. 공신각에 올라 황제가 직접 피로 쓴 밀칙을 받은 날 이후 밤낮으로 머리를 짜내며 어떻게 조조를 죽여야 할지, 어떻게 해야 무단정치를 행하는 승상부를 배제하고 왕정을 회복할 수 있을지를 침식도 잊은 채 고심했다. 하지만 날만 헛되이 흐를 뿐 믿고 있던 유비도 도읍을 떠났으며 마등도 서량으로 돌아가버렸다.

그 후 동지인 왕자복 등과도 은밀히 회동을 거듭했으나 너무도 힘이 부족했다. 일부 공경 가운데서도 승상부의 무단정치에 대해 노골적인 반감을 품고 있고, 궁문을 드나드는 조조의 교만한 모습을 남몰래 원통하게 바라보는 조정의 신하도 적지 않았다. 하지만 다들 어쩔 수 없는 형세라며 포기했고, 자신의 몸을 감추는 것을 보신保身의 방법으로 삼아 입을 굳게 다물고만 있었다.

그러다 동승은 병에 걸려 날이 갈수록 증세가 악화되었다. 요즘에는 자신의 집에서 온전히 병상만을 지키게 되었다. 황제는 그의 병이 깊다는 말을 듣고 자신의 일처럼 가슴 아파했다. 그리고 바로 전약료典藥寮의 태의 길평에게 명하여 그의 병을 돌보게 했다. 황제의 명을 받은 길평은 곧 동승의 집으로 향했다. 황제의 황송한 처사에 일가 모두가 문밖으로 나가 그를 맞아들였는데, 그때 길평 앞에 스스로 나아가 약상자를 받아든 것은 동씨 집안의 하인인 경동慶童이라는 아이였다.

길평은 낙양 사람으로 약초에 대한 해박한 지식이 있었으며 인과 덕을 겸비했다. 또한 그 풍채에 신묘함이 깃들어 있었으며 당대 최고의 명의라 일컬어졌다. 그는 마중을 나온 집안사람들에게 황제의 은명恩命을 전하고 조용히 병실로 들어가 동승의 용태를 자세히 살펴보았다. 길평이 경동이 들고 있던 약상자에서 신약을 제조하여 건네주며 말했다.

"걱정하실 것 없습니다. 조석으로 이것을 드시면 10일 안에 반드시 건강을 회복하실 것입니다."

그리고 그는 동승의 집에서 나왔다. 그 후 동승은 식욕이 돌고 용태도 날이 갈수록 좋아졌다. 하지만 병상에서 떠날 수 있을 만큼 회복되지는 않았다.

"오늘은 어떠십니까?"

길평이 매일같이 찾아와 동승의 맥을 짚기도 하고 입 안을 들여다보기도 했다.

"이제는 좋아지신 듯합니다. 정원이라도 잠깐 거닐고 싶은 마음이 들지 않으십니까?"

"그게, 아직은……."

자리에 누운 동승이 판자처럼 얇은 자신의 가슴에 두 손을 얹으며 고개를 내저었다.

"알 수 없는 일입니다. 이제 다 나으신 듯한데……."

"하나, 조금만 움직여도 아직은 여기가……."

"가슴이 괴로우십니까?"

"이처럼 조금만 얘기를 해도 곧 숨이 차오른다네."

"하하하, 마음 탓입니다."

길평은 웃어넘겼으나 처음부터 내심 이상하다는 생각을 품고 있었다. 실제로 매우 쇠약해져 있기는 했으나 단순한 노쇠 같지도 않았고, 또 지병이 있는 것 같지도 않았다.

"격무에 지치신 듯합니다. 무슨 커다란 근심거리라도 있으십니까?"

"아니, 한직에 있는 몸 아니오. 이렇다 할 일은……."

"그렇습니까? 어쨌든 국구께서 얼른 쾌차하셔야 합니다. 폐하의 걱정이 이만저만이 아니십니다. 오늘도 제게 병세를 물으셨습니다."

"......."

폐하라는 말을 듣자 동승의 눈에 눈물이 고이기 시작했다. 그리고 눈시울에서 베갯잇으로 쉴 새 없이 눈물이 흘러내렸다. 오늘뿐만이 아니었다. 황제라는 말만 나오면 그의 눈이 이상하게 흐려졌다. 길평은 그의 병상과 태도를 보고 홀로 짐작되는 바가 있었다.

달포쯤 후인 정월 15일이었다. 정월 대보름날이었기에 친족과 지기, 붕우가 모두 모여 있었다. 비록 병실에 있기는 했으나 동승도 관습에 따라 술 몇 잔을 마시고 어느 틈엔가 침상에 기대어 깜빡 잠이 들고 말았다.

그런데 그의 주위로 사람들이 몰려들더니 그를 급히 불러댔다.

"국구, 국구. 일을 성취할 때가 왔습니다. 형주의 유표와 하북의 원소가 손을 잡고 50만 대군을 일으켰다 합니다. 또한 서량의 마등, 병주의 한수, 서주의 유비 등도 각지에서 마음을 합쳐 일제히 일어나 그 병력이 70만이나 된다고 합니다. 이에 놀란 조조가 사방으로 군대를 내어 허도는 지금 빈 것이나 다를 바 없는 상황입니다. 승상부와 도시를 경비하는 자의 숫자를 합쳐도 천 명이 되지 않을 것입니다. 게다가 오늘은 정월 대보름이니 승상부에서도 주연이 벌어져 틀림없이 크게 취해 있을 것입니다. 그러니 바로 나오도록 하십시오. 동지들이 모두 말을 달려와 문 앞에서 기다리고 있습니다."

그들은 피로 쓴 밀명을 받들어 의거에 참여하기로 한 왕자복, 충집, 오석, 오자란 등이었다. 동승이 어리둥절하여 주위를 둘러보고 있자니 그들이 신을 신기고 손을 잡아 병실에서 끌어내며 말했다.

"지금이야말로 하늘이 주신 기회입니다. 얼른 진두에 서서 단번에 조조를 처단하시기 바랍니다."

동승이 밖으로 나와 보니 저택의 문마다 아군 병사들이 가득했다. 그것을 본 동승도 기운이 솟아 무장을 하고 창을 비껴들고 말에 훌쩍 뛰어올라 진격의 북소리와 함께 승상부의 문으로 달려갔다. 사방팔방에 불을 지르고 아군 용사들과 함께 승상부 안으로 쏟아져 들어갔다.

"역적 조조, 달아날 생각 말아라."

적을 쫓고 또 쫓아 창이 부서지고 검이 불꽃으로 화하도록 싸우다 활활 타오르는 불길 속에서 조조의 모습을 발견했다.

"이놈, 거기에 있었느냐!"

동승이 달려들어 대검을 휘두르자 조조의 목이 커다란 불덩이가 되어 하늘을 날았다. '이제 됐다' 하며 올려다보고 있자니 불덩이가 된 목이 검은 연기를 뚫고 끝도 없이 하늘로 올라가 결국은 붉은 기운도 잘 보이지 않게 되었다. 그때 은쟁반 같은 보름밤의 달이 하계下界를 비웃듯 빽빽한 구름 사이로 모습을 드러냈다.

"으음……"

동승이 신음 소리를 올렸다.

"국구, 국구. 무슨 일이십니까?"

자신을 자꾸만 흔들어 깨우는 사람이 있었다. 깜짝 놀란 동승이 눈을 떠 그 사람을 바라보니, 오늘 밤 손님으로 와 있던 시의 길평이었다.

"아아…… 꿈이었구나."

동승은 온몸이 땀으로 젖어 한기가 느껴지기 시작했다. 그의 눈동자는 아직도 꿈에서 벗어나지 못한 듯 천장을 올려다보기도 하고 벽을 둘러보기도 했다.

"물이라도 한 모금 드십시오."

"고맙소. 아아…… 당신이었구려. 내가 무슨 잠꼬대는 하지 않았소?"

길평이 목소리를 낮춰 환자의 손을 굳게 잡고 말했다.

"국구…… 드디어 병의 뿌리를 찾았습니다. 국구의 병은 배 속에도 있지 않고 손톱 끝에도 있지 않습니다. 어지러운 세상을 깊이 근심하는 그 마음에 병이 들어 열이 난 것이며, 또한 한실의 쇠락에 통한의 정을 느껴 식사도 하시지 못할 만큼 중태에 빠진 것이 아닙니까?"

"뭣……."

"숨기지 마십시오. 그것도 병을 중하게 한 원인 중 하나입니다. 평소부터 짐작은 하고 있었습니다만, 그처럼 굳은 각오로 폐하를 위해 삼족을 버리고 충의를 다하실 생각이라면 이 길평도 반드시 힘을 보태도록 하겠습니다. 아니, 국구의 병환을 반드시 고쳐드리도록 하겠습니다."

"국수國手, 무슨 말씀을 하시는 게요? 벽에도 귀가 있는 세상인데 어찌 그런 말을……."

"아직도 저를 믿지 못하시겠습니까? 의원은 사람의 병을 고치는 것만이 능사가 아닙니다. 참된 태의는 나라의 병도 고친다고 들었습니다. 제게 그와 같은 힘은 없으나 뜻만은 가지고 있는데, 의지박약한 의원에 지나지 않는다고 생각하시는 것입니까?"

길평은 그렇게 한탄하며 손가락을 입에 넣고 깨물었다. 그리고 그 피로 다른 말은 하지 않겠다는 맹세를 했다. 동승은 길평의 의로운 마음을 보고 더는 감출 필요가 없겠다고 생각했는지, 모든 비밀을 털어놓은 뒤 피로 쓴 밀서를 꺼내 보였다. 그것을 본 길평은 한실을 위해 통곡하다가 몸가짐을 바로 하고 말했다.

"제게 간신 조조를 하루아침에 없앨 묘책이 있습니다. 그것도 병마를 쓰지 않고, 백성들을 전화에 휩싸이게 하지 않고 할 수 있는 방법이니, 제게 일을 맡기지 않으시겠습니까?"

"그런 묘책이 있단 말이오?"

"조조가 건강하기는 하나 두풍頭風으로 고생을 하고 있어 그 지병이 도지면 참을 수 없는 골수의 아픔을 호소합니다. 그때 약을 쓰는 것이 다름 아닌 저입니다."

"앗! 그렇다면 독을……."

그 순간 두 사람 모두 입을 다물어버렸다. 바람이 없는데도 방 밖에서 무엇인가 움직이는 소리가 들렸기 때문이다.

* * *

겨울이 지나 남쪽 가지에 매화꽃이 피어나자 동승 가족들의 얼굴이 펴졌다. 요즘 들어 동승의 몸이 많이 좋아져 후원을 거니는 모습을 종종 볼 수 있었기 때문이다.

"기러기가 돌아가고 제비가 돌아오는구나. 봄이 오고 있다. 길평으로부터도 곧 좋은 소식이 오겠지."

동승의 피부에 윤기가 돌기 시작했다. 그리고 미간에 희망이 감돌았다.

'독을 써서 조조의 목숨을!'

정월 15일 밤, 길평이 속삭였던 말이 끊임없이 귓가에서 맴돌았다. 그 일이 실현된다면 그의 늙은 피에도 한 줄기 열기와 젊음이 느껴질 것이었다. 그는 특히 천지의 양기가 움직이고 있다는 사실을 깊이 느꼈다.

오늘 밤에도 그는 저녁을 먹고 난 뒤 혼자 후원으로 나가 매화나무 위의 달을 올려다보았다. 매화나무 사이로 향긋한 미풍이 불어왔다. 그는 문득 발걸음을 멈추었다. 한 편의 시가 될 만한 아름다운 풍경을 보았기 때문이다. 남자와 여자, 두 사람은 사랑을 속삭이고 있었다. 그윽한 향기와 드문드문한 그림자, 그 안에 두 사람이 있었다. 그들은 동승이 어두운 곳에 서 있었기에 조금도 눈치를 채지 못한 듯했다.

'한 폭의 그림 같구나.'

동승은 중얼거리며 황홀하다는 듯 지켜보았다. 봄밤의 달빛 때문에 남녀의 모습에 옅은 비단을 펼쳐놓은 듯했다. 남자는 수줍은 듯 뒤를 돌아서 고개를 숙인 채 손톱을 깨물고 있었다. 여자는 등을 맞댄 채 주위의 매화를 바라보고 있었다.

잠시 뒤, 여자가 뒤를 돌아 남자에게 무슨 말인가를 하자 남자가 어깨를 더욱 움츠리며 머리를 가만히 옆으로 흔들었다.

"싫어?"

여자가 결심한 듯 옆으로 바싹 다가가 남자의 얼굴을 들여다보았다. 그 순간 동승의 몸속에 숨어 있던 젊은 피가 분노로 끓어올랐다. 동승의 입에서 커다란 고함이 터져 나왔다.

"발칙한 놈들!"

남자와 여자는 깜짝 놀라 얼른 몸을 떼었다. 물론 동승은 그 광경을 더 이상 시처럼 느낄 수 없었다. 여자는 후각에 살고 있는 그의 애첩이었고, 남자는 그의 병실에서 수발을 들던 어린 하인 경동이었다.

"어린놈이, 꽤, 꽤씸하구나!"

동승은 달아나려는 경동의 옷깃을 잡아 더욱 큰 소리로 외쳤다.

"누가 몽둥이를 가져오너라. 몽둥이와 밧줄을!"

그 목소리를 듣고 집안사람들이 달려오자 동승이 몸을 부르르 떨며 몽둥이로 두 사람을 때리라고 명령했다. 애첩은 백 대를 맞았으며 경동은 그 이상을 맞았다. 그래도 분이 풀리지 않았는지 동승은 경동을 나무에 묶었다. 그리고 애첩도 후각의 방에 감금시켰다.

"피곤하니 오늘은 그만 자야겠다."

동승은 두 사람에 대한 처분을 다음 날로 미룬 채 방으로 들어갔다. 그런데 그날 밤, 경동이 밧줄을 이로 끊고 달아나버렸다. 그는 높은 돌담을 넘더니 어딘가 정한 곳이라도 있는 양 깊은 밤의 어둠 속을 똑바로 달려나갔다.

"영감탱이, 두고 보자."

경동이 곱상한 얼굴과는 어울리지 않는 사나운 눈으로 주인집을 흘겨보며 말했다. 어렸을 때 돈을 주고 사온 노예였기에 주종 간의 의리는 그리 깊지 않았으나 용모가 단정해 동승도 경동을 가까이에 두고 귀여워했으며 집안사람들도 모두 잘 대해주었다. 그럼에도 불구하고 경동은 원한만을 품고 있었다. 그는 무시무시한 복수를 꾀한 뒤 밀고를 하기 위해 조조를 찾아갔다.

"천하의 음모를 고하기 위해 왔습니다. 승상을 살해하려는 모반자들이 있습니다."

늦은 밤 문을 두드리며 외치는 미동의 목소리를 듣고 승상부 사람들은 아닌 밤중에 홍두깨라는 듯 놀라지 않을 수 없었다. 아니, 더욱 놀란 사람은 경동의 입을 통해 동승 일당의 계획을 직접 전해 들은 조조였다.

"너는 네 주인이 비밀스럽게 꾸민 일을 어찌 그리 소상히 알고 있는 게냐? 너도 그들과 함께 일을 꾸민 것이냐?"

조조가 일부러 협박하듯 묻자 경동이 당황하여 고개를 내저으며 대답했다.

"천만의 말씀이십니다. 저는 아무것도 모릅니다만, 정월 15일 밤에 언제나 찾아오던 전의典醫 길평과 주인이 소곤소곤 이야기를 나누며 개탄하고 통곡하기에 옆방에 숨어 그들의 이야기를 엿들었습니다. 그랬더니 지금 말씀드린 것처럼 독을 써서 승상을 반드시 살해하겠다고 약속하는 것이 아니겠습니까. 그 후부터는 너무도 무섭고 온몸이 떨려 주인의 얼굴조차 제대로 쳐다보지 못했습니다."

조조는 동요의 기색을 보이지 않았지만 내심 분노를 느끼고 있었다. 그는 계하階下의 부하들에게 명을 내리고, 경동에게도 한마디 한 뒤 자리에서 물러나게 했다.

"진상이 밝혀질 때까지 그 아이는 승상부 안에 숨겨두도록 해라. 그리고 이번 일을 결코 입 밖에 내어서는 안 된다. 훗날 사실이 밝혀지면 네게도 은상을 내리겠다."

이튿날, 그리고 그다음 날도 승상부에는 기분 나쁠 정도로 평화로운 시간이 흐르고 있었다. 그로부터 4, 5일쯤 지난 새벽이었다. 전령 하나가 급히 말을 달려 전의 길평을 찾아왔다.

"어젯밤부터 승상의 두풍이 다시 시작되어 오늘 아침에도 고통을 호소하고 계십니다. 새벽부터 죄송합니다만 바로 오셔서 진찰해주시기 바랍니다."

길평은 마침내 뜻을 이루는구나 싶었으나 겉으로는 내색하지 않고 곧 따라가겠다며 전령을 돌려보냈다. 그는 전부터 준비해두었던 독을 약상자의 바닥에 몰래 숨겨가지고 조조의 집으로 갔다. 조조는 자리에 누워 길평이 오기만을 기다리며, 얼굴을 자신의 주먹으로 두드리고 있다가 그를 보자마자 견딜 수 없다는 듯 외쳤다.

"태의, 태의. 얼른 약을 주어 이 통증을 좀 달래주게나."

"이번에도 지병이신 두풍 같습니다. 맥도 이상은 없습니다."

옆방으로 갔던 길평이 약그릇에 뜨거운 약을 담아가지고 와서는 조조가 누워 있는 병상 밑에 무릎을 꿇고 앉았다.

"승상, 드시기 바랍니다."

"약인가……."

조조가 한쪽 팔꿈치를 짚으며 상체를 일으켰다. 그리고 약그릇에서 올라오는 김을 바라보며 중얼거렸다.

"냄새가 평소와 다른 것 같은데……."

길평은 깜짝 놀랐으나 약그릇을 들고 있는 두 손을 떨지도 않고 온화한 눈웃음을 지으며 대답했다.

"승상의 지병을 뿌리 뽑기 위해 미산媚山의 약초를 구해 넣었습니다. 그 신약의 냄새인 듯합니다."

"신약이라……. 거짓말 말게. 독약이겠지!"

"네?"

"마셔라, 우선은 네가 마셔보도록 해라. 마실 수 있겠느냐?"

"……."

"얼굴빛이 어째서 그런 것이냐?"

조조가 벌떡 몸을 일으키더니 발을 들어 약그릇과 함께 길평의 턱을 걷어찼다.

"이 돌팔이 의원 놈을 묶어라."

뒤이어 그의 성난 호령이 울려 퍼지자 기다리고 있던 한 무리의 장정들이 달려 들어와서는 길평의 몸을 꽁꽁 묶었다.

무사와 옥졸들이 승상부의 정원으로 길평을 데리고 나와 몽둥이찜질을 하기도 하고 나무에 매달아 고문을 하기도 했다.

"어서 말해라."

"누구의 사주로 승상께 독을 올린 것이냐?"

하지만 길평은 입을 꾹 다문 채 비명 하나 올리지 않았다.

"쉽게 입을 열지 않을 테니, 이리 데려오도록 해라."

조조가 사람을 시켜 길평을 데려오라고 명했다.

조조가 청소각聽訴閣의 한쪽에 자리 잡고 앉아 계하에 무릎을 꿇고 있는 길평을 매섭게 노려보며 말했다.

"이보게 늙은이, 얼굴을 들어보게. 의원의 몸으로 내게 독을 먹이려 하다니, 혼자서 꾸민 음모는 아닌 듯하네. 자네를 부추긴 배후의 인물들을 남김없이 말해보게. 그렇게 하면 자네의 목숨만은 살려주도록 할 테니."

"하하하."

"어찌 웃는 것이냐?"

"참으로 우스워서 견딜 수가 없구나. 너를 죽이려 하는 자가 이 길평 한 사람이나 몇몇 사람에 지나지 않는다고 생각하는 게냐? 주상을 범한 천하의 역적, 네놈의 살을 씹으려 하는 자들로 천하가 넘쳐난다. 그 많은 사람들의 이름을 어찌 하나하나 댈 수 있겠느냐!"

"이 돌팔이 의원 놈이 입만 살았구나. 정녕 말하지 않을 생각이냐?"

"쓸데없는 질문 말아라."

"아직 고문이 부족한 모양이군. 좀 더 매운맛을 봐야겠구나."

"일이 틀어졌으니 죽기만을 바랄 뿐이다. 어서 목을 베어라."

"아니, 쉽게 죽일 수 없지. 여봐라, 이 늙은이의 털이 전부 빠질 때까지 매운맛을 보여주도록 해라. 숨이 끊어지지 않을 정도로만."

명령이 떨어지자 옥졸들이 가차 없이 고문을 시작했다. 온갖 방법으로 길평의 육신을 괴롭혔다. 길평의 온몸은 붉게 물들었으나, 그의 표정만은 평소의 침착함을 잃지 않았다. 오히려 보고 있는 사람들이 끔찍한 기분이 들 정도였다. 조조는 너무 심하게 다루면 신하들이 자신을 혐오하게 될까 두려웠기에 침을 뱉듯이 명령했다.

"옥에 가두고 약을 먹여라. 독약이 아니어도 상관없다."

그로부터 매일 고문이 가해졌으나 길평은 단 한 번도 입을 열지 않았다. 단지 건어물처럼 몸이 점차 말라갈 뿐이었다.

"방법을 바꿔야겠구나."

조조가 계책 하나를 냈다. 자신이 최근에 가벼운 병에 걸렸으나 지금은 완치되었다는 말을 퍼뜨리는 것이었다. 그는 곧바로 잔치에 초대한다는 글을 사람들에게 돌리게 했다.

그날 저녁, 사람들을 실은 마차가 승상부로 줄을 이었다. 승상부의 신하들도 배석했으며, 널따란 당의 난간과 회랑의 차양에는 화려한 등불과 등롱이 나란히 불을 밝히고 있었다. 오늘 밤 조조는 기분이 매우 좋은 듯 직접 돌아다니며 빈객들을 대접했다. 손님들도 모두 편안한 마음으로 승상부 직속의 악사들이 연주하는 용장勇壯한 음악에 도취되어 있었다.

"궁중의 음악도 좋지만 승상부의 음악에는 새로운 맛이 있고, 애조哀調가 없습니다. 왠지 마음이 넓어져 술도 커다란 잔에 마시고 싶어집니다."

"연주는 승상부의 악사들이 하고 있으나 지금의 시는 승상께서 직접 지으신 것이라고 합니다."

"오, 승상께서는 시도 지으십니까?"

"모르는 말씀 마십시오. 조 승상의 시는 오래전부터 유명했습니다. 승상께서는 참으로 뛰어난 시인이십니다."

그런 잡담들이 오가며 술자리의 분위기가 한창 무르익었을 무렵, 주인인 조조가 갑자기 자리에서 일어나 말했다.

"저희 무사들의 무악만 들려드리면 그다지 흥이 나지 않을 테니, 이번에는 여러분의 웃음을 위해서 재미있는 것을 보여드리도록 하겠습니다."

그러고는 곁에 있던 시신에게 조그만 목소리로 무슨 말인가를 속삭였다.

손님들은 여흥이라도 준비한 것인가 싶어 조조의 말에 박수를 보내고 호기심 어린 눈빛으로 기다렸다. 그런데 잠시 뒤 그곳에 나타난 것은 열 명의 옥졸들과 굵은 밧줄에 몸이 묶인 죄인 한 명이었다.

"……."

자리에 찬물을 끼얹은 것처럼 단번에 정적이 감돌았다. 조조가 큰 목소리로 말했다.

"여러분들도 이 가엾은 자를 아실 것이오. 의관의 몸으로 좋지 않은 자들과 손을 잡고 불온한 음모를 꾸미다 내 손에 잡혀 이처럼 추태를 드러내게 된 것이오. 천망회회天網恢恢, 참으로 건방지고 우스운 짐승이라 하지 않을 수 없소."

"……."

더는 누구도 박수를 치지 않았다. 아니, 마른기침 한번 하는 사람이 없었다. 오직 한 사람, 아직도 숨이 붙어 있는 길평만이 하늘을 우러러 한 점 부끄러움이 없는 얼굴로 조조를 노려보며 말했다.

"인정을 모르는 것은 대장의 덕이 아니다. 역적 조조 놈아, 어째서 나를 빨리 죽이지 않는 것이냐. 사람들은 결코 나의 죽음으로 너를 탓하지는 않을 것이다. 그러나 네가 이처럼 무정한 것을 보면 사람들의 마음이 네게서 떠날 것이다."

"참으로 가소로운 놈이로구나. 그런 몰골로 죽어가는데 누가 너의 잰 체하는 말을 믿겠느냐. 옥살이가 힘들어서 얼른 죽고 싶다면 함께 일을 꾀한 놈들의 이름을 대라. 모두들 길평의 자백을 잘 들어보시오."

조조가 옥리들에게 명령하여 그 자리에서 고문을 하게 했다. 살을 째는 채찍 소리와 뼈를 때리는 몽둥이 소리가 들렸고, 길평의 몸이 순식간에 젓갈처럼 벌겋게 물들었다.

"……."

자리에 있던 사람들의 얼굴에서 술기운이 가셨다. 그중에서도 특히 몸을 떤 것은 왕자복, 오자란, 충집, 오석 등이었다. 조조가 옥리에게 다시 명령했다.

"뭣이, 기절을 했다고? 얼굴에 물을 뿌리고 더 때려라."

물을 끼얹자 길평은 다시 정신을 차렸다. 그리고 처참한 얼굴을 들어 조조에게 말했다.

"아아, 내가 딱 한 가지 실수를 범했구나. 네게 인정을 바라다니, 나무에서 물고기를 찾으려는 것보다 더 어리석었다. 너의 악함은 왕망王莽보다 더하고, 너의 간악함은 동탁 이상이다. 조금만 기다려라. 천하의 모든 사람들이 너를 죽여 그 고기를 씹기 바랄 테니."

"하라는 말은 하지 않고 뱉을수록 너만 더 괴로워지는 말을 언제까지 할 셈이냐?"

조조가 발을 들어 그의 옆얼굴을 걷어찼다. 길평이 신음 소리를 올리며 쓰러졌다.

"죽여서는 안 된다. 물을 마시게 해라."

잔치에 참석했던 사람들 모두가 슬금슬금 자리를 떠나기 시작했다. 왕자복과 나머지 세 사람도 틈을 엿보다 문이 있는 곳까지 물러났다.

"아, 거기 네 사람은 잠시 기다리도록 하게."

조조의 손가락이 날카롭게 그들을 가리켰다. 그의 눈빛은 사람의 폐부를 찌르는 듯했다. 네 사람 뒤에는 이미 무사들이 달려와 문을 가로막고 서 있었다. 조조가 차갑게 웃으며 네 사람 앞으로 다가갔다.

"그렇게 서둘러 돌아갈 것 없지 않소. 지금부터 자리를 옮겨 몇 명이서만 밤을 즐길 생각이오. 여봐라, 이 특별한 빈객들을 저쪽 방으로 모시도록 해라."

"네! 어서 가자!"

한 무리의 병사들이 네 사람을 앞뒤에서 창으로 감싼 채 다른 곳으로 데리고 갔다. 오자란과 왕자복은 두려움에 떨며 발걸음을 옮겼다. 네 사람의 혼은 이미 어딘가로 빠져나가버린 듯했다.

잠시 뒤 조조가 성큼성큼 걸어 들어왔다. 그들은 마음에 짚이는 일이 있었기에 조조를 똑바로 쳐다볼 수가 없었다.

"너희가 이 조조를 죽이고 싶어 한다는구나. 꽤 오래전부터 동승의 집에 모여 상의를 했다고 하던데."

조조는 화가 나면 백면의 일개 서생이었을 때의 나쁜 성격이 그대로 드러났다. 게다가 당시 그는 낙양의 궁문을 지키는 경리警吏였기에 죄인을 다루는 법을 잘 알고 있었다.

"아, 아닙니다, 승상……. 뭔가 오해가 있었던 듯합니다."

왕자복이 시치미를 떼며 고개를 내젓자 조조가 손바닥으로 그의 뺨을 있는 힘껏 휘갈기며 말했다.

"사람을 바보로 아는구나. 내가 그런 어쭙잖은 말에 속을 줄 알았느냐?"

"화를 가라앉히시기 바랍니다. 동승의 집에 모인 것은 평소의 친분 때문이었습니다."

"평소의 친분에 피로 쓴 의대衣帶가 무슨 필요가 있단 말이냐?"

"무, 무슨 말씀을 하시는 건지, 도무지 알 수가 없습니다."

"흠……."

조조가 차갑게 코웃음을 치더니 어두운 문 쪽을 바라보며 외쳤다.

"여봐라, 경동이 거기에 있느냐?"

"예, 데려다놓았습니다."

"이리 들여보내라."

"네."

병사들이 미동 경동을 네 사람 앞으로 데리고 들어왔다. 조조가 손가락으로 가리키며 말했다.

"이 아이를 알고 있는가?"

왕자복과 오자란은 너무 놀라 얼굴이 창백해지고 말았다. 충집이 펄쩍 뛰며 물었다.

"경동! 너는 경동이 아니냐? 대체 여기는 무엇하러 온 것이냐?"

그 물음에 경동이 시건방진 태도로 대답했다.

"무엇을 하러 왔든 무슨 상관이십니까? 그보다 나리들, 단단히 각오하셔야 할 겁니다. 그렇게 시치미를 떼봐야 소용없습니다."

"이, 이 녀석! 무슨 소리를 하는 게냐? 나는 모르는 일이다."

"모르는 일이라면 좀 더 차분하게 계셔도 되지 않겠습니까? 나리들 네 사람에 마등, 유비까지 더해서 여섯 명이 의장에 연판한 것이 언제였더라."

"이놈!"

충집이 달려들려 하자 옆에 있던 조조가 그의 정강이를 걷어찼다.

"무엄한 놈, 내 앞에서 나의 살아 있는 증인을 어쩔 셈이냐! 너희 모두가 지난날의 죄를 뉘우치고 이 자리에서 모든 사실을 자백하지 않는다면 그 벌이 삼족에게까지 미칠 것이다!"

"……."

"어서 말해라. 솔직하게 모든 사실을 털어놓고 나의 관대함을 구해야 할 것이다."

그러자 네 사람이 하나같이 떳떳하게 가슴을 펴며 대답했다.

"모르는 일이다!"

"무슨 말을 하라는 게냐?"

"기억에 없다!"

"네 맘대로 해라!"

조조가 뒤로 물러나서는 네 사람의 얼굴을 노려보다 말했다.

"좋다, 더는 묻지 않겠다."

조조가 훌쩍 밖으로 나가더니 병사들 사이를 뚫고 다른 곳으로 가버렸다. 물론 각합閣의 문은 굳게 닫히고 말았다. 병사들이 창을 들고 그들을 밤새도록 지켰다.

이튿날 조조는 천여 기의 병사들을 데리고 행장行裝을 엄중하게 꾸려 국구 동승의 집으로 찾아갔다.

*　*　*

동승이 객당客堂에 모습을 드러내자마자 조조가 물었다.

"국구께는 제가 보낸 초대장이 도착하지 않았습니까?"

"아닙니다. 받았습니다만, 곧 참석할 수 없다는 뜻을 서면으로 보내드렸습니다."

"어젯밤의 잔치에 백관 모두가 참석했는데 국구의 얼굴만 보이지 않았습니다. 무슨 일로 불참하신 것인지요."

"작년부터 몸이 좋지 않아 본의 아니게 참석을 못했습니다."

"하하하하. 경의 병은 길평이 독을 쓰면 낫는 것이 아니었습니까?"

"노, 농담이 지나치십니다."

동승은 두려움에 떨었다. 말끝이 떨리고 입도 잘 다물어지지 않았다. 조조가 그 모습을 노려보며 말했다.

"최근에 태의 길평과 만난 적 있으십니까?"

"아, 아닙니다. 한동안 만나지 못했습니다만……."

조조는 함께 온 무사에게 길평을 데려오라고 명령했다. 말이 떨어지기 무섭게 30여 명의 옥리와 병사들이 객당 아래로 길평을 끌고 왔다.

비틀거리며 끌려온 길평은 힘없이 주저앉았으나, 다시 격한 눈빛과 숨결로 조조를 향해 외쳤다.

"하늘을 속이는 반역자, 언젠간 반드시 천벌을 받게 될 것이다. 나를 고문해서 무엇을 얻겠단 말이냐?"

조조가 들은 척도 하지 않고 말했다.

"왕자복, 오자란, 오석, 충집 네 사람은 이미 잡아다 옥에 가두었으나 그들 외에 이 허도 안에 불온한 자들의 우두머리가 남아 있는 듯합니다. 국구, 혹시 누군지 모르시겠습니까?"

"……."

동승은 정신이 아득하여 그저 머리만 흔들었다.

"길평. 자네도 모르는가?"

"모르오."

"자네를 선동하여 내게 독을 먹이려 한 주모자는 누구인가?"

"삼척동자조차 자신이 해야 할 일을 스스로 알고 있다. 조정을 능멸하는 역신, 하늘을 대신해서 목숨을 앗아야겠다고 맹세한 것은 이 길평 자신이다. 어찌 다른 사람의 사주를 받았겠는가?"

"괘씸한 놈, 입만 살았구나. 그렇다면 네 손가락이 하나 모자란 것은 어째서이냐?"

"이 손가락을 물어뜯어 역신 조조를 반드시 없애겠다고 천지에 맹세한 것이다."

"이놈, 못 하는 말이 없구나."

머리끝까지 화가 난 조조는 길평의 남은 손가락 아홉 개도 전부 잘

라버리라고 옥리에게 명령했다. 아홉 개의 손가락을 잘리고 나서도 길평은 여전히 기죽지 않고 외쳤다.

"내게 입이 있으니 역적을 마시고, 내게 혀가 있으니 역적을 치리라."

"저 혓바닥을 뽑아버려라."

조조의 고함에 옥졸들이 그를 쓰러뜨려 눕히자 길평이 처음으로 절규했다.

"잠깐, 잠깐만 기다려라. 혀를 뽑혀서는 안 되겠구나. 잠시 이 오랏줄을 풀어주기 바란다. 그러면 내 손으로 주모자를 승상 앞으로 데려갈 테니."

"바라는 대로 풀어주어라. 발광을 한들 무슨 짓을 할 수 있겠느냐."

조조의 명령에 그를 묶고 있던 밧줄이 풀렸다. 길평은 땅바닥에 앉은 채 몸을 바로 하고 궁궐 쪽을 향했다. 그리고 눈물을 줄줄 흘리며 재배한 뒤 말했다.

"신, 불행히도 여기서 마지막 문안을 드립니다. 참으로 분통하오나 천운이 역적에게 질 리 없습니다. 귀신이 되어 금문을 지킬 테니, 때가 오기를 넓은 마음으로 기다리시기 바랍니다."

조조가 벼락같이 일어서며 외쳤다.

"목을 쳐라!"

병사들이 달려들어 검풍을 일으키기도 전에 길평은 스스로가 계단의 모서리에 머리를 부딪쳐 자결을 하고 말았다.

처참한 기운이 주위를 감쌌다. 그러한 기운마저도 압도하듯 조조가 더욱 격한 어조로 외쳤다.

"경동을 이리 데려와라!"

한 조각의 정, 한 방울의 눈물도 모르는 듯한 그의 얼굴이 염라대왕을 떠올리게 했다. 경동과 동승을 대질시킬 때에는 그의 부하들조차 똑바로 쳐다볼 수 없을 정도로 그의 모습이 불인지, 사람인지 알 수 없었다.

동승도 처음에는 모르는 일이라며 조조의 말을 부정했다. 하지만 하인이었던 경동이 여러 가지 사실을 들어 증거를 제공하자 갑자기 할 말을 잃고 털썩 바닥에 엎드렸다.

"이제 손을 드는 겐가?"

조조가 기세등등하여 벼락같은 소리로 묻자 동승이 몸을 벌떡 일으켜 경동에게로 달려갔다.

"이 사람 같지도 않은 놈아!"

그러고는 그의 멱살을 잡아 쓰러뜨려 자신의 손으로 처단하려 했다.

"국구를 묶어라!"

조조의 준엄한 명령에 부하들이 일제히 달려들어 동승의 몸을 결박해 난간에 묶었다. 그리고 천여 명의 병사들이 각 당을 비롯하여 서원, 주인의 거실, 가족들의 방, 조당祖堂, 창고, 하인들의 방까지 집 안을 샅샅이 수색했다. 결국에는 밀조가 적힌 옥대와 함께 동지들의 이름이 적힌 의장이 발견되었다. 동씨의 일가가 한 명도 남김없이 투옥되자 여기저기서 통곡하는 소리가 들려왔다. 그때 승상부의 문을 지나던 순욱은 자신도 모르게 귀를 막아버렸다. 그러고는 조조 앞으로 나아가 물었다.

"마침내 격노하신 듯합니다. 이제는 어떻게 처리하실 생각입니까?"

"순욱, 내가 아무리 참을성이 좋다 해도 이번 일만은 그냥 넘어갈 수가 없네."

조조가 황제의 밀서와 의맹의 연판을 내보이며 핏발 선 눈을 곤추뜨고 말했다.

"이걸 좀 보게. 오늘의 헌제가 있는 것도 다 이 조조의 공 때문이 아닌가. 근심을 전부 제거하여 평안하게 하고, 새로운 도읍을 세워 왕위를 회복케 하는 등 얼마나 분골쇄신했는지 모르네. 그런데 이제 와서 나를 제거하려 하다니, 이 어찌 된 일이란 말인가. 폭력에는 폭력으로 맞서는 것이 나의 성격일세. 역신이라 부르고 싶다면 그렇게 부르라고하게. 지금의 천자를 내리고 덕이 있는 다른 천자를 세우기로 나는 결심했네."

순욱이 화난 조조를 말리기 위해 다급하게 말했다.

"잠시만 기다리십시오. 허도의 중흥은 틀림없이 승상의 공에 의한 것입니다. 그러나 그러한 공을 인정받을 수 있었던 것도 전부 천자를 모시고 있기 때문이었습니다. 만약 승상의 깃발 위에 조정의 위엄이 없었다면 지금의 승상도 없었을 것입니다."

"그야 물론 옳은 말이기는 하나……."

"그런데 승상께서 조정의 파괴자가 되신다면 그날부터 승상부의 군은 대의명분을 잃게 됩니다. 동시에 승상을 보는 천하의 눈도 바뀌게될 것입니다."

"알았네. 이제 그만하게."

조조는 자기 가슴속의 불을 스스로 *끄*기 위해 노력하고 있는 듯했다. 누구보다 명석한 이념과 격한 감정이 며칠 동안 그를 얼마나 괴롭혔을지는 아무도 상상할 수가 없었다. 게다가 그의 충혈된 눈은 쉽사리 냉정함을 되찾지 못했다. 그 결과 동승의 일가와 일문, 그리고 왕자복, 오자란의 가족 등 총 7백여 명이 도읍의 저잣거리로 끌려 다녔으며 모두가 하루 만에 처형을 당하고 말았다.

* * *

동 귀비는 민가에 있을 때부터 미인이라는 칭송을 받았다. 조정의 부름을 받아 궁중에 들어가게 되었고, 황제의 총애를 얻어 곧 회임을 하게 되었다. 그녀는 동승의 딸이었다. 어떤 직감이 있었는지 귀비는 그날 왠지 불길한 마음을 달랠 길이 없었다. 자꾸만 가슴이 울렁거렸다. 비원의 봄이 깊지 않아 방 안 꽃병의 꽃도 아직은 봉오리를 벌리지 않았다.

"귀비, 안색이 좋지 않은데, 어디 몸이라도 편찮은 게요?"

황제가 복황후를 데리고 그녀의 후궁을 찾았다. 귀비가 꽃 같은 얼굴을 옆으로 가만히 흔들며 대답했다.

"아닙니다. 무슨 일이 있으려나, 이틀 동안 아버지가 꿈에 나타나셨기 때문입니다."

그 말을 들은 황제와 황후의 낯빛이 흐려졌다. 동승에 대해서는 오래전부터 다른 일로 걱정을 하고 있던 차였다. 바로 그때 궁중에서 요란스러운 소리가 들려왔다. 무슨 일인가 지켜보고 있자니 갑자기 조조와 무사들이 후궁의 문을 열고 들이닥쳤다. 조조가 인사도 하지 않고 버티고 선 채 소리 높여 말했다.

"아아, 참으로 한가롭구나. 폐하, 동승이 모반을 꾀한 일을 아직도 모르고 계십니까?"

황제가 기지를 발휘하여 냉정히 대답했다.

"동탁은 이미 세상을 떠나지 않았소."

"동탁 따위를 말하고 있는 것이 아닙니다! 거기장군인 동승을 말하는 것입니다."

"뭣…… 동승이 어쨌다는 말이오. 짐은 아무런 말도 듣지 못했소."

"스스로 손가락을 깨물어 옥대에 밀서를 써준 일도 벌써 잊었단 말씀이십니까?"

깜짝 놀란 황제는 넋이 빠진 듯 얼굴이 창백해졌다. 부들부들 떠는 입술에서는 아무런 말도 새어 나오지 않았다.

"한 사람이 모반을 하면 구족을 멸해야 한다는 것은 천하가 다 아는 법입니다. 여봐라, 동승의 딸을 문밖으로 끌고 나가 목을 치도록 해라."

조조의 명령에 황제와 황후가 눈물을 줄줄 흘리며 살려줄 것을 청했으나 조조는 끝까지 듣지 않았다. 그의 얼굴과 온몸은 분노의 불꽃으로 타올랐다.

귀비도 역시 조조의 발밑에 엎드려 울며 호소했다.

"제 목숨은 아깝지 않으니 부디 배 속의 아이를 낳을 때까지만 살려주시기 바랍니다."

조조의 감정은 극단적인 분란 상태에 있었으나, 자기 스스로의 나약한 면을 억지로 부정하듯 큰 소리로 외쳤다.

"아니, 안 될 말이오! 역적의 씨앗을 세상에 남겨놓으면 훗날 할아버지의 원수를 갚겠다는 둥, 어미의 원수를 갚겠다는 둥 내게 칼끝을 들이댈 것이 뻔한 일이오. 천운이 다한 것이라 생각하고 하다못해 시신만이라도 온전히 보전하도록 하시오."

그는 명주 끈 하나를 가져오게 하여 귀비의 눈앞으로 내밀었다. 칼에 맞아 죽기 싫으면 목을 매라는 것이었다. 귀비는 울며 명주 끈을 받아들었다. 황제가 비탄에 잠긴 목소리로 외쳤다.

"아아, 동 귀비, 나를 원망하지 마시오. 구천에 먼저 가서 기다리시오."

"아하하하, 그런 계집아이 같은 말을 하다니."

조조가 억지로 호탕한 듯 웃어 보였다. 그는 비명과 울음소리에는 신경도 쓰지 않고 성큼성큼 걸어 밖으로 나가버렸다. 슬픈 구름이 후궁을 감싸고, 봄의 천둥이 전각을 흔들었다. 그날 동승과 평소 친분이 있던 궁관 수십 명이 전부 역당의 무리라는 죄목으로 처형당하고 말았다. 피를 머금고 금문을 나선 조조는 곧 자신의 직속 병사 3천 명을 어림군이라 칭하고 각 문에 세웠으며 조홍을 그들의 대장으로 임명했다.

43
유비, 기주로 달아나다

조조는 다시 서주의 유비를 제거하기로 결심하고 군대를 일으킨다.
조조의 대군에 맞서기 위해 유비는 이번에도 원소에 의지하려 하는데……

마침내 숙정肅正의 폭풍이 지나갔다. 피바람이 한바탕 도읍을 휩쓸
고 지나가자 조조보다 오히려 민중들이 더 마음을 놓았다. 조조는 아
무 일도 없었다는 듯한 표정을 짓고 있었다. 그의 가슴속에는 이미 어
제의 쓴맛과 신맛이 남아 있지 않았다. 단지 내일을 위한 계책만 가득
차 있었다.

"순욱, 아직 처리하지 못한 자들이 있네. 그것도 거물들이야."

"서량의 마등과 서주의 유비 말씀이십니까?"

"그렇다네. 두 사람 모두 동승과 모의하고 연관하여 나에 대한 반심

을 그대로 드러내지 않았는가. 어떻게든 손을 써야겠는데."

"처음부터 그냥 둘 수 없는 자들이었습니다."

"우선 자네의 계책부터 들어보기로 하세."

"예로부터 서량의 병사들은 용맹하기로 유명했습니다. 쉽게 생각해서는 안 될 것입니다. 유비는 작은 세력이나 역시 서주의 요지를 점하고 하비성, 소패성과 기각지세를 이루고 있기에 간단히는 정벌할 수 없을 듯합니다."

"전부 상당한 실력을 가지고 있으니, 그렇게 어렵게 생각하면 어떤 적이든 손을 댈 수가 없을 걸세."

"하북의 원소만 없다면 아무런 근심도 없을 테지만, 요즘 관도 부근에 병력을 더욱 집중하고 있는 듯합니다. 승상의 가장 커다란 적은 누가 뭐래도 원소로, 원소야말로 지금 승상과 천하를 다투는 자일 것입니다."

"바로 그렇기 때문에 그의 수족이라 할 수 있는 유비를 먼저 칠 생각이네만."

"안 됩니다. 지금 이 허도를 함부로 비우는 것은 좋지 않습니다. 그보다는 우선 감언으로 서량의 마등을 허도로 불러들여 제거하는 게 좋겠습니다. 다음으로 유비와도 서서히 교류하여 그 예기를 꺾는 한편 유언비어를 퍼뜨려 그와 원소 사이를 갈라놓는 것이 최선책일 듯합니다."

"너무 시간이 걸리는 일 아닌가? 계책을 쓰는 데 시간이 너무 오래 걸리면 계책이 쓸모없어지네. 그동안 주변의 정세가 바뀔 게야. 그에 따라서 중간에 계책을 바꿔야 한다면 가장 좋지 않은 계책이 아니겠나?"

조조는 누가 뭐래도 유비를 먼저 쳐야겠다고 생각하고 있는 듯했다. 한때 유비에게 극진한 정성을 보였던 만큼, 더욱 반동적인 감정이 치밀어 오르는 모양이었다. 국사에 관한 일에도 자신의 감정을 개입시키는 것이 조조의 특질 중 하나였다. 두 사람이 방문을 닫아걸고 이런 이야기를 나누고 있는데 마침 곽가가 들어왔다. 곽가도 역시 조조가 신뢰하는 모사 중 한 사람이었다.

"마침 잘 왔네. 자네는 어떻게 생각하는가?"

곽가가 곧장 대답했다.

"지금은 유비를 단번에 토벌하는 것이 최선책인 듯합니다. 유비가 서주를 다스리고 있다고는 하나 그 기간이 길지 않았기에 아직은 백성들의 마음을 완전히 얻었다고 할 수 없습니다. 원소는 그 기세만 좋을 뿐 부하인 전풍, 심배, 허유 등의 장군들이 단합하지 못하고 있습니다. 또한 원소는 우유부단하기에 병사를 신속하게 움직이지 못할 것입니다."

조조는 곽가가 자신의 뜻과 맞는 이야기를 하자 곧 결심을 했다. 군감, 참모, 각 사령, 양식, 수송 등의 담당자들을 한자리에 모아 군령을 내렸다.

"병사 20만 명을 다섯으로 나누고 세 갈래 길로 나아가 서주를 짓밟아라!"

각 대장들의 병마가 곧 서주로 향했다.

그 사실은 머지않아 서주에도 전해졌다. 가장 먼저 소식을 접한 사람은 손건이었다. 그는 하비성에 있는 관우에게 일의 다급함을 알린 뒤 말을 달려 유비를 찾아갔다. 유비는 소패성에 있었는데, 이야기를 듣고 이만저만 놀란 것이 아니었다.

"밀칙을 받은 일이 발각되어 동 국구 이하 많은 사람들이 비참한 최후를 맞았다는 말을 듣고 언젠가 이렇게 될 줄은 알고 있었지만……."

"원소에게 보내는 서간을 써주시기 바랍니다. 그것을 들고 하북으로 가서 구원병을 청하도록 하겠습니다. 방법은 그것밖에 없습니다."

유비의 글을 받아든 손건이 다시 밤낮으로 말을 달려 하북으로 향했다.

기주에 도착한 손건은 우선 원소의 중신인 전풍을 찾아가 그의 주선으로 이튿날 원소를 만났다. 무슨 일인지 원소는 매우 초췌했으며 의관도 제대로 갖추고 있지 않았다.

전풍이 이상히 여기며 물었다.

"어찌 된 일이십니까?"

원소가 힘없는 목소리로 대답했다.

"나는 자식 복이 참으로 없는 듯하오. 딸들은 많으나 하나같이 재주가 없고, 오로지 다섯째 아들 하나만 총명해서 아직 어리지만 장래를 기대하고 있었소. 근데 이게 어찌 된 일이란 말이오. 얼마 전부터 개창疥瘡에 걸려 생명이 위태로우니……. 재물은 무엇 하나 부족하지 않아도 사람의 목숨과 자손만은 마음대로 되지 않는 모양이오."

원소는 서주에서 온 사자가 서 있는 것도 잊은 채 그저 자식의 병만을 한탄할 뿐이었다. 전풍도 어떻게 위로를 해야 좋을지 몰라 한동안 용건을 말하지 않고 있었다. 그러다 틈을 봐서 원소의 야망을 자극하는 말을 했다.

"지금 절호의 기회를 알리는 소식이 들어왔습니다. 여기에 있는 유현덕의 신하가 말을 급히 달려와 알린 소식입니다만, 조조가 지금 대군을 이끌고 서주로 향하고 있다고 합니다. 그러니 지금 허도는 방비가 허술할 것입니다. 이처럼 하늘이 주신 기회에 군대를 일으켜 일제히 허도로 밀고 들어가 적의 허를 찌른다면 승리가 저희 쪽에 있음은 불을 보듯 뻔한 일입니다. 그리하면 위로는 천자를 돕고 아래로는 만민의 행복을 위하는 일이라 칭송받게 될 것입니다."

"그런가……."

원소의 대답은 여전히 뜨뜻미지근했다. 그는 그저 멍한 표정만 지어 보였다. 전풍이 다시 설득했다.

"속담에도 하늘이 주신 기회를 잡지 않으면 오히려 하늘의 벌을 받는다는 말이 있습니다. 어떻습니까, 천하는 지금 제 발로 걸어서 장군의 품속으로 들어오려 하고 있습니다."

원소가 만사 귀찮다는 듯 머리를 흔들며 대답했다.

"물론 옳은 말이기는 하오만, 지금은 왠지 마음이 내키지 않소. 내 마음이 편하지 않으니 싸워도 이로울 것이 없을 듯하오."

"어찌 그러십니까?"

"다섯째의 병이 영 마음에 걸려서……. 어제 밤새도록 울기만 하고 한잠도 자지 못했소."

"아드님의 병환은 의원과 여자들에게 맡겨두시면 될 것입니다."

"구슬을 잃고 후회해봐야 소용없는 일 아니겠는가? 자네는 아들이 사경을 헤매고 있는데 친구가 와서 사냥을 가자면 집을 비울 수 있겠는가?"

전풍은 입을 다물어버렸다. 손건도 전풍의 호의에는 깊이 감사했으나 원소의 사람됨과 오늘의 모습을 곰곰이 살펴보고는 포기했다. 이에 손건이 전풍에게 눈짓하여 그만 물러나려고 하자 원소가 거듭 미안한 마음을 전했다.

"돌아가면 유 장군에게 잘 좀 말씀해주게. 그리고 조조의 대군을 도저히 막아낼 수가 없어 서주를 버리게 되면 언제든 우리 기주로 오시라고……. 마음 상하지 않게 잘 좀 전해주게."

원소 앞에서 물러난 전풍이 발을 동동 구르며 길게 탄식했다.

"안타깝구나! 참으로 안타깝구나! 어린아이의 병에 연연하여 하늘이 준 기회를 놓치고 말다니."

"여러 가지로 신세 많이 졌습니다. 다음에 다시 뵙도록 하겠습니다."

손건은 한시도 지체할 수 없는 몸이었기에 곧 말에 채찍을 휘둘러 서주로 돌아갔다.

***

소패성은 풍전등화와 다를 바 없었다. 그곳에 있는 유비는 대책을 마련하느라 골머리를 썩고 있었다. 손건이 기주에서 돌아오기는 했으나 원소의 대답은 아무런 도움이 되지 않는 것이었다. 유비의 얼굴에 당황하는 기색이 역력했다.

"큰형님, 그렇게 근심만 하고 있으면 좋은 지혜도 묘책도 떠오르지 않습니다. 아군의 사기에도 영향을 줍니다. 어차피 싸워야 할 거라면 좀 더 적극적으로 맞서는 것이 좋지 않겠습니까?"

"아, 장비로구나. 네 말도 옳다만, 어쩌겠느냐. 이 조그만 성에서 맞아야 할 적이 20만이라고 하니."

"20만이든, 백만이든 걱정할 거 없습니다. 조조는 성격이 급하니 병마 모두 허도에서부터의 먼 길을 거의 쉬지도 못하고 달려올 것이 뻔합니다. 진을 친 뒤 4, 5일 동안은 지쳐서 힘도 제대로 쓰지 못할 것입니다."

"하지만 적은 어차피 장기전을 각오하고 이 성을 열 겹, 스무 겹으로 감쌀 것이다."

"그러니 그들이 채비를 갖추기 전에, 또 먼 길에 쌓인 피로가 풀리기 전에 제가 날랜 부하들을 이끌고 가서 우선 적의 사기를 꺾어놓겠습니다. 그 뒤 하비성의 관우 형과 기각지세를 취하며 서로 호응하여 적에게 정신 차릴 틈을 주지 않으면 그의 대군은 오히려 그의 약점이 되어 곧 파멸하게 될 것이 아닙니까?"

장비의 말을 듣고 있으면 저절로 기운이 났다. 장비는 우울이라는 말을 모르는 사람이었으며, 유비는 너무도 조심스러운 성격이었기에 근심이 많았다.

"애송이 조조 따위 걱정할 것 없습니다. 제게 맡겨두시기 바랍니다. 지금의 묘책이 마음에 들지 않습니까?"

"아니, 오히려 놀랍구나. 무용만 뛰어날 뿐 다른 장점은 없는 줄 알았는데, 일전에는 빼어난 계략으로 유대를 생포하더니 이번에는 병법에도 맞는 묘책을 내게 말하는구나. 그래, 좋다. 네 마음껏 조조의 선봉을 짓밟아놓도록 해라."

유비도 일단 마음을 정하면 대범해졌다. 얼마 전부터 장비를 다시 보기 시작한 유비는 장비가 낸 계책을 쓰기로 했다.

"언제든지 오기만 해라. 뜨거운 맛을 보여주마."

장비는 만반의 준비를 갖추고 기습할 기회를 엿보고 있었다.

머지않아 적군 20만 명이 소패의 경계 부근까지 진격해 들어왔다. 그런데 그날 한 줄기 광풍이 불어 중군의 깃발이 부러지고 말았다. 그다지 미신을 믿는 조조는 아니었으나 진채를 내린 첫날이었기에 잠시 말 위에서 눈을 감고 홀로 길흉을 점치다 각 장군들에게 생각을 물었다.

"이것은 길조인가, 흉조인가?"

순욱이 다가서며 되물었다.

"바람이 어느 쪽에서 불어왔습니까?"

"동남쪽에서 불어왔다네."

"부러진 기의 색깔은 무엇입니까?"

"적색일세."

"적색 기가 동남풍에 부러졌단 말입니까? 그렇다면 걱정하실 것 없습니다. 이는 병법의 천상편天象篇 점풍결占風訣에 있는 것처럼 적에게 야습의 기운이 있다는 징조입니다."

선봉에 섰던 모개毛玠도 일부러 말 머리를 돌려 찾아와서는 조조에게 같은 의견을 말했다.

"동남풍에 적색 깃발이 쓰러지는 것은 적에게 야습의 뜻이 있는 것이라고 옛날부터 병가에서는 전해져왔습니다. 조심하시기 바랍니다."

조조가 하늘에 감사하며 말했다.

"하늘이 내게 주의를 주어 나를 도우려 하는구나. 방심해서는 안 된다. 9진으로 나누어 8면에 매복한 후 모두 긴장을 늦추지 말고 야습에 대비하도록 하라."

포착진捕捉陣을 펴기로 하고 해가 떨어지는 것을 신호로 전군이 어둠 속으로 숨어들었다.

"큰형님, 준비는?"

"다 끝났다. 병마의 준비도 끝났느냐?"

"애초부터 빈틈이 없었습니다. 손건도 가고 싶어 하나, 그에게는 성의 방어를 맡겼습니다. 모두가 성을 비우고 나갈 수는 없으니까요."

"오늘은 야습하기에 좋지 않은 달이로구나. 적에게 들킬 염려는 없겠느냐?"

"어두운 밤을 고르는 것이 야습의 정석입니다. 그러니 오늘처럼 달이 밝은 밤에는 적도 안심을 할 것입니다."

"그 말에도 일리는 있구나."

"게다가 적은 오늘 막 도착했으니 인마 모두 녹초가 되어 잠을 자고 있을 겁니다. 어서 출발하도록 합시다."

처음 계획은 장비 혼자서만 기습을 감행할 생각이었다. 하지만 아무리 뛰어난 묘책이라 할지라도 적의 숫자가 워낙 많았기에 유비도 출진하기로 하고 병력을 둘로 나누어 성을 나섰다.

장비는 자신의 계책이 받아들여졌을 뿐만 아니라 자신의 뜻대로 마음껏 싸울 수 있다는 생각에 무척 들떠 있었다. 그리고 반드시 이길 것이라는 신념에 가득 차 있었다. 밝은 달 아래, 그는 입에 막대기를 물고 적진을 향해 다가갔다.

"어떠하냐?"

장비가 정찰병에게 물었다.

"보초병까지 잠에 곯아떨어졌습니다."

"그렇겠지. 내 계산이 맞아떨어졌구나."

자신감으로 가득 찬 장비가 진격하라는 신호를 보내자 병사들이 일제히 함성을 지르며 적진 속으로 뛰어들었다.

"적의 중진은 어디냐, 조조의 진영은 어디란 말이냐."

장비가 사방을 둘러보았으나 그저 휑뎅그렁하기만 했다. 초목도 깊이 잠들어 있고 어딘가에서 졸졸 흐르는 물소리만 들려올 뿐 적병 하나 보이지 않았다.

"어라? 이건 좀 이상한데."

장비와 부하 모두 맥이 풀리고 당황스러웠다. 그 순간 사방의 산과 숲 속의 나무들이 한꺼번에 웃기 시작했다.

"뭐지? 아뿔싸, 적이 대비를 하고 있었구나."

하지만 때는 이미 늦었다. 나무와 풀까지 모두 적병으로 화하여 함성이 땅을 흔들었으며 팔방에서 그들을 감싸고 공격해 들어오기 시작했다.

"장비를 생포해라!"

"유비를 놓쳐서는 안 된다."

그렇게 해서 기습을 하려던 병사들이 오히려 기습을 받게 되었다. 대오는 분열되었으며 사기가 단번에 떨어졌다. 뜻밖의 적과 맞서는 동안 적의 동쪽에서는 장료의 부대가, 서쪽에서는 허저, 남쪽에서는 우금, 북쪽에서는 이전, 그리고 동남쪽에서는 서광의 기마대, 서남쪽에서는 악진이 이끄는 궁수, 동북쪽에서는 하후돈의 보병대, 서북쪽에서는 창을 든 하후연의 부대 등이 팔방에서 철통과도 같은 형태로 좁혀왔다. 그 수는 무려 10여 만이었다. 그들은 자신의 10분의 1에도 미치지 못하는 유비, 장비의 병사들을 포위한 채 공격했다.

"한 놈도 살려 보내서는 안 된다!"

장비가 분하다는 듯 말을 정신없이 몰아 오른쪽으로 찌르고 왼쪽으로 베며 분전했으나 애초부터 승산이 없는 싸움이었다. 아군은 목숨을 잃거나 혹은 적에게 항복하겠다고 외치며 무기를 버렸다. 장비도 곳곳에 상처를 입어 온몸이 피투성이가 되었다. 그는 서황에게 쫓기고 악진의 추격을 받았으나 불덩이 같은 숨을 내쉬며 간신히 혈로를 뚫어 달아났다. 뒤따라오는 아군을 돌아보니, 겨우 20여기 정도에 지나지 않았다.

"모두 멈춰라! 승산이 없는 싸움이다. 이런 곳에서 죽을 수는 없다. 나를 따라오너라."

성으로 돌아가는 길이 끊기자 장비는 어쩔 수 없이 망탕산 쪽으로 달아났다. 유비 역시 위험천만한 상황에 빠지고 말았다. 대군에게 퇴로가 끊긴 뒤 하후돈, 하후연에게 협공을 받아 철저히 짓밟혔다. 겨우 3, 40기만을 데리고 소패성으로 달아나려 했으나 강 건너 저편은 이미 시뻘건 불길에 휩싸여 하늘을 붉게 태우고 있었다. 소패성도 이미 조조에게 점령당하고 만 것이었다.

말 머리를 돌린 유비는 날이 밝을 때까지 쉬지 않고 달렸다. 소패성도 이미 적의 손에 넘어갔기에 이제는 서주로 갈 수밖에 없었다. 그는 말 엉덩이에 쉴 새 없이 채찍을 휘둘렀다. 그런데 서주성에 도착해보니 새벽하늘에 펄럭이고 있는 성 위의 깃발이 이미 조조군의 깃발로 바뀌어 있었다.

"이럴 수가!"

유비는 길을 잃은 사람처럼 잠시 망연자실했다. 날이 밝아 모습을 드러낸 사방의 산하를 둘러보니 곳곳에서 연기가 뭉게뭉게 피어오르고 있었다. 그리고 거기에는 반드시 조조의 인마가 자리하고 있었다.

"아아, 나의 실수로구나. 지혜로운 자라 할지라도 자신의 지혜를 과신하면 도리어 자신의 꾀에 빠지고 마는 법인 것을……. 말만 앞서는 장비의 계책을 받아들이다니."

유비는 크게 뉘우쳤다. 그의 미간에는 후회의 빛이 역력했다. 하지만 유비는 곧 그런 생각이 옳지 않다는 걸 깨달았다.

"대장은 나다. 장비는 나의 부하다. 대장인 나의 부족함이 불러들인 화근이다."

어쨌든 유비는 당장 달아날 길을 찾아야만 했다. 어떻게 해야 이 위기에서 벗어날 수 있을지, 또 어디로 가야 할지 그는 곧 당면한 문제를 생각하기 시작했다. 유비는 조조에게 패하면 언제든 기주로 오라고 했던 원소의 말이 문득 떠올랐다.

"그래, 우선은 기주로 가서 원소에게 의지하기로 하자."

유비는 어젯밤부터 추격에 나섰던 악진과 하후돈의 부대에 쫓겨 수차례 위기를 겪어야 했다. 이튿날, 그는 청주 땅을 밟으며 간신히 적의 추격에서 벗어날 수 있었다. 그 후에도 들판에서 쉬고, 산에 눕고, 들쥐를 잡아먹고, 풀뿌리를 씹으며 온갖 위기와 고생을 겪은 끝에 청주성에 도착할 수 있었다.

성주인 원담袁譚은 원소의 아들이었다.

"일전에 아버지께서 말씀하신 적이 있었습니다. 이제 걱정하지 않으셔도 됩니다."

그는 유비에게 묵을 곳을 마련해주고, 아버지 원소에게 글을 써서 보냈다.

서주와 소패는 이미 함락되었습니다. 유비는 처자들과도 헤어져 홀로 청주로 왔습니다. 어찌 처리하면 좋겠습니까?

"전에 한 약속이 있으니 모른 척할 수 없다."

원소는 곧 사람을 보내 유비를 데려오게 했다. 그리고 기주성에서 30리 떨어진 곳에 있는 평원까지 직접 수레를 끌고 나가 유비를 맞이했다. 극진한 대우였다. 잠시 뒤 성문으로 들어선 유비가 말에서 내려 절을 하며 말했다.

"전쟁에서 패한 장수가 무슨 공이 있다고 오늘과 같은 예우를 받을 수 있겠습니까? 너무 과분합니다."

그러고는 말에 오르지 않고 걸어 들어갔다. 성안으로 들어서자 원소는 유비와 정식으로 대면하고 지난날 사자로 온 손건을 그냥 돌려보낸 것에 대한 변명을 했다.

"팔불출이라 비웃을지 모르겠으나 자식의 병 때문에 어쩔 수가 없었소. 그때는 나도 심신이 모두 지쳐 끝내 구원을 하러 가지 못했소. 하지만 이곳은 하북의 중심이 되는 땅이오. 커다란 배에 탄 심정으로 몇 년이고 머물도록 하시오."

"참으로 면목 없습니다. 일족을 잃고 처자마저 버린 채 부끄러운 줄도 모르고 홀로 몸을 의지하러 온 제게, 장군의 과분한 대우는 오히려 송구스러운 것입니다. 그저 약간의 관대함과 보살핌만을……."

유비는 완전히 주눅이 들어 있었다. 오로지 겸손하게 몸을 낮춰 청할 뿐이었다.

44

당당하게 밟는 신도臣道

소패와 서주를 점령한 조조, 그 여세를 몰아 관우가 지키는 하비성까지도 넘본다.
그러나 조조의 가슴속에는 오래전부터 관우를 흠모하는 마음이 있었으니

한 번의 싸움으로 소패와 서주 두 성을 점령해버린 조조의 기세는
떠오르는 태양과도 같았다. 서주성은 유비의 부하인 간옹과 미축이 지
키고 있었는데, 그들은 성을 버리고 어딘가로 달아났다. 성에 남아 있
던 진 대부와 진등 부자는 성문을 열어 조조군을 맞아들였다. 조조가
진 부자에게 말했다.

"전에는 나의 은작을 받았고, 후에는 유비를 섬기다 이번에 다시 문
을 열어 나를 맞아들였소. 벌을 하자면 벌할 수도 있으나 만일 성안 백
성들의 마음을 달래는 데 진력해준다면 죄를 용서해주겠소."

진 부자는 땅에 엎드려 오로지 그의 관대한 처분만을 바랐다.

"말씀 틀림없이 받들도록 하겠습니다."

그날 이후 진 부자는 성안 백성들의 마음을 달래고 치안을 유지하는 데 힘썼다. 유비를 믿고 따랐기에 한동안 불안에 떨었던 성안의 백성들도 조금씩 안정을 되찾은 듯 평소의 생활로 되돌아갔다.

"이제 서주는 된 듯하구나."

조조는 머릿속으로 다음 작전을 생각하고 있었다. 본래 전쟁과 정치는 병행하는 법이었다. 그것은 두 다리를 번갈아가며 내딛는 것과 다르지 않았다.

"이제 남은 것은 하비성 하나다."

그는 이미 그 지방까지 삼킨 듯한 기분이 들었으나 만전을 기하기 위해 우선은 그곳의 사정에 밝은 진등에게 하비성의 내정을 물었다. 진등이 대답했다.

"하비성은 승상께서도 잘 알고 계시는 관우 운장이 굳게 지키고 있습니다. 유비는 진작부터 이와 같은 상황에 대비하여, 승상의 군이 허도를 떠나기 훨씬 전에 두 부인과 노모, 어린 자식들을 그곳으로 옮기고 관우에게 맡겼습니다. 유비가 처자를 하비로 옮긴 이유는 말할 필요도 없이, 예전에 맹장 여포가 들어앉아 승상의 군을 크게 괴롭혔을 정도로 난공불락의 성이기 때문입니다. 이에 특별히 관우를 골라 소중한 가족들을 맡긴 것인 듯합니다."

조조가 예전의 전투를 생각하며 말했다.

"그렇군. 하비성은 나와 인연이 깊은 옛 전장이라 할 수 있지. 하지만 이번에는 여포를 공격할 때와는 달리 장기전이 되어서는 안 된다. 원소가 북쪽에서 이미 대군을 움직이고 있기 때문이다. 무엇보다도 신속하게 성을 빼앗을 수 있는 작전을 취해야 한다."

조조가 순욱을 돌아보며 하비성을 빨리 취할 수 있는 명안이 없겠느냐고 물었다. 눈을 반쯤 감은 채 생각에 잠겨 있던 순욱이 대답했다.

"관우가 성안에 있는 한 백 번을 들이쳐도 빼앗지 못할 것입니다. 이번 작전의 핵심은 오로지 어떻게 해서 관우를 성 밖으로 끌어내느냐 하는 데 있습니다."

조조가 틈을 주지 않고 되물었다.

"어찌하면 좋겠는가?"

"성을 공격하다 일부러 패한 척 달아나 적을 자만에 빠지게 하는 것입니다. 그사이에 대군을 은밀하게 되돌려 적의 퇴로를 끊으면 관우는 길을 잃고 포위에 빠져 홀로 외로운 싸움을 하게 될 것입니다."

"그렇군. 관우만 사로잡는다면 난공불락의 성이라 해도 떨어뜨리지 못할 것이 없지."

조조는 순욱의 계책을 쓰기로 하고 용병의 대략적인 방향을 정했다. 그리고 회의가 끝난 후 주위 사람들에게 자신의 속내를 밝혔다.

"사실을 말하자면 나는 오래전부터 관우를 흠모하고 있었소. 마음이 굳고 용맹하며 참으로 도량이 넓은 인물이요. 게다가 무예는 삼군의 으뜸이라 할 수 있소. 이번 싸움이야말로 평소 아끼던 사람을 얻을 수 있는 좋은 기회요. 어떻게 해서든 그를 내 사람으로 만들고 싶소. 그를 다치지 않게 사로잡아 허도로 돌아갈 때 함께 데려가고 싶으니 모두들

내 뜻을 저버리지 말고 작전을 잘 짜주시기 바라오."

참으로 어려운 주문이었다. 각 장군들은 서로 얼굴을 마주 볼 뿐이었다. 곽가가 앞으로 나서 쉽지 않은 일이라고 솔직하게 말했다.

"관우의 용맹은 만 명의 병사로도 당해낼 수 없음을 천하가 다 알고 있습니다. 그의 목숨을 빼앗는 것조차 쉬운 일이 아닙니다. 그러니 그를 사로잡으려면 얼마나 많은 병사들이 희생당하게 될지 알 수 없는 일이며, 또한 자칫 잘못했다가는 오히려 그에게 승기를 빼앗길 우려도 있습니다."

그러자 장료가 앞으로 나서며 말했다.

"걱정하실 것 없습니다. 제가 관우를 설득하여 항복하게 하겠습니다."

정욱, 곽가, 순욱 등이 의심하며 입을 모아 반문했다.

"정말 자신이 있어서 그런 말씀을 하시는 게요?"

"그렇습니다."

장료가 주눅 들지 않고 대답했다.

"여러분께서는 관우의 용맹만을 걱정하고 계시지만, 제가 걱정하는 것은 오히려 그가 충절과 신의가 두터운 사람이라는 점입니다. 물론 저와 관우 사이에 겉으로 드러난 친분은 없으나 전장에서 호적수로 만날 때마다 서로를 흠모하는 마음을 깊이 느꼈습니다. 틀림없이 관우도 저를 기억하고 있을 것입니다."

"알겠소. 그럼 장료를 보내 설득해보기로 하겠소."

조조는 그의 청을 받아들이려 했다. 영웅은 영웅을 알아보는 법이었다. 그러니 장료와 관우 사이에도 마음의 교류가 있었을 것이다. 하지만 정욱, 곽가 등의 사람들이 끝까지 찬성하지 않았다. 항복을 권하는 세객을 보내는 것도 방법이 될지는 모르나 혹시 실패하면 적의 결의를 더욱 굳게 할 뿐이라고 했다. 또한 속전속결을 방침으로 삼은 이번 싸움에서는 오히려 좋지 않은 결과를 낳을 가능성이 더 높다고 했다.

"아니, 그 문제라면 제게 지금 진중에 있는 서주의 포로 2백 명을 내주시기 바랍니다. 틀림없이 하비성을 빼앗고, 조금 전에 순욱 장군께서 말씀하신 것처럼 관우를 성 밖으로 끌어내 고립시키겠습니다."

장료의 자신감은 상당했다. 조조가 유비를 잃은 서주의 포로들을 이용해 대체 어떻게 할 생각이냐고 묻자 장료가 자신의 계획을 밝혔다.

"일부러 포로들을 놓아주어 하비성으로 달아나게 하는 것입니다. 저들의 입장에서는 아군과 아군이 합류하는 것이니 관우도 당연히 성안으로 그들을 맞아들일 것입니다. 다시 말해 바람이 부는 날까지 성안에 불씨를 숨겨두는 것과 같은 계략입니다."

조조가 손뼉을 치며 기뻐했다.

"그야말로 적의 땅에 우리 병사를 심을 수 있는 묘책이오. 장료의 계책을 쓰기로 하겠소."

참모부의 방책이 결정되었다. 항복한 병사 2백 명을 잘 설득하여 진지를 부수고 하비성으로 달아나게 했다. 물론 일은 밤에 이루어졌다. 새벽부터 아침에 걸쳐 그들은 하비성으로 들어갔다. 틀림없는 아군이었기에 관우 이하 각 부장들까지 아무런 의심도 품지 않았다.

"조조의 직속군이 공격해 들어와 서주성이 쉽게 무너지기는 했으나 조조와 그 중군은 승리감에 도취되어 그곳에 머물고 있습니다. 저희를 뒤쫓아온 것은 하후돈, 하후연의 부대밖에 없었습니다. 그것도 먼 길을 급히 행군하여 왔기에 매우 지쳐 있으니 성 밖으로 나가 평야에서 그들과 맞서면 쉽게 승리를 거둘 수 있을 것입니다.”

그러한 말들이 성안에 퍼지기 시작했다. 관우는 잡병들의 말을 쉽게 받아들이려 하지 않았으나, 정찰을 나갔던 병사들이 돌아와 하나같이 이렇게 말하는 것이었다.

“뜻밖에도 적의 숫자는 얼마 되지 않습니다.”

“하비성을 공격해오는 병사는 총병력의 5분의 1도 되지 않습니다.”

마침내 관우는 위풍당당하게 일군을 이끌고 성문을 나가 파란 하늘, 푸른 들판에서 적과 일전을 벌이기로 했다. 손 그늘을 만들어 앞쪽을 바라보니, 하후돈, 하후연의 부대가 깃발을 가지런히 한 채 들판에 조운지진을 펼쳐놓고 있었다. 한동안 지켜보고 있자니, 번쩍이는 투구와 갑옷을 입은 대장 하나가 애꾸눈을 부릅뜨고 나와 온갖 욕설을 퍼부었다.

“수염 기다란 촌부 놈아, 네가 어찌 분수도 모르고 무장인 척 행세하며 돌아다니는 것이냐? 불한당의 우두머리인 유비도, 무뢰한인 장비도 이미 우리 승상의 위풍에 겁을 먹고 달아난 마당에 너 혼자 하비성에 틀어박혀서 무엇을 하려는 것이냐? 어서 고향으로 돌아가 마을 아이들의 코나 닦아주며 수염의 이나 잡아라.”

관우는 눈썹을 곧추세우고 입을 굳게 다문 채 형형한 눈빛으로 듣고 있다가 마침내 입을 열었다.

“이놈, 너는 조조의 부장 하후돈이 아니냐?”

역시 관우에게도 감정은 있었다. 마음속에 열화와 같은 분노가 치솟고 있는 듯했다. 그는 붕 하고 한 줄기 바람을 일으키는가 싶더니 햇빛에 번뜩이는 청룡언월도를 휘두르며 검은 말을 몰아 바람같이 달려나왔다.

"움직이지 마라, 애꾸눈!"

하후돈은 애초부터 싸울 생각이 없었기에 몇 번 창을 부딪치다 뒤돌아서 달아나고, 달아나다가는 다시 관우를 향해 욕을 퍼부을 뿐이었다. 크게 화가 난 관우는 부하 3천 명을 독려하며 20리쯤 그의 뒤를 쫓았다. 하지만 아군 병사들은 관우의 속도를 따라갈 수 없었다. 관우는 문득 너무 깊이 들어왔다는 걸 깨달았다. 급히 말 머리를 돌려 달리기 시작했으나 그와 동시에 왼쪽에서 서황, 오른쪽에서 허저의 복병들이 한꺼번에 일어나 그의 퇴로를 끊었다. 무수한 활시위가 튕겨지면서 메뚜기가 나는 듯한 소리가 들렸다. 아무리 관우라 할지라도 화살이 빗발치는 길을 뚫고 지날 수는 없었다. 다시 말 머리를 돌려 달아나려 하자 그곳에서도 복병들이 함성을 지르며 일어났다. 그렇게 해서 그는 인내심 강한 사냥꾼들에게 쫓겨 우리 안으로 서서히 몰려 들어가는 표범처럼 결국에는 조조의 대군 가운데 완전히 갇혀버리게 되었다.

벌써 해도 저물어 들판은 어두웠다. 그가 달아난 곳은 야트막한 산의 정상이었다. 밤이 들자 하비성 쪽에서 맹렬한 불길이 치솟아 하늘을 태웠다. 아까 성안으로 들어갔던 병사들이 안에서 불을 지르고 하후돈의 병력을 맞아들인 것이다. 그렇게 난공불락이던 하비성을 간단히 손에 넣을 수 있었다.

"적의 계략에 넘어가고 말았구나. 내가 무슨 면목으로 형님을 뵐 수 있겠는가. 그래, 날이 밝음과 동시에……."

관우는 끝까지 싸우다 죽기로 결심했다. 그리고 내일의 마지막 싸움을 위해 조금이라도 몸을 쉬기로 했다. 말에게도 풀을 먹였다. 그렇게 마음의 준비를 하고 침착하게 날이 밝기를 기다렸다.

아침 안개가 짙게 깔렸다. 동쪽 구름이 붉게 물들기 시작했다. 눈을 들어 산 밑을 내려다보니 기다란 뱀이 산을 감싸고 있는 것처럼 수많은 적들이 진을 펼치고 있어 안개조차 검게 보였다.

"참으로 많기도 하구나……."

관우는 쓴웃음을 지었다. 그리고 산 위의 바위에 앉아 천천히 투구의 가죽 끈을 조이고 풀잎에 맺힌 이슬로 목을 축인 뒤 자리에서 벌떡 일어났다. 바로 그때 아래쪽에서 누군가가 그의 이름을 부르며 올라오고 있었다. 그는 눈길을 돌려 바라보았다.

"누구냐?"

잠시 뒤 모습을 드러낸 사람은 입에 채찍을 물고 얼굴에 미소를 머금은 장료였다.

두 사람은 전부터 알고 지내던 사이였다. 평소의 친분은 없었으나 전장에서 적으로 만나 서로를 흠모하고 있었다. 영웅은 영웅을 알아본다는 말처럼 서로 통하는 것이 있는 듯했다.

"아아, 장료 장군 아니십니까?"

"관우 장군."

가슴과 가슴이 맞닿을 정도로 다가선 두 사람의 눈동자에서는 만감이 교차하는 듯했다.

"이러한 때에 무슨 일로 저를 찾아오셨습니까? 조조에게 이 관우의 목을 가져오라는 명을 받아 어쩔 수 없이 저를 찾아오신 것입니까?"

"아닙니다. 평소의 정을 생각하여 귀공의 최후를 너무도 안타깝게 생각한 나머지……."

"그렇다면 이 관우에게 항복을 권하러 오신 것입니까?"

"그것도 아닙니다. 예전에 귀공께서 제 목숨을 살려주신 적이 있는데 어찌 장군의 비운을 모른 척할 수 있겠습니까?"

장료가 바위를 가리키며 말했다.

"우선은 여기에 앉으시기 바랍니다. 저도 앉도록 하겠습니다."

두 사람이 나란히 앉았다. 그리고 장료가 천천히 말을 이었다.

"이미 들으셨을 테지만 유비와 장비 모두 싸움에 져서 행방조차 알수 없게 되었습니다. 단지 유비의 처자만 하비성 안에 있었는데, 그곳도 어젯밤 우리 손에 떨어지고 말았으니 두 부인과 가족들의 생사는 오로지 조 승상의 손에 달려 있다고 할 수 있습니다."

"분하오……. 이 관우를 믿고 주공께서 맡기신 가족들을 이리도 허무하게 적의 손에 빼앗길 줄이야."

관우는 고개를 숙이고 길게 한숨을 내쉬었다. 눈앞의 아침 이슬처럼 얼마 남지 않은 자신의 목숨보다, 힘없는 여성들과 주공의 어린 자식을 생각하니 천하의 호걸이라 할지라도 눈물을 참을 수가 없었다.

"하나, 관우 장군. 그 점에 대해서는 얼마간 마음을 놓으셔도 좋을 듯합니다. 하비성이 떨어지자마자 조 승상께서 성으로 드셨는데 가장 먼저 유비의 처자를 다른 각으로 옮기고 문밖에 보초병을 세워 한 걸음이라도 함부로 들어가는 자가 있으면 즉시 주살하라고까지 엄하게 명하셨습니다."

"아아, 그렇습니까?"

"사실은 그 일을 말씀드리고 싶어서 조 승상의 허락을 얻어 이곳으로 온 것입니다."

그 말을 들은 관우가 눈을 매섭게 번뜩이며 말했다.

"그렇다면 역시, 그 일을 빙자로 내게 항복을 권하러 온 것 아니오. 참으로 우습구려. 조조도 역시 영웅의 마음은 모르는 듯하오. 내 비록 사지에 홀로 내몰렸으나 언젠가 한 번은 죽을 목숨, 그것이 아깝다는 생각은 한 번도 해본 적이 없소. 이 관우에게 항복을 권하러 오다니, 장군도 사람 보는 눈이 없구려. 얼른 산을 내려가도록 하시오. 잠시 뒤 호쾌하게 한바탕 싸워보기로 합시다."

관우가 씁쓸한 표정으로 말하며 고개를 돌리자 장료가 일부러 큰 소리로 웃으며 말했다.

"그것을 영웅의 마음이라고 자부하다니, 귀공도 그릇이 별로 크지는 않은 듯합니다. 아하하하하……. 귀공의 말대로 한다면 온 천하가 비웃을 것입니다."

"목숨을 바쳐 충의를 다하려 하는데 어찌 천하가 비웃는단 말이오."

"지금 여기서 귀공이 목숨을 잃는다면 세 가지 죄를 짓는 것이라 할 수 있습니다. 충의도 떳떳함도 그 죄에 지워지고 말 것입니다."

"한번 들어보기로 하겠소. 세 가지 죄란 무엇이오?"

"유비가 아직 살아 있는데 장군께서 목숨을 버리신다면 어찌 되는 겝니까? 홀로 남은 주공을 등지고, 도원에서의 결의도 깨는 셈이 되지 않겠습니까? 두 번째로, 주공이 믿고 처자를 맡겼는데 그 앞길도 지켜보지 않고 홀로 싸우다 세상을 등진다면 짧은 생각으로 믿음을 저버린 것이라 하지 않을 수 없을 것입니다. 또 하나는, 천자를 생각지도 않고 천하의 장래를 근심하지도 않는 일이 되기도 합니다. 일신의 앞길만을 서둘러, 조종의 위기는 구하려 하지도 않고 오로지 혈기에 가득 찬 용맹만 내보이려 한다면 그것을 어찌 참된 충절이라 할 수 있겠습니까. 귀공께서는 무용뿐만 아니라 학식도 있는 선비라 들었는데, 이 점에 대해서는 어떻게 생각하시는지요. 관 장군의 생각을 듣고 싶습니다."

관우는 고개를 숙인 채 한동안 생각에 잠겨 있었다. 장료의 말에는 벗을 생각하는 진심이 담겨 있었다. 또한 도리에 부합하는 말이기도 했다. 장료가 이치에 맞는 말로 진심을 담아 이야기하자 관우도 흔들리지 않을 수 없었다. 장료가 다시 말을 이었다.

"여기서 버리기로 한 목숨을 조금 더 이어가시며 유현덕의 소식을 기다리고, 또 유현덕이 의탁한 처자의 안전을 지키며 의를 다하시는 것은 어떻겠습니까? 만약 그럴 마음이 있으시다면 부족하나마 제가 나서서 일을 잘 처리하도록 하겠습니다."

관우가 호의에 감사하며 말했다.

"참으로 송구스럽습니다. 만약 귀공의 주의가 없었다면 저는 이 언덕의 수풀에 필부의 무덤을 남길 뻔했습니다. 제 생각이 너무도 짧았습니다. 하지만 누가 뭐래도 저는 일개 패장에 지나지 않습니다. 달리 좋은 생각이 떠오르지 않아 어쩔 수가 없었습니다. 만약 지금 장군께서 말씀하신 것처럼 의를 지킬 수만 있다면 어떤 고충도, 또 수치도 참겠습니다."

"그러기 위해서는 일시적으로 조 승상에게 항복의 예를 취할 수밖에 없습니다. 그리고 귀공께서 당당하게 조건을 내거는 것은 어떻겠습니까?"

"제가 바라는 바는 세 가지입니다. 도원에서 결의를 맺을 때 유 황숙과 저는 한실의 중흥을 가장 먼저 생각하기로 약속했습니다. 그러니 설령 제가 여기서 무기를 버리고 산을 내려간다 할지라도 조조에게는 결코 항복할 수 없습니다. 한실에는 항복할 수 있으나 조조에게는 항복할 수 없습니다. 이것이 첫 번째입니다."

"그렇다면 나머지 두 가지 조건은 무엇입니까?"

"유 황숙의 두 부인과 자녀, 그리고 노비에 이르기까지 그들의 생명과 생활의 안전을 틀림없이 보장해줘야 한다는 것입니다. 그것도 정중한 예와 봉록으로 말입니다."

"그 뜻도 그대로 전하도록 하겠습니다. 나머지 조건은?"

"지금은 유 황숙의 소식을 알지 못하나 그 행방을 알게 되면 이 관우는 단 하루도 조조 밑에 머물지 않을 것입니다. 천 리가 됐든, 만 리가 됐든 아무런 말도 없이 즉시 옛 주인에게로 돌아갈 것입니다. 이 세 가지 조건을 분명히 약속해준다면 귀공의 말대로 산을 내려가도록 하겠습니다. 못 받아들이겠다면 대대로 어리석은 이름을 남긴다 할지라도 오늘을 마지막으로 끝까지 싸우다 죽을 것입니다."

"알겠습니다. 바로 승상께 그 뜻을 전하고 다시 돌아오도록 하겠습니다. 잠시만 기다려주시기 바랍니다."

장료는 산을 내려갔다. 지극한 정을 품은 벗의 뒷모습을 보며 관우는 눈시울을 붉혔다. 장료는 말에 오르자마자 부지런히 채찍을 휘둘러 하비성으로 달려갔다. 그리고 조조에게 꾸밈없이 있는 그대로의 사실을 전했다. 물론 관우가 제시한 세 가지 조건도 그대로 보고했다. 도량이 넓은 조조도 그 세 가지 조건을 듣고 다소 놀란 듯했다.

"과연 관우답군. 역시 내가 의인을 제대로 알아봤소. 한실에는 항복할 수 있으나 조조에게는 항복할 수 없다는 말도 마음에 들었소. 나는 한나라의 승상, 내가 곧 한나라라 할 수 있소. 그리고 두 부인을 부양하는 일 따위는 참으로 쉬운 일이오. 하지만 유비의 소식을 듣는 대로 곧 떠나겠다는 말만은 쉽게 받아들일 수 없겠는데……."

조조가 마지막 한 가지 조건에 난색을 표하자 장료가 기다렸다는 듯 열의를 담아 말했다.

"관우가 유비를 깊이 흠모하는 것은 유비가 관우의 마음을 사로잡았기 때문이니, 승상께서 그를 곁에 두시고 유비 이상으로 마음을 사로잡는다면 훗날에는 그도 반드시 승상의 은혜에 보답하게 될 것입니다. 대장부는 자신을 알아주는 사람을 위해 목숨을 바치는 법입니다. 그러니 승상께서 그의 마음을 어떻게 사로잡느냐에 따라 그의 마음도 결정될 것입니다."

결국 조조는 세 가지 조건을 받아들이기로 하고 관우를 얼른 데려오라고 명했다. 그러고는 마치 연인이라도 기다리는 듯한 심정으로 그가 오기를 기다렸다.

* * *

한 마리 사나운 독수리가 날개를 접고 산꼭대기의 바위에 앉아 발밑
의 운무雲霧를 가만히 응시하고 있었다. 멀리서 바라본 관우의 모습이
꼭 그러했다.

"오래 기다리셨습니다."

장료가 다시 숨을 헐떡이며 그곳으로 올라왔다. 그리고 자신의 기쁨
을 그대로 관우에게 전했다.

"관우 장군, 기뻐하시기 바랍니다. 귀공께서 제시한 세 가지 조건 모
두를 승상께서 흔쾌히 승낙하셨습니다. 자, 저와 함께 산을 내려가시기
바랍니다."

그러자 관우가 말했다.

"제게 조금만 더 시간을 주시기 바랍니다. 조금 전에 말씀드렸던 조
건은 저 한 사람만의 뜻에 지나지 않습니다. 결국 저는 그렇게 할 수밖
에 없다고 생각했으나 두 부인의 뜻은 아직 알 수가 없으니……."

"그렇게까지 깊이 생각하실 필요는 없지 않습니까?"

"아니, 그렇지 않습니다. 힘없는 여성이라고는 하나 주공을 대신하
는 분들이십니다. 두 분의 뜻을 듣기 전에는 조조의 진문으로 말을 향
할 수가 없습니다. 제가 직접 성으로 들어가 두 부인께 사정을 말씀드
리고 허락을 받아야겠으니 산 밑의 병사들을 여기서 30리 밖으로 물리

도록 해주십시오."

"그럼 그 후에 승상의 진문으로 항복을 하러 반드시 오시겠습니까?"

"반드시 가겠습니다."

"그렇다면 잠시 기다리십시오."

장료는 관우와 무사 대 무사로서 약속을 하고 서둘러 그곳에서 내려왔다. 장료에게 관우의 요구를 전해 들은 조조는 참으로 옳은 말이라며 고개를 끄덕이고 바로 명을 내렸다.

"전군은 즉시 포위를 풀고 30리 밖으로 물러나라."

그러자 순욱과 장군들이 놀라 달려나가는 전령을 붙들고 조조에게 간언했다.

"아직 관우의 마음을 알 수 없습니다. 만약 소동이라도 부리면 어떻게 하실 생각입니까?"

조조가 큰 소리로 웃으며 말했다.

"만약 관우가 약속을 깰 사람 같았으면 내 어찌 이리도 관대하게 그의 조건을 들어줬겠소. 또한 그런 인물이라면 도망을 쳐도 아깝지 않소."

그러고는 망설임 없이 전군을 물러나게 했다. 산 위에서 적의 병사들이 멀리 물러난 것을 본 관우는 검은 말에 올라 천천히 기슭을 내려온 뒤, 아무도 없는 벌판을 쏜살처럼 달려 곧 하비성에 도착했다. 그러고는 성안으로 들어가 백성들의 안위를 살피고 유비의 처자가 있는 곳으로 갔다.

성안의 깊은 곳에서 슬픈 듯 지저귀는 새소리가 쓸쓸함을 한층 더 깊게 했다. 지키던 병사가 문을 열어 그를 안으로 안내하자 유비의 아내인 감 부인과 측실인 미 부인이 어린아이처럼 두 팔을 벌리며 뛰어나왔다.

"오오, 관 장군이 아니십니까."

"모두들 무사하셨습니까?"

관우는 계단을 사이에 두고 땅바닥에 엎드려 두 부인이 무사한 것을 보고 감회에 젖어 한동안 얼굴도 들지 못했다. 미 부인이 눈물을 흘리며 말했다.

"어젯밤 성이 떨어졌다는 소식을 듣고 죽음을 각오하고 있었으나 뜻밖에도 목숨을 부지하고 있을 뿐만 아니라 조조가 이처럼 굳게 지켜주고 있습니다. 장군께서도 무사히 돌아와주셔서 참으로 기쁩니다. 부디 목숨을 중히 여기시어 황숙의 행방을 알아봐주시기 바랍니다."

감 부인도 소매로 눈물을 훔치며 유비의 생사를 걱정했다. 관우가 잠시 조조에게 항복하여 주공의 행방을 찾아볼 생각이라며 교섭에 대한 내용을 들려주었다. 그러자 두 부인은 통통 부은 눈에 약간 노기를 띠며 난색을 표명했다.

"조조에게 항복하면 황숙의 소식을 듣게 된다 할지라도 곁에 갈 수 없지 않습니까? 관 장군 역시 마찬가지고요. 그때는 어찌하실 생각입니까?"

"그 점은 결코 걱정하실 필요가 없습니다. 항복하기는 하나 그냥 항복하는 것이 아닙니다. 조조와 세 가지 약속을 굳게 했습니다. 약속의 조항에 만약 주공이 계신 곳을 알게 되면 인사도 하지 않고 유 황숙이 계신 곳으로 달려가겠다고 넣어두었습니다. 그러니 황숙의 행방을 알게 되면 제가 여러분을 모시고 반드시 황숙이 있는 곳으로 갈 것입니다. 그때까지만 적지에서의 불편함을 참으시기 바랍니다."

관우의 지극한 정성에 두 부인이 눈물을 흘리며 말했다.

"알아서 처분하십시오. 오로지 관 장군만 믿고 있겠습니다."

일부다처제가 전통인 당시의 사회 속에서 유비의 가족은 극히 적은 편이었다. 감 부인은 미 부인보다 나이가 어렸다. 패현 사람으로, 뛰어난 미인도 아니었다. 그저 청초한 여인이었다. 오히려 나이 많은 미 부인이 미인이었다. 그녀는 벌써 서른을 넘긴 나이였으나 청년 유비에게 처음으로 연심을 품게 한 여성이었다. 지금으로부터 10여 년 전, 유비가 멍석을 만들어 팔던 역경의 시절, 황하 강변에서 낙양선을 기다려 어머니에게 드릴 차를 사가지고 돌아가는 길에 광야에서 만난 백부용이라는 가인이 바로 지금의 미 부인이었다. 오대산 밑에 있는 유회의 집에 머물며 오래도록 때가 오기만을 기다리던 그녀는 마침내 유비의 아내가 되었다. 그리고 6세가 된 아들이 하나 있었다. 하지만 병약했다.

지금의 처지를 생각하면 유비의 어머니가 서주성에서 평화로울 때 돌아가신 게 다행이었다. 어머니는 장수를 한 편이었다. 유비의 입장에서는 아직 부족하지만, 어머니의 입장에서는 충분히 안심하고 갈 수 있을 정도로 출세한 아들을 보았다.

유비의 가족은 두 부인과 병약한 아들 하나, 그리고 하인들이 전부였다. 유비도 타향의 하늘 밑에서 두 부인과 아들의 안전을 많이 걱정하고 있을 것이었다. 두 부인은 적의 포로가 되어 있는 자신들의 처지는 돌아보지 않고 유비를 그리워하며 당장이라도 만날 수 있으리라 생각했다. 그것은 남자들의 전쟁을 잘 몰랐기 때문이다.

* * *

관우는 잔병 10여 기만을 데리고 유유히 조조의 진문으로 갔다. 조조는 직접 원문까지 나가 그를 맞아들였다. 너무도 파격적인 대우에 관우가 놀라 땅에 엎드리자 조조도 역시 예를 갖추었다. 관우가 땅에 엎드린 채 말했다.

"이래서야, 어떻게 감사를 드려야 할지……."

"장군, 왜 그리 난처해하시는 겁니까."

조조가 흐뭇한 표정으로 묻자 관우가 대답했다.

"이미 승상께서는 제 목숨을 살려주시는 은혜를 베푸셨는데, 어찌 또 이처럼 극진한 답례를 받을 수 있겠습니까?"

"장군을 해하지 않은 것은 장군의 충심을 높이 샀기 때문이오. 또한 서로 예를 갖춘 것은 나 역시 한실의 신하, 장군 역시 한실의 신하이니 관위의 다름을 떠나서 그 지조에 대해 예를 갖춘 것이오. 그러니 겸양하실 것 없소. 어서 내 막사로 가십시다."

조조가 먼저 발걸음을 옮겨 관우를 안내했다. 안으로 들어가보니 그곳에는 이미 성대한 잔치를 위한 준비가 갖춰져 있었다. 막사를 둘러싸고 정렬해 있던 조조의 친위군들이 관우를 보자 일제히 영빈을 맞는 예를 취했다.

비록 항복한 장수였으나 조조와 신하들은 귀빈을 대하는 예로 맞았다. 조조는 관우를 맞아들이면서 조금도 얕보는 듯한 태도를 보이지 않았다. 조조가 천천히 대담을 시작했다.

"오늘은 참으로 기쁜 날이오. 마치 오랫동안 기다려오던 사랑을 얻은 듯한, 또 단번에 10개 주의 성을 얻은 듯한 기분이오. 하나 관 장군께서는 어떻게 생각하실지."

"참으로 면목 없다는 말밖에 드릴 말씀이 없습니다."

"당치 않은 말씀이오. 그것은 세상의 평범한 패장들이 하는 말이고, 관 장군께서는 명분이 있어서 항복하신 것이니 그리 수치스러워할 것 없소. 당당하게 신하의 도리를 지키고 있는 것이오."

"조금 전 장료 장군을 통해 세 가지 조건을 이미 승낙하셨다고 들었습니다. 승상의 커다란 은혜 마음속 깊이 새기도록 하겠습니다."

"그 점에 관해서는 걱정하실 것 없소. 무인 대 무인으로 한 약속은 천금보다 무겁소. 나도 덕이 부족한 인간이나 사해를 감복시키기 위해서 맹세코 어김이 없을 것이라는 사실을 다시 한번 밝히는 바이오."

"송구스럽습니다. 그렇게 약속하셨으니 곧 유 황숙의 행방이 밝혀지면 이 관우는 인사도 없이 떠나도록 하겠습니다. 불을 밟고 물을 건너야 한다 할지라도 그때는 승상의 곁에 머물지 않을 것입니다."

"하하하, 관 장군은 아직도 이 조조를 의심하고 계신 것 같구려. 걱정하실 것 없소."

그렇게 말했으나 조조의 웃음 속에는 감추기 어려운 감정이 숨겨져 있었다. 그는 그 씁쓸함을 감추려는 듯 앞장서서 주연을 준비해놓은 곳으로 관우를 안내했다.

"자, 저쪽 각에 성대한 자리를 마련해놓았소. 나의 막료들도 소개해드릴 테니 이리 오시오."

장군들은 만세 소리와 함께 잔을 들었고, 이내 모두 술에 취했다. 하지만 평소에도 얼굴이 붉은 관우가 그 가운데서도 가장 얼굴이 빨갰다. 얼근히 취한 조조가 관우에게 속삭였다.

"관 장군께서 만나고 싶어 하는 사람은 어지러운 싸움 속에서 이미 목숨을 잃었을지도 모르오. 차라리 그 혼을 위로하고 조용히 명복을 비는 것이 어떻겠소?"

관우는 취하면 한층 더 검게 보이는 수염을 가만히 쓰다듬으며 대답했다.

"그 사실을 알게 되었을 때도 저는 틀림없이 승상 곁에 있지 않을 것입니다."

"어째서요? 유비가 목숨을 잃으면 장군은 더 이상 갈 곳이 없지 않소?"

관우가 널따란 가슴을 조조 쪽으로 돌리며 말했다.

"아닙니다, 승상. 이 수염이 까마귀가 되어 옛 주인의 유해를 찾으러 날아갈 것입니다."

농담이라고는 조금도 하지 않을 것 같은 관우가 뜻밖에도 장난스럽게 말하자 조조는 손뼉을 치며 크게 웃었다.

"그렇소? 아하하하, 그 수염이 전부 날개가 된다면 열 마리 정도를 합쳐놓은 크기가 될 게요."

그렇게 해서 서주 지방에 대한 조조의 공략은 끝이 나고 이튿날부터 그의 중군은 개선 길에 올랐다. 관우는 주공의 두 부인을 수레에 태우고 자신의 부하였던 사졸 20여 명과 함께 한시도 떨어지지 않고 수레를 지켰다.

드디어 그들은 허도에 도착했다. 허도에 돌아오자 각 장군들은 각자의 영채로 돌아가 평상의 업무로 돌아갔으며 관우는 도읍 안에 관 하나를 받아 그곳에서 두 부인을 살게 했다. 그는 관 하나를 내외로 나누어 심원深苑에서 부인들을 살게 하고 외원外苑에서 사졸들과 자신이 살았다. 그리고 양 문 옆에 20여 명의 사졸을 배치하여 밤낮 교대로 지키게 했으며, 때때로 보초들의 방에 들어가 책을 읽으며 인원이 부족한 병사들 대신 보초를 서기도 했다.

도읍으로 돌아와 군무가 대충 마무리 지어지자 이번에는 산더미처럼 쌓인 내외의 정무가 조조의 판단을 기다리고 있었다. 조조는 정치에도 누구 못지않은 정열을 가지고 임했다. 따라서 허도를 중심으로 한 새로운 문화는 눈에 띄게 발전해 있었다. 조조는 자신의 지도 하나로 서민들의 생활 양태가 달라지기도 하고 산업과 농사가 개혁되기도 하고 일반의 복리가 증진되기도 하는 모습을 보며 정치야말로 인간의 사업 중에서도 이상을 최고로 실현할 수 있는 대사업이라고 믿게 되었다. 나이를 먹을수록 그의 정치에 대한 흥미와 정열이 더욱 커져만 갔다.

그 무렵 정무에 관한 일이 일단락 지어지자 조조가 문득 떠올랐다는 듯 시신들에게 물었다.

"허도로 온 뒤 관우는 어떻게 지내고 있는가?"

"승상부에는 물론 거리에도 나온 적이 없는 듯합니다. 두 부인이 묵는 곳을 지키느라 문 옆의 오두막에서 기거하고 있는데 그곳을 지나는 자들이 가끔 들여다보면 언제나 책 읽는 모습을 볼 수 있다고 합니다."

시신들이 그의 근황을 이야기하자 조조는 고개를 끄덕이고 진심으로 동정하며 말했다.

"그도 그렇겠지. 영웅의 마음에 어찌 근심이 없겠는가."

그로부터 며칠 뒤, 조조가 급히 수레를 보내 관우를 궁궐로 불렀다. 그리고 함께 조정으로 들어가 천자를 뵙게 했다. 관우는 배신陪臣이었기에 전상에는 오를 수가 없었다. 계하에 서서 배알하는 데 그쳤으나 황제도 관우의 이름을 오래전부터 알고 있었으며 특히 마음에 두고 있던 유 황숙과 의형제를 맺은 사이라는 소리를 들었기에 특별히 눈길을 주며 칙명을 내렸다.

"참으로 믿음직한 무인이오. 응당한 관위를 내리도록 하시오."

조조의 조처로 즉석에서 편장군偏將軍에 봉해졌고, 관우는 시종 묵묵히 있다가 은혜에 감사하고 자리에서 물러났다. 그로부터 얼마 후, 조조는 관우가 관위에 오른 것을 축하하는 잔치를 열어놓고 각 장군들과 백관들을 불렀다. 관우는 상빈上賓의 자리에 앉아 '관 장군을 위하여'라는 조조의 외침에 따라서 건배를 하기는 했으나 그날 밤도 말없이 술만 마실 뿐, 기쁜 것인지 불쾌한 것인지 알 수 없는 얼굴을 하고 있었다. 잔치가 끝나자 조조는 근신 몇 명을 불러 명했다.

"관 장군을 잘 모셔다드리도록 해라."

그리고 능라 백 필과 금수錦繡 50필, 금은으로 된 기물과 주옥 등을 말에 실어 보냈다. 하지만 관우의 눈에는 주옥도 금은도 기왓장과 같아 보였다. 그 무엇 하나도 취하지 않고 내원에 있는 두 부인에게로 가져가 바치며 말했다.

"조조가 이런 것들을 보내왔습니다."

그 말을 전해 들은 조조는 더욱 마음이 끌린다며 오히려 존경심을 품게 되었다. 그리고 관우에 대한 그의 애정과 경애는 이상할 정도로 깊어만 갔다. 그는 3일마다 작은 잔치, 5일마다 큰 잔치를 열고 향응의 기회를 만들어 관우와 만나는 것을 즐거움으로 삼았다. 무장이 훌륭한 선비를 열애하는 정도를 표현한 말 중에, 말에 오르면 금을 주고 말에서 내리면 은을 준다는 말이 있는데 조조의 태도는 그 이상이었다.

"관 장군의 마음을 얻는다면 너희가 원하는 것은 무엇이든 들어주겠다."

허도에서 가려 뽑은 미녀 열 명에게 그렇게 말하여 요염한 자태를 뽐내게도 해보았다. 관우도 미인은 싫지 않은 듯 보기 드물게 많은 술을 마시며 열 명의 미희들에게 둘러싸여 껄껄 웃었다.

"마치 화원 한가운데 있는 듯하구나. 참으로 아름답다. 어지러울 정도야."

하지만 집으로 돌아오자마자 그 열 명의 미인들을 두 부인이 묵고 있는 내원의 시녀로 들이고 말았다.

45
단번에 갚은 은혜

유비의 식구들 때문에 뜻과는 달리 잠시 조조에게 몸을 의지하게 된 관우. 조조는 관우의 마음을 돌리기 위해 극진한 대우를 하는데……

어느 날 관우가 훌쩍 승상부에 모습을 드러냈다. 두 부인이 묵고 있는 내원이 오래된 탓인지 비가 새니 수리를 좀 해달라고 부탁을 하러 온 것이었다.

"알겠습니다. 바로 승상께 말씀드리고 수리를 하도록 하겠습니다."

관리로부터 만족스러운 답을 듣고 천천히 발걸음을 돌리는 관우의 모습을 누대에 있던 조조가 얼핏 보게 되었다.

'저 사람은 관 장군이 아닌가.'

조조는 시신을 시켜 관우를 불러오게 했다.

'무슨 일로 온 걸까?'

잠시 뒤 관우가 밝은 얼굴로 그곳에 올랐다. 조조가 손수 비장의 유리잔을 들어 가볍게 술을 권했다.

"장군이 입고 있는 녹색 옷은 원래 색을 알아볼 수 없을 정도로 낡았구려. 밝은 날에는 낡은 것이 너무 눈에 띨 것이오. 장군의 키에 맞춰 옷을 지었으니 이 옷을 입도록 하시오."

조조는 그에게 훌륭한 비단옷을 주었다.

"오…… 참으로 화사한 옷입니다."

옷을 받은 관우는 그것을 들고 집으로 돌아갔다.

며칠 후 조조는 다시 관우를 만나게 되었다. 관우는 조조가 준 비단옷은 안에 받쳐 입고 겉에는 여전히 이가 살고 있을 것 같은 낡은 녹색 옷을 입고 있었다.

"관 장군, 장군은 무인이면서 참으로 검소하시오. 어째서 옷을 그리도 아끼는 게요?"

"아, 이 옷 말씀이십니까? 특별히 사치스럽게 살고 싶은 마음이 있는 것도 아니나, 그렇다고 해서 검소하게 살고 있는 것도 아닙니다."

"글쎄, 역시 어딘가에 사양하는 마음이 있는 것 아니오? 이 조조가 생활을 돌봐주고 있는 이상 무엇 하나 부족한 것이 없을 텐데, 어째서 새 옷을 아끼느라 낡은 옷을 겹쳐 입은 것이오?"

관우가 자신의 옷을 바라보며 말했다.

"아, 그 말씀이셨습니까? 이것은 예전에 유 황숙에게서 받은 옷입니다. 비록 낡기는 했으나 밤낮으로 입고 벗을 때마다 황숙을 직접 뵙는 듯하여 기쁜 마음이 듭니다. 그렇기에 승상으로부터 새로운 비단옷을 받았지만 갑자기 이 낡은 옷을 버리고 싶은 마음이 들지 않습니다."

그 말을 들은 조조는 깊은 감명을 받은 듯 마음속으로 생각했다.

'아아, 아름다운 사람이다. 이처럼 충의로운 사람도 있구나.'

그러고는 관우의 모습을 넋 나간 사람처럼 바라보았다. 그런데 그때 두 부인을 모시고 있는 사람이 와서는 관우에게 고했다.

"바로 돌아와주시기 바랍니다. 두 부인께서 지금 무슨 일인가로 한탄을 하시며 관 장군을 찾고 계십니다."

"무슨 일이 있는 것이냐?"

관우는 함께 이야기를 나누고 있던 조조에게 인사도 하지 않고 자리를 뜨고 말았다. 원래 조조는 이처럼 무례한 경우를 당하면 가만히 있지 않았다. 하지만 그날 조조는 자리에 홀로 남겨진 채 망연히 관우의 뒷모습을 바라보며 중얼거렸다.

"참으로 충의로운 지사로다. 꾸밈도 없고, 가식도 없구나. 오로지 충의로운 마음, 그것뿐이야. 아아…… 어떻게 해서든 저 사람의 마음을 얻고 싶다만……."

조조는 마음속으로 자신과 유비를 비교해보았다. 그 어떤 면에서도 유비에게 뒤지는 점이 없었다. 오직 하나, 자신의 휘하에 관우 같은 충신이 있는지를 스스로에게 물어보았다.

'그 점 하나만은 뒤지는구나.'

조조는 인정하지 않을 수 없었다. 관우를 생각하는 그의 마음은 더욱 뜨거워졌다.

'나의 덕으로 반드시 관우의 마음을 얻도록 하겠다. 내 신하로 만들어보이겠다.'

그는 남몰래 굳게 다짐했다.

두 부인의 부름을 받은 관우는 곁눈질도 하지 않고 곧장 집으로 돌아갔다. 관우가 내원으로 들어가보니 두 부인이 서로를 끌어안고 여전히 통곡을 하고 있었다.

"어찌 된 일이십니까? 무슨 일이라도 있으셨습니까?"

관우가 묻자 미 부인과 감 부인이 눈물에 젖은 얼굴과 가슴을 관우 쪽으로 돌리며 말했다.

"오오, 관 장군……. 어찌하면 좋단 말입니까? 더는 살고 싶은 마음이 없습니다. 차라리 죽어버리고도 싶었으나 장군의 생각을 듣고 싶어서 기다리고 있었습니다."

그러고는 두 부인은 다시 통곡을 했다. 관우가 놀라 물었다.

"세상을 버리겠다니, 어찌 그리 성급한 생각을 하셨습니까? 이 관우가 있으니 그 어떤 어려움이 있더라도 마음 편히 지내시기 바랍니다. 대체 무슨 일로 이러십니까?"

관우가 마음을 달래주자 약간 진정이 된 듯 미 부인이 이유를 설명했다. 들어보니 그리 큰일도 아니었다. 미 부인이 잠깐 졸았는데, 유비가 죽는 꿈을 생생하게 꾸었다는 것이었다.

"아하하하, 꿈을 꾸시고 유 황숙의 몸에 좋지 않은 일이 일어난 것이 아닐까 걱정하고 계셨던 것입니까? 흉몽凶夢이라 할지라도 꿈은 어디까지나 꿈에 지나지 않습니다. 그런 일로 눈물을 흘리시다니, 걱정하실 것 없습니다. 이제 그만들 하십시오."

관우가 안심시키며 화제를 밝은 쪽으로 돌리려 노력했다. 아무리 삼엄하게 경비를 받으며 부족함 없는 생활을 보장받았다 할지라도 이곳은 적의 중심부였다. 관우가 한낱 꿈에 눈물을 흘리고 함부로 웃지도 못하는 연약한 두 부인의 마음을 생각하며 위로했다.

"긴 말씀을 드리지는 않겠습니다. 맹세코 조만간 황숙을 반드시 뵐 수 있도록 이 관우가 일을 잘 처리하겠습니다. 두 분께서는 그때까지만 잘 참아주시고 몸을 소중히 생각해주시기 바랍니다."

그런데 어느 틈엔가 내원의 정원에 조조의 시신이 와 있었다. 두 부인이 찾는다는 말을 듣고 관우가 황망히 돌아가자 조조가 혹시나 하는 생각에 사람을 보낸 것이었다.

관우와 눈이 마주치자 조조의 시신이 약간 당황한 듯 말했다.

"일이 마무리 지어지면 다시 한번 와주시기 바랍니다. 승상께서 술자리를 마련해놓고 기다리고 계십니다."

관우는 다시 승상부의 관저로 향했다. 그는 술을 마셔도 마음이 즐겁지 않았으며, 조조를 만나는 동안에도 유비를 잊을 수가 없었지만 조조의 마음을 상하게 해서는 안 된다고 생각했다. 그렇다 보니 가슴속으로 홀로 인욕의 눈물을 삼키며 고분고분 따를 수밖에 없었던 것이다.

조조가 아까와는 달리 꽃으로 장식한 방에 미희들을 앉혀놓고 기름진 안주와 향기로운 술병을 늘어놓은 채 관우를 기다리고 있었다.

"아아, 일은 잘 보셨소?"

"말씀 나누던 중에 실례가 많았습니다."

"오늘은 장군과 밤새 마시고 싶구려."

"황송할 따름입니다."

조조가 관우의 눈에서 눈물 흔적을 보고는 약간 짓궂게 물었다.

"장군, 눈물을 흘리셨던 듯하오. 장군께도 눈물이 있다는 사실을 처음 알았소."

"아하하하. 들키고 말았습니다. 사실 저는 눈물이 많은 사람입니다. 두 부인께서 밤낮으로 유 황숙을 그리워하며 눈물을 흘리시는데, 사실은 지금도 함께 눈물을 흘리고 온 길입니다."

숨김없이 말하는 관우의 대인배 같은 태도에 조조는 이번에도 마음을 빼앗겼다. 조조가 술기운이 무르익자 장난삼아서 관우에게 물었다.

"장군의 수염은 참으로 길고 아름답소만, 길이가 어느 정도 되시오?"

길고 아름다운 관우의 턱수염은 허도에서도 사람들의 눈길을 끌었다. 조조가 그 수염에 대해서 묻자, 관우가 가슴을 덮을 듯 늘어져 있는 칠흑 같은 수염을 쥐고 한탄하듯 딴전을 부리며 대답했다.

"일어서면 수염이 몸 아래로 내려올 것입니다. 가을이 되면 만물의 변화와 함께 오래된 수염 수백 가닥이 자연스럽게 빠지고 겨울이 되면 초목과 함께 윤기가 마른 것처럼 보입니다. 때문에 아주 추운 날에는 얼지 않게 주머니로 감싸고 다닙니다만 손님을 만날 때는 주머니를 벗깁니다."

"그처럼 소중히 여기고 계시오? 장군이 취하면 수염도 전부 술로 씻은 것처럼 아름답게 보이오."

"부끄럽습니다. 수염만 아름다울 뿐, 몸은 무위도식하고 있으며 국

가에 봉사하고 있지도 못하고, 형님과의 약속도 어긴 채 덧없이 적국敵
國의 술만 마시고 있으니…… 이처럼 딱한 몸이 어디 또 있겠습니까?"

무슨 얘기가 나와도 관우는 곧 자신을 탓하고 유비를 그리워했다.
그럴 때마다 조조는 화제를 다른 곳으로 돌렸고, 마음속으로는 관우
의 충의에 감탄하면서 반대로 씁쓸한 남자의 질투나 불쾌한 감정을
느꼈다.

이튿날 아침부터 입궐할 일이 생기자 조조는 관우를 불러 함께 입궐
하면서 비단으로 만든 수염 주머니를 선물했다. 관우의 가슴에 비단주
머니가 달려 있는 것을 보고 황제가 기이히 여기며 하문했다.

"그것은 무엇이오?"

관우가 주머니를 풀며 대답했다.

"제 수염이 너무 길어 승상께서 주머니를 만들어주셨습니다."

배까지 덮인 칠흑처럼 기다란 수염을 보고 황제가 웃으며 말했다.

"참으로 아름다운 수염이구려. 앞으로는 미염공美髥公이라 불러야겠
소."

그날 이후 모든 사람들이 관우를 미염공이라고 불렀다. 조정에서 나
온 조조가 이번에는 관우의 여윈 말을 보고 무인으로서의 게으름을 나
무라며 말했다.

"어째서 말에게 좀 더 좋은 여물을 먹여 기름지게 하지 않는 게요?"

"보시는 것처럼 제 몸이 너무 크고 무거워서 말이 견디지 못해 마르
는 것입니다."

"그렇군, 평범한 말들은 버티지 못한단 말이로군."

조조가 급히 시신을 보내서 말 한 마리를 끌고 오게 했다. 온몸이 불꽃처럼 붉고 눈은 두 개의 방울을 박아놓은 것 같은 말이었다.

"미염공, 그대는 이 말을 알아보겠소?"

"음, 이것은……."

말에게 반한 듯 황홀하게 바라보고 있던 관우가 무릎을 치며 말했다.

"여포가 타고 다니던 적토마가 아닙니까?"

"그렇소. 어렵게 손에 넣은 말인데, 낯을 가려서 누구도 타지 못하고 있었소. 그대가 한번 타보겠소?"

"이것을 제게 주시겠다는 말씀입니까?"

관우가 재배하고 얼굴 가득 환하게 웃어 보였다. 그가 이처럼 기뻐하는 것은 조조도 처음 보는 일이었다.

"열 명의 미인을 주어도 기뻐하지 않던 그대가 어찌 한 마리 짐승을 보고 그리 기뻐한단 말이오?"

조조가 묻자 관우가 바로 대답했다.

"이처럼 하루에 천 리를 가는 말이 있으면 주공의 행방을 알았을 때 하루 만에 달려갈 수 있으니 그것을 기뻐하고 있었던 것입니다."

조조는 적토마에 올라 유유히 집으로 돌아가는 관우의 뒷모습을 바라보며 아차 싶어 입술을 씹었다. 어떤 근심거리도 얼굴에 오래 드러내지 않는 조조였지만 그날만은 하루 종일 어두운 표정을 짓고 있었다. 장료는 시신으로부터 그날의 일을 자세히 듣고는 깊은 자책감을 느꼈다. 이에 조조를 찾아가 말했다.

"제가 벗으로서 관우를 찾아가 그의 본심을 한번 떠보겠습니다."

조조의 허락을 받은 장료가 며칠 뒤 관우를 찾아갔다. 이런저런 이야기를 나누던 그가 드디어 본론을 꺼냈다.

"귀공을 승상께 천거한 사람이 바로 저입니다. 이제는 도읍의 생활에도 어느 정도 익숙해지셨습니까?"

그러자 관우가 대답했다.

"귀공의 우정과 승상의 은혜 모두 가슴 깊이 새기고는 있으나 마음은 언제나 유 황숙에게 가 있을 뿐 이 도읍에는 없습니다. 여기에 있는 관우는 빈껍데기와 같을 뿐입니다."

그렇게 대답한 관우를 장료가 빤히 바라보며 물었다.

"아아…… 무릇 대장부란 사소한 일에 구애받지 말고 대승적으로 처신해야 하는 법입니다. 지금 승상은 조정의 으뜸가는 신하인데, 패망한 옛 주공을 그리워하다니 어리석은 일 아닙니까?"

"승상의 커다란 은혜는 잘 알고 있으나, 그것은 전부 물건을 보내는 형태로밖에 나타나지 않았습니다. 이 관우와 유 황숙의 맹세는 물건이 아닌 마음과 마음의 약속이었습니다."

"아니, 그것은 관 장군의 곡해이십니다. 승상께도 마음은 있습니다. 아니, 선비를 사랑하는 마음은 결코 유 황숙에게 뒤지지 않습니다."

"그러나 유 황숙과 저는 병사 하나, 창 한 자루 없던 가난한 시절부터 백난을 함께하며 생사를 맹세한 사이입니다. 그렇다고 해서 승상의 은혜를 모르는 척하는 것도 무인으로서 용납할 수 있는 일은 아닙니다. 만일의 사태가 벌어졌을 때 제가 할 수 있는 일을 하여 평소의 은혜에 보답한 뒤 이곳을 떠날 생각입니다."

"그런데 만일 유비가 이 세상에 없다면 그때는 어떻게 하실 생각입니까?"

"땅속까지라도 따라갈 생각입니다."

무인의 철석같은 마음에 장료는 더 이상 쓸데없는 질문을 하지 않기로 했다. 작별 인사를 하고 나온 장료는 홀로 번민에 빠졌다.

'승상은 주공, 의에 있어서 아버지와도 같은 분이다. 관우는 마음의 벗, 의에 있어서 형제와도 같은 사람이다. 형제의 정에 끌려서 아버지를 속이면 불충불의. 아아, 어찌하면 좋단 말인가?'

하지만 그는 관우의 충절을 생각해서라도 자신의 주공인 조조에게 거짓말을 할 수 없었다.

"다녀왔습니다. 잡담 끝에 여러 가지로 마음을 떠보았습니다만 끝까지 이곳에 머물 생각은 조금도 없는 듯합니다. 승상의 커다란 은혜에는 깊이 감사하고 있으나, 그렇다고 해서 마음을 바꾸어 두 주인을 섬겨야겠다는 생각은 추호도 품고 있지 않은 듯합니다."

장료는 자신의 생각을 있는 그대로 고했다. 조조도 역시 조조다웠다. 그는 조금도 화내는 기색이 없었다. 단지 길게 탄식할 뿐이었다.

"주인을 섬김에 있어 그 근본을 잊지 않는구나. 관우는 역시 천하의 의인이다. 언젠가는 떠나겠구나! 언젠가는 돌아가겠지! 아아, 어쩔 수가 없구나."

"하나 관우는 이렇게도 말했습니다. 만일의 사태가 벌어지면 자신이 할 수 있는 일을 하여 은혜에 보답하고 난 뒤 떠나겠다고……."

장료의 말을 듣고 곁에 있던 순욱이 소곤거리듯 조조에게 말했다.

"참으로 관 장군다운 말입니다. 충의지사는 또한 인자이기도 합니다. 그러니 관 장군에게 공을 세울 기회를 주지 않는 것입니다. 공을 세우지 못한다면 관 장군도 어쩔 수 없이 허도에 머물 수밖에 없을 것입니다."

***

유비 현덕은 무료한 나날을 보내고 있었다. 이곳 하북의 기주성에 몸을 의지한 뒤로 빈객의 예우를 받아 무엇 하나 부족함이 없는 것처럼 보였으나 마음은 늘 즐겁지 않았다. 누가 뭐래도 그는 식객에 지나지 않았다. 게다가 패망한 후 홀로 원소에게 몸을 의지한 뒤부터는 사방으로 소식을 전할 길도 끊겨버렸다.

'아내와 아들은 어떻게 지내고 있는지. 두 아우들은 어디로 갔는지.'

그는 봄날의 길고 한가로운 밤도 괴롭기 짝이 없는 긴 세월처럼 여겨져 슬픔을 주체할 수가 없었다.

"위로는 나라를 받들지도 못하고, 아래로는 일가를 지키지도 못한 채 홀로 편안함을 누리는 이 몸의 부끄러움이여……."

홀로 등불 아래서 참담한 마음을 곱씹는 밤도 있었다.

물이 따뜻해지고 정원의 복숭아와 배나무에 꽃이 피기 시작했다. 유비는 복숭아꽃이 피는 것을 보자 상심이 더욱 깊어졌다. 도원에서의 결의가 떠올랐기 때문이다.

"관우야, 아직 이 세상에 있는 것이냐? 장비는 어디에 있단 말이냐?"

무심한 하늘을 올려다보니 한 무리의 구름만이 둥실 떠 있을 뿐이었다. 유비는 한동안 구름을 바라보고 있었다. 그런데 언제 다가왔는지 뒤에서 원소가 그의 어깨를 두드렸다.

"이렇게 따뜻한 봄날을 맞고 보니 무료하신 듯하구려."

"아아, 어쩐 일이십니까?"

"귀공과 상의하고 싶은 일이 있소만, 기탄없이 의견을 들려주시겠소?"

"무슨 일이십니까?"

"실은 아이의 병도 나았고 산야의 눈도 녹기 시작했으니 병사를 허도로 움직여 일거에 조조를 제거할 생각이었소. 그런데 신하인 전풍이 '지금은 공격하기보다는 지킬 때입니다. 오로지 국방에 힘써 병마를 조련하고 농사를 권장하며 앉아 기다리기만 하면 허도의 조조는 2, 3년 안에 반드시 파탄하여 스스로 무너지고 말 것입니다. 그때를 기다렸다가 일거에 일을 결정짓는 것이 더 유리합니다'라고 간하지 않겠소?"

"그렇습니까? 물론 안전한 생각이기는 합니다. 하지만 전풍은 학자이기에 아무래도 탁상공론에 치우치기 쉽습니다. 저라면 그렇게 하지 않을 것입니다."

"귀공이라면 어떻게 하시겠소?"

"지금이 때라고 생각합니다. 물론 조조의 병마는 강하고 그의 용병술도 우습게 볼 수 없으나 요즘에는 그도 자만심에 빠져서 조야의 사람들이 그를 멀리하고 있습니다. 또 요전에는 국구 동승을 시작으로 하루 사이에 수백 명을 베었기에 틀림없이 민심도 잃고 말았을 것입니다. 유학자의 말에 귀를 기울이시어 지금 편안하게 날을 보내신다면 백세의 한을 남기시게 될 것입니다."

"음, 그렇군. 듣고 보니 전풍은 늘 학식이 있는 척하지만 창고의 부富를 지키기에만 급급한 성격이오. 그는 지금의 위치에 만족하여 여생을 무사하고 편안히 보내기 위해 내게도 그런 보수적인 생각을 권한 것일 지도 모르겠소."

그 외에도 뭔가 마음에 들지 않은 일이 있었던 것이리라. 원소는 전 풍을 불러들여 그의 소극적인 의견을 크게 꾸짖었다.

'누군가 주공을 부추긴 사람이 있군.'

이렇게 직감한 전풍은 지금이야말로 자신의 충심을 보일 때라는 듯 더욱 거세게 반론을 제기했다.

"조조의 실력과 신망은 결코 함부로 엿볼 수 있는 것이 아니니 섣불 리 군사를 일으켰다가는 대패를 당하게 될지도 모릅니다."

"자네는 하북의 관직에 있으면서 우리 하북의 군병을 그처럼 나약 하다고 생각하는 겐가?"

화가 난 원소가 전풍을 베려고 했으나 유비와 그 외의 사람들이 말 렸다. 원소는 전풍을 당장 옥에 가두라고 엄명을 내렸다. 그러고는 사 소한 감정에 휘둘려 커다란 결심을 실행에 옮겼다. 곧 하북 4개 주에 격문을 띄워 조조의 죄악 열 가지를 밝히고 영을 내렸다.

"각자의 병마를 모두 동원하여 백마의 들판으로 모이시오."

백마의 들판이란 하북과 하남의 경계에 있는 평야를 말한다. 4개 주 의 대병이 속속 전장으로 모여들었다. 과연 부강한 대국이었다. 모든 부대의 장비와 군장이 참으로 어마어마했다. 이번 출진에 앞서 각 부하들은 자신의 가족들에게 '천재일우의 기회'라며 공을 세우고 올 것을 다짐했으나 오직 한 사람 저수만은 달랐다. 저수는 전풍과 함께 군부의 핵심이 되는 인물이었다. 그리고 두 사람은 평소에도 친분이 두터웠다. 저수는 전풍이 주공에게 바른말을 하다 옥에 갇힌 것을 보고 '세상일은 알 수 없구나' 하며 무상함에 빠져 출진하기 전날 밤 전 재산을 남김없이 일가친척에게 나누어주었다. 그리고 떠나기에 앞서 마지막 인사를 했다.

"이번 전쟁에는 승산이 없소. 하나 요행히도 우리가 이긴다면 그야말로 천하를 움직일 수 있을 것이오. 하지만 패한다면 참담한 최후를 맞게 될 것이오. 어쨌든 이 저수가 살아 돌아올 일은 없을 듯하오."

양 세력의 경계인 백마에는 소수이기는 하나 조조의 상비군이 있었다. 하지만 원소의 대군이 몰려들자 한시도 버틸 수가 없었다. 그들은 말발굽을 요란하게 울리며 그대로 달아나버리고 말았다.

원소는 기주의 맹장으로 이름을 떨치고 있는 안량에게 선봉을 명했다. 안량은 기세를 몰아 이미 여양까지 진출해 있었다. 이를 불안하게 여긴 저수가 원소에게 주의를 주었다.

"안량의 용맹은 높이 살 만하나 그는 사려 깊지 못한 사람입니다. 그렇다고 해서 선봉의 대장으로 두 명을 임명할 수도 없는 일입니다."

원소는 들은 척도 하지 않았다.

"파죽지세로 승리를 거두고 있는데 어찌 대장을 바꾸라는 말인가? 저처럼 용맹한 모습을 보이고 있는 대장에게 물러나라고 하면 전군이 전의를 잃고 말 것이오. 자네는 입 닥치고 가만히 보고 있기만 하시오."

한편 지방에서 꼬리에 꼬리를 물고 달려오는 전령과 갑작스러운 군량 및 군마의 동원으로 허도는 당장이라도 천지가 무너질 것 같은 소동과 혼란 속에 빠졌다. 그러한 가운데 관우가 기다란 수염을 봄바람에 날리며 승상부에 들어가 조조에게 말했다.

"평소의 은혜에 보답하고 싶습니다. 저를 이번 전쟁의 선봉으로 삼아주시기 바랍니다."

처음에는 기쁜 표정을 지었으나 문득 다른 생각이 났는지 조조는 약간 당황하며 거절했다.

"아, 아니오. 이번 싸움은 미염공이 나설 필요도 없소. 다음 기회에 힘을 빌리도록 합시다. 좀 더 중요한 때가 오면."

조조가 분명하게 거절하자 관우는 달리 할 말을 찾지 못하고 터벅터벅 승상부에서 나왔다.

며칠 후, 조조의 15만 군은 백마의 들판이 내려다보이는 서쪽의 산을 따라 포진했으며 조조가 직접 지휘에 나섰다. 내려다보니 끝없이 넓은 들판에서 안량의 정병 10만여 기가 아군의 우익을 짓밟으며 들불이 풀을 태우듯 밀려들고 있었다.

"송헌, 송헌은 어디에 있는가?"

"네, 여기에 있습니다."

송헌이 대답하자 조조가 무엇을 본 것인지 참으로 여유롭게 명을 내렸다.

"자네는 예전에 여포 밑에 있던 맹장이 아니오. 지금 적의 선봉을 보니 기주의 으뜸가는 장수라 알려진 안량이 자신의 적수는 없다는 듯한 표정으로 전장을 무인지경처럼 내달리고 있소. 당장 저자의 목을 따오시오."

송헌이 흔연히 대답하고 씩씩하게 말을 달려나갔다. 하지만 적장 안량 앞에 나서자마자 그는 말을 주고받을 새도 없이 한 줄기 피를 내뿜고 말았다.

* * *

안량이 질주해나가는 곳은 초목까지도 붉게 물들었다. 조조의 수만 기, 용맹한 군사도 많았으나 누구 하나 당해낼 사람이 없었다.

"보시오, 안량 한 사람 때문에 전세가 이미 저렇게 기울었소. 나가서 맞설 자 누구 없소?"

조조가 본진의 높은 곳에 서서 외쳤다.

"제게 명령을 내려주십시오. 벗인 송헌의 원수를 갚아야겠습니다."

"오오, 위속 아닌가. 얼른 나가시오!"

위속이 기다란 창을 쥐고 똑바로 달려나가 과감히 안량에게 싸움을 걸었다. 두 사람은 황진이 일어난 곳에서 창으로 7, 8합을 겨뤘지만 안량의 일갈에 말과 사람이 쪼개져 함께 쓰러지고 말았다.

뒤이어 이름을 외치며 나선 장군들과 그를 에워싼 병사들 모두 안량의 좋은 먹잇감이 되어버렸다. 천하의 조조도 간담이 서늘하여 혀를 차며 몸을 떨었다.

"아아, 비록 적이지만 참으로 무시무시한 장수로구나."

그 한 사람 때문에 우익은 궤멸되었으며 그 여파가 이미 중군에까지 미치고 있었다. 승상기를 둘러싼 각 군 모두가 그저 떨며 두려워하고 있었다. 그때 말을 달려나가는 장수 하나가 있었다.

"오오, 서황이다. 서황이 말을 달려나간다."

저마다 기대를 했고, 단번에 사기가 올랐다. 서황은 중군의 한쪽 끝에서 백마를 타고 뛰쳐나가 하얀 불꽃같은 도끼를 휘두르며 안량을 향해 고함을 질렀다. 그는 조조의 총애를 받고 있는 허도 최고의 용장 중한 명이었다. 두 영웅의 칼과 도끼가 불꽃을 튀며 맞부딪쳤으나 20합, 50합, 70합이 지나도 승부는 쉽게 나지 않았다. 하지만 안량의 용맹함과 지구력이 마침내는 젊은 서황을 조금씩 지치게 했다. 서황은 더는 대적할 수 없다고 생각했는지 도끼를 적에게 집어 던지고 난군 속으로 달아났다.

그때 마침 해가 기울기 시작했다. 조조도 어쩔 수 없이 병사들을 10리쯤 뒤로 물러나게 했다. 그렇게 해서 그날의 어려움에서는 간신히 벗어났지만, 위속, 송헌 두 장군을 잃고 수많은 손해와 불명예를 안게 되었다. 조조는 오로지 안량 한 사람에게만 명예를 얻게 해준 일이 분해서 견딜 수가 없었다.

이튿날 아침 정욱이 조조에게 말했다.

"안량을 꺾을 수 있는 자는 관우밖에 없습니다. 바로 지금 관우를 진영으로 불러들이는 것이 어떻겠습니까?"

조조도 그 생각을 하지 않았던 것은 아니었다. 하지만 관우에게 공을 세울 기회를 주면 그것을 기회로 자신에게서 떠나버릴지도 모른다는 생각 때문에 그를 부르지 못한 것이었다.

"평소 은혜를 베푸시는 것은 이와 같은 때에 도움을 얻기 위해서가 아닙니까? 만일 관우가 안량을 벤다면 더욱 커다란 은혜를 베푸시면 될 일입니다. 또한 안량에게도 질 정도라면 그를 단념해도 좋지 않겠습니까?"

"옳은 말이오."

조조는 전령을 보내 지금 바로 전장으로 와달라고 관우에게 전했다. 오히려 기뻐한 사람은 관우였다.

"때가 왔구나."

관우는 바로 무장을 하고 내원으로 들어가 두 부인에게 잠시 동안의 작별을 고했다. 그 말만으로도 두 부인은 눈물을 흘리며 비단 소매로 얼굴을 감쌌다.

"몸을 소중히 여기셔야 합니다. 그리고 전장에 나가시면 황숙의 행방도 좀 알아보십시오. 하다못해 단서만이라도……."

"예, 걱정 마십시오. 저 역시도 남몰래 그런 생각을 하고 있었습니다. 머지않아 틀림없이 만날 수 있게 해드리겠습니다. 이제 그만 눈물을 거두시기 바랍니다. 그럼 다녀오겠습니다."

관우가 청룡언월도를 쥐고 일어서자 두 부인이 문 앞까지 배웅을 나왔다. 적토마에 걸터앉은 관우는 단숨에 백마로 달려갔다.

그때 조조는 번쩍이는 갑옷으로 무장한 각 장군들에게 둘러싸여 있었다. 한가운데 지도를 펼쳐놓고 작전을 세우던 중이었다.

"지금 막 관 장군께서 도착하셨습니다."

뒤쪽에서 병사 하나가 커다란 목소리로 고했다.

"드디어 관 장군이 왔구나."

조조는 더할 나위 없이 기뻤다. 그는 다른 장군들을 내버려둔 채 성큼성큼 걸어나가 관우를 맞아들였다. 관우는 방금 영외에 도착하여 적토마를 묶고 있었다. 그는 밖에 나와 자신을 기다리는 조조를 보자 황송한 듯 말의 안장을 두드리며 말했다.

"부르신다는 말씀을 듣고 내려주신 이 말에 올라 바로 다리의 힘을 시험해보았습니다."

조조는 지난 며칠 동안의 참패를 꾸밈없이 들려준 뒤 앞장서 산에 올랐다.

"어쨌든 전장을 한번 둘러보기 바라오."

관우는 팔짱을 끼고 사방의 들판을 둘러보았다. 들판에 가득한 양군의 정병들은 마치 메밀껍질을 깔끔하게 늘어놓아 땅 위에 진형을 그려놓은 것처럼 보였다. 하북의 군은 주역의 산가지를 늘어놓은 형태, 어린진魚鱗陣을 펼치고 있었다. 조조의 진은 훨씬 더 넓게 펼쳐져 조운지진으로 적에 맞서고 있었다. 그 일각과 일각이 서로 맞부딪쳐 지금 막 혼전이 펼쳐지기 시작했다. 함성이 하늘을 뒤흔들었으며 창칼의 날이 햇빛을 받아 희게 번득였다. 함성이 일 때마다 홍백의 기와 황록의 기가 폭풍처럼 흔들렸다. 그때 한 장수가 정찰병을 데리고 달려 올라왔다. 그리고 조조 앞에 무릎을 꿇고 앉아 숨을 헐떡이며 외쳤다.

"이번에도 적의 안량이 진두에 나서서 날뛰고 있습니다. 저쪽에 보시는 바와 같습니다. 안량이라는 말을 들은 아군 장병들 모두 겁을 먹어 아무리 독전을 해도 힘없이 무너지기만 할 뿐입니다."

조조가 한탄하듯 말했다.

"과연 강군強軍이로다. 이 조조가 지금까지 봐왔던 다른 곳의 군대와는 질과 장비 면에서 차원이 달라. 하북의 인마는 참으로 뛰어나구나."

관우가 웃으며 말했다.

"승상의 눈에는 그렇게 보이십니까? 제 눈에는 무덤에 늘어놓아 매장하려고 하는 개와 닭의 목상이나 흙으로 빚은 인형으로밖에 보이지 않습니다."

"아니오, 적군의 높은 사기는 아군의 그것에 비할 바가 아니오. 말은 용과 같고 사람은 호랑이와 같소. 저 선명한 대장기가 눈에 들어오지 않는단 말이오?"

"하하하. 금으로 된 활에 옥으로 된 화살을 저와 같은 허세를 향해 메기는 것은 오히려 아까운 일이라 할 수 있겠습니다."

조조가 손가락으로 가리키며 말했다.

"저기를 좀 보시오, 관 장군. 저 펄럭이는 비단 기치 아래 지금 말을 멈추고 조용히 우리 진을 둘러보고 있는 자가 바로 늘 우리 군을 괴롭혀온 안량이오. 멀리서 보기에도 만 명의 군대는 족히 당해낼 것 같은 용장처럼 보이지 않소?"

"그렇습니까? 안량은 등에 푯말을 세워 자신의 목을 팔고 있는 자처럼 보입니다."

"그렇소? 오늘의 관 장군은 호언장담이 너무 지나쳐 평소 겸손했던 관 장군과는 다른 사람처럼 보이오."

"그럴 것입니다. 이곳은 전장이니."

"그렇다 해도 적을 너무 가볍게 보는 것 아니오?"

관우가 몸을 부르르 떨며 늠름하게 단언했다.

"아닙니다. 결코 호언장담이 아니라는 사실을 지금 당장 보여드리도록 하겠습니다."

"안량의 목을 내 앞에 가져오겠다는 말씀이시오?"

"군중軍中에서 허언은 없는 법입니다."

관우는 병사를 시켜 적토마를 끌고 오게 한 뒤 투구를 벗어 안장에 묶고 청룡언월도를 크게 휘둘러 바로 산길을 달려 내려갔다.

때는 봄이었다. 하남에는 풀이 돋기 시작했고, 하북의 산에도 푸른빛이 감돌기 시작했다. 따뜻한 강바람이 관우의 수염을 흔들고 적토마의 갈기를 흩날리며 지나갔다. 오랫동안 전장에 나서지 못했던 적토마는 여포 이후 자신의 주인을 얻어 꼬리를 힘차게 흔들며 울부짖었다.

"비켜라. 관우 운장의 길을 가로막아 쓸데없이 목숨을 버리지 마라!"

82근이나 되는 관우의 청룡도가 안장 위에서 천천히 좌우의 적병들을 베어나갔다. 압도적인 우세를 자랑하던 하북군이 갑자기 무너지자 모두가 의아하게 여겼다.

"누가 온 것이냐?"

"관우? 관우가 누구란 말이냐?"

알든 모르든 폭풍이 지나는 길에는 서 있을 수 없는 법이었다. 관우가 지나고 난 자리에는 적병의 시체가 산더미처럼 쌓여갔다.

"참으로 이상한 놈이로구나. 유비의 동생 관우라고? 알았다."

안량이 대장기 밑에서 나와 질풍처럼 말을 달려나갔다. 관우는 그보다 더 빨리 깃발을 향해 달려들었다. 진작부터 안량의 모습을 발견했던 것이다. 적토마의 꼬리가 높이 춤을 추었다. 한 줄기 붉은 벼락이 목표물을 향해 달려나가는 것과 같은 기세였다.

"네놈이 안량이냐?"

"내가 바로……."

안량은 관우의 물음에 더 이상 말을 이을 틈도 없었다. 붕 하고 청룡언월도가 안량의 머리 위로 떨어졌다. 안량은 그 신속함과 이상한 압박감에 몸을 움직여 피할 수도 없었다. 그는 칼 한 번 휘둘러보지 못하고 한 번 내지른 언월도에 맞아 떨어지고 말았다. 쩔렁하며 요란한 금속음이 들려왔다. 투구와 갑옷이 두 쪽으로 갈라지고 피가 한 길 높이 치솟아 허공에 무지개를 남겼으며, 몸뚱이는 털썩 땅바닥에 떨어졌다. 관우는 그의 목을 취하여 유유히 말의 안장에 묶었다. 그리고 곧 적과 아군 속을 달려 어딘가로 가버렸다. 그사이 전장에는 마치 아무도 없는 것 같았다.

하북의 병사들은 깃발을 버리고 북을 내던진 채 어지럽게 달아나기 시작했다.

"바로 지금이다!"

조조가 전세를 살핀 후 전군에게 명령을 내려 요란한 북소리와 함께 공격으로 돌아섰다. 장료와 허저 등도 크게 분전하여 지난 며칠 동안의 패배를 단번에 설욕했다. 잠시 뒤 관우는 조금 전에 서 있던 산 위로 돌아와 있었다. 안량의 목이 조조의 발 앞에 놓였다. 조조는 그저 관우를 칭찬하기만 할 뿐이었다.

"관 장군의 용맹은 그야말로 사람의 것이 아니오. 신위神威라고 해야 할 것이오."

"저는 아직 그런 말을 들을 만한 자격이 없습니다. 제 아우인 연인 장비라는 자가 있습니다. 그는 대군 속으로 들어가 대장군의 목을 가져오는 것을 마치 나무에 올라 복숭아 따듯 간단히 해치우는 자입니다. 안량의 목 따위는 장비에게 걸리면 주머니 속의 물건을 꺼내는 것처럼 간단한 일입니다."

관우의 대답에 조조는 간담이 서늘해졌다. 그리고 좌우의 장군들에게 반농담처럼 말했다.

"너희도 잘 기억해두어라. 연인 장비라는 이름을 허리끈의 끝, 옷깃의 안쪽에라도 적어놓아야 할 것이다. 그런 초인적인 맹장과 마주치게 된다면 결코 가볍게 싸워서는 안 될 것이다."

46
풍문風聞

조조가 베푼 은혜를 갚기 위해 하북 최고의 무장 안량을 단칼에 베어버린 관우,
그 일로 적과 내통하고 있는 것이 아니냐는 원소의 의심을 사게 된 유비

안량이 목숨을 잃은 후 그의 병사들은 사방으로 흩어져 달아났다.
후진의 지원으로 기우는 형세를 간신히 막아내기는 했으나 그 때문에
원소의 본진에서도 적잖은 동요가 일었다.

"우리의 안량과 같은 호걸을 그처럼 쉽게 쓰러뜨린 적이 대체 누구
란 말이오? 필시 범상치 않은 사람일 것이오."

원소가 편치 않은 얼굴로 주위 사람들에게 물었다. 저수가 대답했다.

"아마도 그는 유비의 아우인 관우라는 자일 것입니다. 그처럼 간단
히 안량을 벨 수 있는 용사는 관우 외에 없습니다."

원소는 그 말을 쉽게 믿으려 하지 않았다.

"그럴 리가 없소. 유비는 지금 이 원소에게 몸을 의지하여 이번 싸움에도 종군하지 않았소."

원소는 혹시나 하는 마음에 패하고 돌아온 선봉의 병사 하나를 불러 물었다.

"안량을 벤 대장은 어떤 자였는지, 본 그대로를 말해보도록 하라."

병사가 자신이 본 그대로를 말했다.

"얼굴이 아주 붉고 수염이 멋진 대장이었습니다. 긴 칼을 한 번 휘둘러 안량 장군을 베고 목을 붉은 말의 안장에 차분하게 묶은 뒤 운장 관우의 앞길을 막지 말라고 큰 소리로 외쳤습니다."

그 말에 원소가 노발대발하며 좌우에 외쳤다.

"유비를 데려와라!"

유비의 막사로 우르르 달려간 병사들이 다짜고짜 그의 팔을 비틀어 원소 앞으로 끌고 왔다. 원소는 그를 보자마자 몹시 흥분하여 욕을 퍼부었다.

"이 배은망덕한 놈아! 조조와 내응하여 나의 소중한 맹장을 동생 관우로 하여금 베게 했겠다! 안량의 목숨이 되돌아올 리는 없으나 네 목이라도 쳐서 안량의 영혼을 달래주어야겠다. 여봐라, 저 배은망덕한 놈의 목을 내 눈앞에서 치도록 해라."

유비는 조금도 두려워하지 않았다. 자신도 전혀 모르는 일이었기 때문이다.

"잠시만 기다려주십시오. 평소 사려 깊던 장군께서 오늘은 어찌 이리도 격노하시는 것입니까? 조조는 오래전부터 이 유비를 죽이려 하던 자였습니다. 제가 어찌 그런 조조를 도와 지금 몸을 의탁하고 있는 은인의 군에 불리한 일을 했겠습니까? 또한 붉은 얼굴에 아름다운 수염을 기른 무장이었다고는 하나 관우와 비슷한 대장도 세상에는 얼마든지 있을 수 있습니다. 조조는 유명한 병략가이니 일부러 그런 자를 찾아 우리의 내홍을 꾀한 것일지도 모릅니다. 게다가 일개 병사의 말만 듣고 이 유비의 목숨을 앗으시는 건 평소의 온정과도 너무 어울리지 않는 처사가 아니겠습니까?"

"흠…… 그 말에도 일리는 있소."

유비의 말을 들은 원소는 곧 마음이 풀어졌다. 무장의 소중한 자질 중 하나는 과감한 결단력이다. 그 과감한 결단력은 날카로운 직감력이 있어야 생겨나는 것이다. 원소의 단점이라면 바로 그 직감력이 뛰어나지 못하다는 데 있었다. 유비가 계속해서 변명했다.

"서주에서 패해 홀로 장군의 비호를 받게 된 이후 아직 처자는 물론 일족의 소식조차 듣지 못하고 있습니다. 어찌 관우와 연락을 취할 방법이 있었겠습니까? 제 일상은 장군께서도 늘 보아오시지 않았습니까?"

"귀공의 말이 옳소. 이 모두가 저수 때문이오. 저수가 나를 미혹케 하여 일이 이 지경에 이른 것이니 부디 너그러이 이해해주시오."

원소는 유비를 상좌에 앉히고 저수에게 사죄의 예를 취하게 한 뒤 그대로 패전을 만회하기 위한 대책 회의에 들어갔다. 그때 시립해 있던 각 장군들 사이에서 장군 하나가 앞으로 나오며 큰 목소리로 말했다.

"형 안량을 대신하여 다음 선봉으로는 동생인 저를 명해주시기 바랍니다."

평소에 무뚝뚝하고 별로 말이 없던 문추였다. 그의 얼굴은 게처럼 생겼으며, 하얀 앞니가 툭 튀어나왔고, 붉은 머리털과 수염이 곱슬곱슬하여 언뜻 보기에도 무시무시한 얼굴이었다.

문추는 안량의 동생으로 그 역시 하북의 명장이었다.

"오오, 문추. 장군이 선봉을 맡아주겠소? 참으로 믿음직하오. 장군이 아니면 누가 안량의 원수를 갚을 수 있겠소. 어서 떠나도록 하시오."

원소가 문추를 격려하고 10만 정병을 내주었다. 문추는 그날로 즉시 황하까지 나아갔다. 한편 조조는 군대를 물려 하남에 포진해 있었다.

"적에게 싸울 마음은 별로 없는 듯하다. 무서워서 그저 지키려고만 할 뿐이다."

기치와 병마 10만 정예가 여러 척의 배에 나눠 타고 물살을 일으키며 황하 건너편으로 공격해 들어갔다. 저수는 불안한 마음에 원소에게 간했다.

"문추의 용병술은 아무래도 불안해서 보고 있을 수가 없습니다. 기변機變도 없고 묘미妙味도 없이 그저 나아가기만 하면 된다고 생각하는 듯합니다. 지금은 우선 관도와 연진 양 방면으로 군대를 나누고 싸움에 승리함에 따라서 천천히 밀고 들어가는 것이 상책입니다. 그렇게 하면 틀림없이 이길 수 있습니다. 하지만 경솔히 황하를 건넜다가 아군이 불리해지면 그때는 누구도 살아 돌아올 수 없을 것입니다."

원소는 다른 사람의 옳은 말을 듣지 않을 정도로 완고한 성격이 아니었다. 하지만 그날은 무슨 이유에서인지 끝까지 고집을 부렸다.

"자네는 병사를 씀에 있어 신속함을 가장 중히 여긴다는 말도 모르는가? 혓바닥을 함부로 움직여 우리 군의 사기를 떨어뜨리지 말게."

저수는 말없이 밖으로 나가 길게 탄식했다.

'넓고 넓은 황하를 어찌 건너겠는가.'

그날부터 저수는 병을 핑계로 회의에 나가지 않았다. 원소도 말이 지나쳤나 싶어 속으로 후회하기는 했다. 하지만 거듭 불러들이자니 괘씸하다는 생각도 들어 그냥 모르는 척했다.

그때 유비가 원소에게 청했다.

"평소 커다란 은혜를 입고 있으니 헛되이 중군에만 머물러 있을 수 없습니다. 이러한 때에 장군의 높은 은혜에 보답하고 싶습니다. 또한 안량을 벤, 관우라 칭하는 자의 실체를 알아보고도 싶습니다. 부디 저를 선봉에 넣어주시기 바랍니다."

원소가 허락했다. 그러자 문추가 혼자 조그만 배를 타고 중군으로 찾아왔다.

"선봉의 대장에 저 한 사람만으로는 불안하다는 말씀이십니까?"

"그렇지 않소. 어째서 그런 불평을 하는 게요?"

"유비는 예전부터 싸움에 지기만 하여 약한 대장으로 유명한 사람이 아닙니까? 그런데 선봉을 명하시다니 저로서는 장군의 의중을 헤아릴 수가 없습니다."

"곡해하지 마시오. 그것은 유비의 능력을 시험해보기 위함이오."

"그렇다면 제 병력 4분의 1쯤을 떼어주어 제2진에 서도록 해주십시오."

"알겠소. 그렇게 하겠소."

원소는 문추에게 배치를 일임했다. 이러한 점만 봐도 원소의 성격을 알 수 있었다. 그는 무슨 일에나 우유부단했다. 싸움에 있어서도 원소 자신의 독창성과 신념은 조금도 찾아볼 수 없었다. 그는 단지 조상 대대로 이어온 가문의 권위와 유산과 자존심만으로 장병들을 대했다. 그의 풍모가 매우 훌륭했기에 평소에는 그러한 결함이 눈에 잘 띄지 않았다. 하나 전장에서 그런 풍모나 유산과 가문과 풍채 따위는 아무런 도움도 되지 않는다. 거기서는 인간의 본모습이 가장 중요하다. 총사의 정신력에 의한 명석한 판단과 예측만이 전군의 커다란 운명을 결정짓게 되는 법이다.

진영에 도착한 문추는 원소의 명령이라며 약한 병사 4분의 1만을 골라 유비에게 주고 제2진으로 물러나 있게 했다. 그리고 자신은 강병을 이끌고 제1진에 서서 전진을 시작했다.

* * *

관우가 안량을 벤 이후 조조는 그를 더욱 아꼈다.

'무슨 일이 있어도 관우가 내 곁에서 떠나지 못하도록 하겠다.'

조조는 더욱 굳게 맹세하고, 관우의 공훈을 황제에게 아뢰어 조정의 주공鑄工으로 하여금 봉후封侯의 도장을 만들게 했다. 그것이 완성되자 그는 장료를 통해 관우에게 전했다.

"이것을 제게 내리셨단 말씀입니까?"

관우는 은의恩誼에 감사하기는 했으나 그것을 받으려 하지 않았다. 그저 도장에 새겨진 글자만 가만히 바라보았다. 도장에는 '수정후지인壽亭侯之印'이라고 새겨져 있었는데, 수정후에 봉한다는 뜻이었다.

"이것은 돌려드리겠습니다. 가지고 돌아가십시오."

"받지 않겠다는 말씀이십니까?"

"뜻은 황송합니다만."

"어째서?"

"어쨌든 이것은……."

아무리 설득해도 관우는 받으려 하지 않았다. 장료는 어쩔 수 없이 그것을 가지고 돌아와 있는 그대로 조조에게 고했다. 그 말을 듣고 생각에 잠겨 있던 조조가 물었다.

"도장을 보기 전부터 사양을 하던가, 아니면 도장을 보고 나서 사양을 하던가?"

"도장을 보았습니다. 도장에 새겨진 다섯 글자를 가만히……."

"그렇다면 내가 실수를 했군."

무엇을 깨달은 것인지 조조는 바로 주공을 불러 도장을 다시 만들게 했다. 새로 만들어진 도장에는 '한漢'이라는 글자 하나가 덧붙여져 '한수정후지인漢壽亭侯之印'이라고 새겨져 있었다.

조조는 다시 장료를 통해 도장을 관우에게 전했다. 관우가 그것을 보고 껄껄 웃었다.

"승상께서는 나의 마음을 참으로 잘도 알고 계시는군. 만약 나처럼 함께 신도臣道를 밟는 자였다면 좋은 의형제가 되었을 텐데."

그렇게 말하고 이번에는 흔쾌히 인수를 받았다.

그때 전장에서 나는 듯이 말이 달려와 급보를 전했다.

"원소의 부장이자 안량의 동생인 문추가 황하를 건너 연진까지 진격해 들어왔습니다."

조조는 당황하지 않았다. 우선 행정관을 먼저 보내 그 지방의 백성들을 전부 서하西河라는 곳으로 옮기게 했다. 그런 다음 직접 군대를 인솔하고 나가다 도중에 이상한 명령을 내렸다.

"물자를 수송하는 부대가 앞쪽에 서라. 전투부대는 훨씬 뒤에서 따라가도록!"

"이렇게 행군하는 법도 있나?"

사람들 모두 이상히 여겼으나 어쩔 수 없이 진을 변형하고 연진으로 달려갔다. 그러자 전투 장비를 갖추지 않은 치중대가 예상했던 대로 적에게 짓밟히고 말았다. 수많은 군량을 버리고 조조의 선두는 사방으로 흩어져 달아났다. 조조가 소란스러워진 아군을 진정시키며 명령했다.

"걱정할 것 없다. 군량 따위는 그냥 내버려두고 아군의 한 부대는 북쪽으로 우회하여 황하를 따라가 적의 퇴로를 차단하고, 다른 한 부대는 도망치는 것처럼 꾸며 남쪽의 언덕으로 달려 올라가라."

싸우기도 전부터 조조군은 달아날 것처럼 보였고, 응집력도 없고 사기도 떨어진 듯 보였기에 문추가 자만하며 말했다.

"저걸 좀 보게. 적은 이미 우리의 세력에 겁을 먹고 도망칠 궁리를 하고 있네."

그의 대병들은 이 기회를 놓쳐서는 안 된다는 듯 마음껏 날뛰었다.

투구와 갑옷도 벗어 던지고 유유히 언덕 위에 숨어 있던 조조의 부하들도 조금은 조급해지기 시작했다.

"오늘의 싸움은 어떻게 되려는지. 이렇게 있다가는 머지않아 이곳도……."

그들은 정말로 도망칠 준비를 했다. 그러자 한쪽에 있던 순유가 주위 사람들에게 외쳤다.

"아니, 바라던 바다. 이것으로 됐다!"

그러자 조조가 순유의 얼굴을 힐끗 노려보며 눈빛으로 말했다.

'쓸데없는 말 하지 말라!'

순유가 흠칫하며 한 손으로 입을 막고 다른 한 손으로는 머리를 긁었다.

순유는 조조의 계략을 이미 꿰뚫어보고 있었던 것이다. 그랬기에 불안해하는 아군들에게 무심코 자신의 생각을 말한 것이었다. 하지만 지금은 중요한 순간이었기에 조조가 매서운 눈빛으로 그를 꾸짖은 것도 당연한 일이었다. 잠시 뒤, 조조의 계략대로 상황이 움직이기 시작했다.

문추를 대장으로 하는 하북군은 무인지경을 달리듯 전선을 펼쳐 7만 대군이 물밀듯이 밀고 들어왔다. 해가 질 무렵이 되자 문추가 명령을 내렸다.

"오늘은 이 정도면 충분하다. 승리감에 도취되어 홀로 깊이 들어가서는 안 된다."

전황을 적절하게 판단한 문추가 각 진을 집결시켰다. 후방의 점령 지역 안에는 조조의 치중대가 남기고 간 수많은 양초糧草와 군수품이

곳곳에 널려 있었다.

"노획물은 전부 이쪽으로 가져오도록 하라."

후방으로 물러나자 이번에는 각 부대가 앞다퉈 군량을 주워 모았다.

산속은 이미 어둠에 잠겨 있었다. 정찰병으로부터 적의 정황을 들은 조조가 명령했다.

"모두, 언덕을 내려가라!"

전군이 표호豹虎처럼 산 밑으로 내려갈 때 언덕 끝에서 횃불 하나가 올랐다. 낮에 적에게 패해 달아나는 것처럼 보인 후 들판과 언덕과 강과 숲에 숨어 있던 아군들이 횃불이 오른 것을 보고 마치 땅속에서 솟아오른 것처럼 3면, 7면에서 튀어나왔다. 조조도 들판을 달리며 큰 소리로 병사들을 독려했다.

"낮에 버린 군량은 적을 그물로 감싸기 위한 미끼였다. 그물을 거두듯 잡아들을 한 마리도 놓쳐서는 안 된다. 문추를 생포하라! 문추도 역시 하북의 명장이니 그를 생포하면 안량을 벤 공에 필적할 것이다!"

휘하의 장료와 서황이 앞서 달려나가 난군亂軍 중에 마침내 문추를 발견했다.

"비겁한 문추 놈아, 이름값도 못하고 어디로 달아나려는 것이냐?"

뒤에서 들려오는 목소리에 문추는 말 위에서 몸을 뒤로 비틀어 철궁에 굵은 화살을 메겨 쏘았다. 화살이 장료의 얼굴을 향해 날아왔다. 장료가 얼른 머리를 숙였기에 화살촉이 투구의 끈을 끊고 날아갔다.

"이놈!"

성난 장료가 뒤를 쫓아가려던 순간, 두 번째 화살이 날아왔다. 이번에는 피할 틈도 없이 그의 얼굴에 와서 박혔다. 털썩, 장료가 말에서 떨어지자 문추가 되돌아서 달려왔다. 목을 가져갈 심산이었던 것이다.

"대담하기 짝이 없는 놈이로구나!"

서황이 달려들어 장료를 뒤쪽으로 달아나게 했다. 서황이 즐겨 쓰는 무기는 커다란 도끼였다. 서황 스스로 백염부白焰斧라 부르는 것이었다. 그는 그것을 휘두르며 문추에게 달려들었다. 문추는 훌쩍 물러나더니 철궁을 안장에 끼우고 대검을 휘두르며 쓴웃음을 지었다.

"애송이! 싸우는 법을 조금은 아느냐?"

"큰소리는 나중에 쳐라!"

젊은 서황은 혈기에 넘쳤다. 그는 약관의 나이였지만 조조 진영의 뛰어난 장수 중 하나였다. 그렇게 녹록하지만은 않았다. 대검과 백염부가 불똥을 튀기며 부딪치기를 30여 합이 되자 서황도 지쳐갔고 문추도 손놀림이 어지러워졌다. 사방으로 적이 몰려들었다. 한 무리의 사나운 말들이 그들 옆으로 지나갔다. 문추는 그 틈을 타서 황하 쪽으로 달아났다. 그러자 멀리서 한 장수가 백기 하나를 앞세우고 10기 정도의 부하들과 함께 걸어나왔다.

"적군이냐, 아군이냐?"

문추가 의심스러운 눈빛으로 백기를 향해 다가가보니 검은 먹으로 커다랗게 '한수정후 운장 관우'라고 적혀 있었다.

'수수께끼 속의 적장 관우? 형 안량을 베었다던 의문 속의 인물?'

놀란 문추는 말을 멈추고 강 가장자리의 밝은 곳을 응시하고 있었다. 그러자 적의 대장도 문추를 발견했는지 채찍을 휘둘러 그쪽으로 달려왔다.

"패장 문추, 어디를 돌아다니는 것이냐. 흔쾌히 관우에게 목을 바치도록 해라."

말은 명마인 적토이며, 거기에 걸터앉아 있는 사람은 틀림없이 붉은 얼굴에 긴 수염을 기른 관우였다.

"바로 네놈이었구나. 얼마 전 우리 형 안량을 베었다는 괘씸한 놈이!"

문추가 버럭 소리를 지르고 대검을 휘두르며 달려나갔다. 관우의 번뜩이는 청룡언월도와 문추의 빛나는 대검이 맞부딪쳤다.

서로가 목숨을 걸고 수십 합을 맞서 싸웠다. 그 고함과 불꽃이 황하의 물결을 일으키고 하남의 산야에 메아리쳐 마치 천마天魔와 지신地神이 건곤을 전장으로 삼아 어우러져 있는 듯했다.

그러다 문추가 먼저 못 당하겠다고 생각했는지 급히 말 머리를 돌려 달아나기 시작했다. 그리고 말에 탄 채 몸을 비틀어 철 화살을 날렸다. 그 기술은 문추의 필살기였다. 하지만 관우에게는 그 작전도 효과를 거두지 못했다. 두 번째, 세 번째 화살도 전부 걷어냈으며 뒤로 바짝 다가가 문추의 목을 향해 청룡도를 옆으로 크게 한 번 휘둘렀다. 문추의 말은 목이 없는 그의 몸을 실은 채 끝도 없이 황하의 하류를 향해 달려나갔다.

"적장 문추의 목, 운장 관우의 손에 있다."

관우가 외치자 사방의 어둠 속을 헤매고 있던 하북의 병사들이 더욱 어지러이 달아났다.

"바로 지금이다. 끝까지 추격해 한 놈도 살려 보내서는 안 된다."

문추의 목이 떨어졌다는 소식을 전해 들은 조조가 중군의 병사들에게 명했다. 그리고 북과 징과 나팔을 울려 우레와 같은 소리로 적을 압도했다. 칼에 맞아 죽는 사람, 황하에 빠져 죽는 사람 등 날이 밝을 때까지 하북군의 절반 정도가 조조군의 먹잇감이 되어버리고 말았다.

이번 싸움이 시작될 때부터 문추의 견제를 받아 후진에 자리 잡고 있던 유비는 선봉에 가담했다 도망쳐온 병사를 통해 마침내 아군의 제1진이 참패를 당했다는 소식을 전해 들었다.

"우리도 결코 방심해서는 안 된다."

그는 진용을 더욱 굳게 가다듬었다. 그런데 황망히 도망쳐온 병사들이 하나같이 이렇게 말하는 것이었다.

"문 장군을 벤 것은 얼마 전 안 장군을 베었던 긴 수염에 붉은 얼굴의 적이다."

그 말을 들은 유비는 날이 밝자마자 한 부대를 이끌고 전선 가까이까지 다가가 적을 살펴보았다. 황하의 지류가 널따란 벌판에 크고 작은 호수를 여럿 만들어놓은 곳이었다. 봄의 깊은 안개가 걷히고 산과 물이 뚜렷하게 모습을 드러내었으나, 강 건너에서는 수많은 사람들을 포위한 채 어젯밤부터 시작된 섬멸전이 여전히 계속되고 있었다.

"아아, 바로 저 작은 깃발, 저 하얀 깃발 아래 있는 자입니다."

안내를 위해 따라온 패잔병 중 하나가 지류의 건너편을 가리키며 말했다. 백수를 뒤쫓는 사자와도 같은 적의 대장 하나가 저 멀리 보였다.

"……"

유비는 한동안 그곳을 응시하고 있었다. 작은 깃발의 글자가 희미하게 눈에 들어왔다. 틀림없이 '한수정후 운장 관우'라고 쓰여 있었다.

'아아! 틀림없이 관우로구나.'

유비는 눈을 감고 마음속으로 가만히 그의 무운을 천지에 빌었다. 그 순간 조조군이 뒤쪽의 호수를 건너 퇴로를 끊으려 한다는 소리가 들려왔다. 유비는 서둘러 후진으로 물러났다. 그리고 그 후진조차도 위험해졌기에 다시 10여 리를 퇴각했다.

그 무렵 원소의 구원군이 드디어 강을 건너왔다. 유비군은 구원군에 합류하여 잠시 관도로 물러났다.

곽도와 심배 두 장군이 분연히 원소에게 고했다.

"있을 수 없는 일입니다. 이번에 문추를 벤 것도 역시 유비의 아우인 관우였다고 합니다."

"그게 사실인가?"

"이번에는 '한수정후 운장 관우'라는 깃발을 들고 전장에 나왔으니 틀림없을 것입니다."

"유비를 불러라! 전에는 교묘한 말을 늘어놓았다만 오늘은 용서하지 않겠다."

거듭되는 아군의 피해에 원소는 심기가 매우 불편했다. 눈앞에 유비가 나타나자 원소가 불쾌감을 그대로 드러내며 따져 물었다.

"이 귀 큰 아이 놈아! 변명의 여지도 없을 것이다. 나도 더는 말하지 않겠다. 단지 네 목을 내놓아라."

원소가 목을 베라고 좌우의 장군에게 명하자 유비가 놀라 외쳤다.

"잠시만 기다려주십시오. 장군께서는 어찌 조조의 계략에 넘어가시려 합니까?"

"네놈의 목을 베는 것이 어찌 조조의 계략에 넘어가는 일이란 말이
냐?"

"조조가 관우로 하여금 안량과 문추의 목을 베게 한 것은 전부 장군
을 화나게 하여 이 유비를 죽여야겠다고 생각했기 때문입니다. 생각해
보시기 바랍니다. 이 유비는 지금 장군의 은혜를 입고 있으며 한 부대
의 대장으로 임명되어 무엇 하나 부족한 점이 없는데 어찌 아군에게
불리한 음모를 꾸몄겠습니까? 밝히 살펴주시기 바랍니다."

유비의 장점 중 하나는 진지한 태도에 있었다. 그는 언변이 뛰어난
것도 아니고 아무런 기지도 없었다. 하지만 그의 말에는 속임수나 임
기응변의 술수가 없었다. 다만 순박하고 진지할 뿐이었다. 그의 속마음
은 어떨지 모르나, 적어도 다른 사람들의 눈에는 그렇게 보였다.

원소는 형식을 중히 여기는 사람인 만큼 유비가 진지한 태도로 말하
자 한때 분노한 것을 바로 후회했다.

"듣고 보니 내게 오해가 있었던 듯하오. 한때의 분노로 그대를 베었
다면 이 원소는 현명하지 못한 자라고 세상의 웃음거리가 되었을 것
이오."

마음이 풀어지자 그는 다시 정중한 태도를 취했다. 유비를 여러 사
람들과 함께 앉게 한 뒤 간곡히 물었다.

"이렇게 패전을 거듭하게 된 것은 귀공의 아우인 관우가 적 가운데
있기 때문이오. 그 일에 관해 뭐 좋은 생각이 있으시오?"

유비가 고개를 떨어뜨리고 대답했다.

"그 말씀에는 저도 책임감을 느끼지 않을 수 없습니다."

"귀공의 힘으로 관우를 우리 편으로 불러들일 수 없겠소?"

"제가 여기에 있다는 사실을 관우에게 알리기만 한다면 밤을 낮 삼아 달려올 것입니다."

"그런 좋은 방법을 어찌 내게 빨리 말하지 않은 것이오?"

"관우와 저 사이에 아무런 연락이 없었는데도 언제나 의심을 받기 쉽거늘, 만일 서한을 주고받았다면 곧 커다란 화근이 되었을 것입니다."

"그 점은 참으로 미안하오. 더는 의심하지 않겠소. 얼른 소식을 전하도록 하시오. 관우만 우리 편이 되어준다면 안량과 문추가 살아온 것보다 더 기쁠 것이오."

유비는 절을 하고 말없이 자신의 막사로 돌아갔다. 막사 밖에서는 별이 파랗게 빛나고 있었다. 그날 밤, 유비는 등불 하나를 켜놓고 붓을 들어 작은 글씨로 무엇인가를 쓰기 시작했다. 물론 관우에게 보내는 서한이었다. 때때로 손을 멈추고 눈을 감았다. 지난날의 수많은 일들이 가슴속에 되살아나는 듯했다. 막사 안으로 바람이 새어 들어오자 등불이 환한 불꽃을 피워 올렸다.

"아…… 재회의 날이 멀지 않았구나."

유비가 중얼거렸다. 등불이 밝으면 좋은 일이 있다는 『역경易經』의 한 구절이 떠올랐기 때문이다. 그의 가슴속에도 희망의 불빛이 한 점 밝혀졌다.

* * *

대전은 장기전으로 접어들었다. 황하 강변의 봄도 깊어갈 무렵, 원소의 하북군은 유리한 지형을 차지하기 위해 요해지인 양무陽武(하남성 원양 부근)로 진을 옮겼다. 조조도 잠시 허도로 돌아가 장병들을 위로하고 축하하는 잔치를 열었다. 그리고 무리들 속에서 전쟁에 관한 이야기를 나누었다.

"연진의 싸움에서는 내가 일부러 치중대를 선봉에 세워 적을 유인하는 계략을 썼네만, 그것을 깨달은 자는 순유뿐이었어. 하지만 입이 그렇게 가벼워서야 쓰겠나, 순유."

한참 떠들썩하게 술을 마시고 있는데 여남에서 전령 하나가 달려와 이변을 알렸다. 여남에는 전부터 유벽劉辟과 공도龔都라는 두 비적匪賊이 있었다. 황건적의 잔당들이었다. 토벌을 위해 조홍을 보내두었는데 비적의 세력이 의외로 맹렬해서 조홍군이 커다란 타격을 입었으며 지금도 퇴각 중에 있다는 것이었다. 전령이 덧붙여 말했다.

"강병들을 보내지 않으면 여남 지방은 비적들이 창궐하여 훗날 커다란 화근이 될지도 모릅니다."

잔치에 참석한 사람들이 한마디씩 해서 주위가 소란스러워졌다. 그때 관우가 자리에서 일어나 조조에게 청했다.

"바라건대 저를 가게 해주십시오."

조조가 기뻐하면서도 약간 의심스럽다는 듯이 물었다.

"오오, 관 장군이 가준다면야 단번에 평정될 테지만, 이번 싸움에서 세운 수많은 훈공에 대해서도 나는 아직 은상을 내리지 못했소. 그런데 전장으로 다시 나가겠다니, 대체 무슨 뜻에서 그러시는 게요?"

관우가 대답했다.

"필부는 옥전玉殿에 머물지 못한다는 말처럼, 저는 원래 잠시라도 한가로이 지내면 몸에 병이 도지는 체질입니다. 농부가 쟁기를 놓으면 병이 든다고 합니다만, 무사안일은 제게도 독이 되는 듯합니다."

조조가 껄껄 웃으며 무릎을 쳤다.

"장하시오. 그렇다면 가도록 하시오."

그러고는 우금과 악진을 부장으로 하는 5만 명의 병력을 내주었다. 나중에 순욱이 조조에게 말했다.

"아주 조심하지 않으면 관우는 떠난 채로 돌아오지 않을지도 모릅니다. 그를 늘 지켜보고 있는데 아직도 유비의 행적을 찾고 있는 듯합니다."

조조도 후회하듯 고개를 끄덕이며 대답했다.

"옳은 말이오. 이번에 회남에서 돌아오면 너무 자주 쓰지 않도록 하겠소."

여남으로 달려간 관우는 오래된 절에 본진을 설치하고 이튿날 치를 전투를 준비하고 있었다. 그날 밤, 보초를 서던 부대가 적의 간첩인 듯 미심쩍은 두 사람을 잡아왔다. 관우가 앞에 버티고 앉아서 두 사람의 복면을 벗겨보니 그중 한 명은 놀랍게도 유비의 휘하에 있던 동료 손건이었다. 관우가 놀라 직접 밧줄을 풀어주고 좌우의 병사들을 물리친 뒤 둘이서만 이야기를 나누었다. 관우가 먼저 물었다.

"이게 대체 어찌 된 일이오? 그대는 유비 형님의 행방을 알고 있지 않소? 지금 어디에 계시오?"

"서주에서 흩어진 후 나도 이곳 여남으로 도망쳐 곳곳을 유랑하고 다녔소. 우연찮은 기회에 유벽과 공도 두 두목과 친분을 맺고 비적들 속에 몸을 의지하고 있었소."

"뭣, 그렇다면 적이란 말이오?"

"자, 잠깐 말을 들어보시오. 그런데 그 후, 하북의 원소로부터 조조의 측면을 쳐달라는 조건과 함께 상당한 물자와 자금이 비적에게로 흘러들었소. 그 덕분에 종종 하북의 소식도 듣고 있소만, 얼마 전 믿을 만한 소식통으로부터 주공께서 원소를 의지하여 하북의 진중에 계시다는 말을 들었소. 그것은 틀림없는 사실인 듯하오. 너무 걱정 마시오. 어쨌든 건재하신 것만은 틀림없는 사실이니."

유비가 하북에서 무사히 지내고 있다는 말을 들은 관우는 형형한 눈에 사모의 정을 불태우며 한동안 손건의 얼굴을 바라보았다. 그러더니 이내 기쁨과 함께 안도의 한숨을 내쉬며 말했다.

"그랬었군. 아아…… 고마운 일이오. 혹시 나를 기쁘게 하기 위해 근거 없는 뜬소문을 들려주신 건 아니오?"

"무슨 말씀이오. 여남에 온 원소의 부하에게서 들은 이야기이니 틀림없을 게요."

"하늘의 도움이라 하지 않을 수 없겠구나."

관우는 눈을 감고 무엇인가에 감사를 하는 듯한 모습이었다. 손건이 목소리를 낮춰 말했다.

"조금 전에 말한 것과 같은 이유로 여남의 도적들과 원소는 서로 연락을 주고받고 있소. 그러니 내일의 싸움에서는 유벽과 공도 두 두목도 모두 거짓으로 패해 달아날 테니 그렇게 아시고 적당히 공격하도록 하시오."

"어째서 그들까지 거짓으로 달아난단 말이오?"

"도둑의 우두머리이기는 하나 유벽과 공도 모두 예전부터 그대를 마음 깊이 흠모하고 있었소. 이번에 관 장군이 공격에 나섰다는 소리를 듣고는 오히려 기뻐했을 정도라오. 하지만 한편으로는 원소와의 약속도 있으니 싸우지 않을 수는 없소."

"알겠소. 그들의 마음이 그렇다면 적당히 하도록 하겠소. 나는 이곳을 평정하기만 하면 그만이니."

"그리고 일단 허도로 돌아갔다가 두 부인을 모시고 다시 여남으로 오도록 하시오."

"알겠소. 하루라도 빨리 오도록 하겠소. 이제 형님이 계신 곳을 알았으니 한시도 지체하고 싶지 않소. 하나 원소의 군중에 계시다니 만일 내가 불시에 찾아가면 무슨 일이 생길지 알 수 없소. 얼마 전에 이 관우의 손으로 안량과 문추를 베었으니."

"그럼 이렇게 합시다. 이 손건이 먼저 하북으로 가서 원소와 그 주변의 분위기를 살펴보도록 하겠소."

"음, 그렇게 하면 틀림없겠소. 내 몸에 일이 생기는 것은 두렵지 않으나 원소에게 몸을 의지하고 있는 형님이 마음에 걸리니……. 부탁하겠소, 손 장군."

"걱정 마시오. 그 점을 분명히 확인한 뒤, 관 장군은 두 부인을 모시고 오고, 나는 중간까지 나가 기다리고 있겠소."

"오오, 한시라도 빨리 형님의 무사한 모습을 보고 싶소. 잠시라도 형님을 뵐 수만 있다면 이 관우는 죽어도 여한이 없을 게요."

"무슨 말씀을 하시는 게요. 지금부터 시작인데, 관 장군답지 않은 말씀이시오."

"아니, 내 마음이 그렇다는 뜻이오. 그 정도로 뵙고 싶다는 것이오."

이미 깊은 밤이었다. 관우는 뒷문으로 손건과 또 한 명의 간첩을 조용히 내보냈다.

"이상한 밀담을?"

우금과 악진은 초저녁부터 숨어서 그 광경을 지켜보고 있었다. 하지만 관우를 두려워하는 마음이 있다 보니 그곳에서는 아무런 간섭도 할 수 없었다.

이튿날 도적 떼와의 전쟁은 예정대로 치러졌다. 적장인 유벽과 공도 두 사람이 씩씩하게 진두로 나서기는 했으나 곧 관우에게 쫓겨 과장스럽게 허풍을 떨며 퇴각하고 말았다. 목을 벨 마음은 없었으나 관우도 도망가는 적을 다그쳐 바싹 뒤까지 따라갔다. 그러자 공도가 뒤돌아보며 말했다.

"충의로운 철심鐵心은 저희 같은 도적의 무리에게도 통하니 어찌 하늘의 감응이 없겠습니까? 장군께서는 훗날 다시 오시기 바랍니다. 제가 반드시 여남성을 바치도록 하겠습니다."

별 어려움 없이 주군州郡을 평정한 관우는 곧 군대를 되돌려 허도로 돌아갔다. 당연히 병마의 손상은 매우 적었다. 하지만 공은 컸다. 말할 필요도 없이 조조는 관우를 환대했다. 우금과 악진은 조조에게 고할 기회를 엿봤지만 관우에 대한 조조의 신뢰와 경애가 정점에 이르자 함부로 말을 꺼낼 수가 없었다.

큰 잔으로 거푸 축배를 들어 얼큰하게 취기가 오른 관우가 마침내 그 거구를 천천히 움직여 자리에서 물러났다. 많이 취하기는 했으나 집으로 가자마자 바로 두 부인이 있는 내원으로 들어가 문안을 드렸다.

"여남에서 이제야 개선을 했습니다. 그동안 별고 없으셨습니까?"

오랜만에 만난 세 사람은 곧 그간의 일들을 이야기하기 시작했다. 감 부인이 말했다.

"장군, 첩이 기다리고 있는 것은 그와 같은 세상 이야기가 아닙니다. 전쟁 도중 유 황숙의 소식은 듣지 못하셨습니까? 행방을 알 수 있을 만한 소식이라도 듣지 못하셨는지⋯⋯."

그녀가 눈물을 흘리자, 관우가 술기운 가득한 숨을 내쉰 뒤 낙심한 듯 말했다.

"그 일에 관해서는 아직 단서도 잡지 못했습니다. 하나 이 관우가 곁에 있으니 너무 심려 마십시오. 모든 일을 이 관우에게 맡겨두고 때를 기다리시기 바랍니다."

감 부인과 미 부인 모두 발 뒤에서 엎드려 소리 내어 울었다. 그리고 원망스럽다는 듯 관우에게 말했다.

"아마도 황숙은 이미 어딘가에서 숨을 거두신 듯합니다. 그 사실을 이야기하면 첩들이 비탄에 잠길 것을 두려워하여 장군의 가슴속에만 품고 계신 것 아닙니까? 그렇습니다, 틀림없이 그럴 것입니다. 아아⋯⋯ 어찌해야 좋단 말인가?"

상념에 휩싸인 여인들의 감상이 눈물이 되어 줄줄 흘러내리는 듯했다. 미 부인도 함께 통곡하며 얼큰히 취한 관우를 나무라듯 말했다.

"지금은 조조의 믿음도 두텁고, 그의 은혜에 몸이 묶여서 관 장군도 전과는 달리 첩들이 귀찮아지신 것 아닙니까? 그렇다면 분명하게 말씀해주십시오. 차라리 장군의 검으로 첩들의 덧없는 목숨을……."

"어찌 그런 말씀을 하십니까?"

번쩍 술에서 깬 관우가 자세를 바로 했다. 그리고 다시 한번 두 부인을 위로했다.

"저의 고충도 조금은 이해해주시기 바랍니다. 조조의 은혜에 안주할 생각이었다면 무엇하러 이런 인고의 시간을 보내겠습니까? 사실은 황숙의 행방에 대해서도 실마리가 잡혀가고 있으나 혹시 두 부인께 말씀드렸다가 하녀들의 입을 통해 그 사실이 밖으로 새어나가기라도 하면 지금까지의 고심도 전부 수포로 돌아갈 우려가 있기에 혼자서만 깊이 숨기고 있었습니다."

"네? 무슨 말씀이신지……. 그렇다면 얼마간은 황숙의 행방을 아셨단 말씀입니까?"

"지금은 하북의 원소에게 몸을 의지하고 계시며, 얼마 전에는 황하의 후진에까지 출진하셨다는 한 줄기 소문을 듣기는 했으나 그것도 아직은 풍문에 지나지 않습니다. 좀 더 확인을 해보아야 합니다."

"장군, 누구에게서 그 소식을 들었습니까?"

"손건을 만나 들은 말입니다. 곧 분명한 사실이 밝혀지면 손건이 도중까지 마중을 나오기로 약속했습니다."

"그, 그렇다면 내원을 버리고 허도에서 탈출하실 생각입니까?"

"쉿!"

관우가 갑자기 몸을 돌려 내원의 정원 쪽을 가만히 바라보았다. 바람도 없는데 그곳의 나무가 바스락바스락 움직였기 때문이다.

"아직은 입 밖에 함부로 내서는 안 될 것입니다. 다시 황숙을 만날 날까지 오로지 이 관우만 믿으시고 아무것도 모르는 척 가만히 계시기 바랍니다. 벽에도 귀가 있고 초목에도 눈이 있다는 사실을 잊으셔서는 안 됩니다."

***

유비가 하북에 있다는 사실은 곧 조조의 귀에도 들어갔다. 조조가 장료를 불러 물었다.

"요즘 관 장군은 어떻게 지내고 있소?"

장료가 대답했다.

"뭔가 깊이 생각할 일이 있는 듯 술도 잘 마시지 않고, 내원을 지키는 병사들의 방에서 매일 묵묵히 책을 읽고 있습니다."

조조의 가슴속에는 지금 커다란 불안감이 있었다. 그 사실을 잘 알고 있는 장료가 안타까워하며 말했다.

"조만간 제가 관 장군을 찾아가서 그의 심경을 슬쩍 떠보도록 하겠습니다."

며칠 후, 내원을 지키는 병사들의 방으로 장료가 훌쩍 모습을 드러냈다.

"아아, 마침 잘 오셨습니다."

관우가 책을 내려놓고 그를 맞아들였다. 두 사람이 간신히 무릎을 맞대고 앉을 수 있을 정도로 좁은 방이었다.

"무엇을 읽고 계셨습니까?"

"춘추春秋입니다."

"장군께서는 춘추를 자주 읽으십니까? 춘추에는 그 유명한 관중管仲과 포숙鮑叔의 아름다운 이야기가 실려 있습니다만, 장군께서는 그 이야기를 어떻게 생각하시는지요?"

"특별히 이렇다 할 생각은 없습니다."

"부럽다고 생각지 않으십니까?"

"글쎄요……."

"어째서입니까? 춘추를 읽은 자 중 관포지교管鮑之交를 부러워하지 않는 자가 없습니다. '나를 낳은 것은 부모, 나를 알아주는 이는 포숙'이라는 관중의 말을 읽고 두 사람의 우정을 어찌 부러워하지 않을 수 있겠습니까."

"제게는 유비라는 실재의 인물이 있기에 옛 사람들의 교분을 부러워할 필요가 없습니다."

"그렇다면 귀공과 유비의 관계는 관중과 포숙의 그것 이상이라는 말씀이십니까?"

"물론입니다. 우리는 생사를 함께하기로 한 사이인데, 어찌 관중과 포숙 따위에 비할 수 있겠습니까?"

강물 속의 반석은 몇백 년 동안의 격류가 흘러도 여전히 반석이다. 관우의 철석같은 마음에 장료는 오늘도 감탄할 수밖에 없었다. 하지만 그는 자신이 찾아온 목적을 잊지 않고 단도직입적으로 질문 하나를 던졌다.

"그럼 이 장료와 귀공의 관계에 대해서는 어떻게 생각하십니까?"

관우가 분명한 목소리로 대답했다.

"우연히도 장군을 알게 되어 가볍지 않은 우정을 약속하고, 길흉을 같이했으며 환란을 함께 극복해왔으나 군신의 대의에 어긋나는 일을 하지 않으려는 저를 막을 수는 없을 것입니다."

"귀공과 유비의 군신 관계는 그 무엇과도 비할 수 없다는 말씀이십니까?"

"말할 필요도 없을 것입니다."

"그렇다면 귀공은 유비가 서주에서 패했을 때 왜 목숨을 다해서 싸우지 않았던 것입니까?"

"그것을 막은 것이 귀공 아니셨습니까?"

"흠, 하나 그처럼 비할 데가 없는 사이라면……."

"만약 유 황숙이 돌아가셨다는 사실을 알게 되면 관우는 오늘이라도 당장 목숨을 끊을 것입니다."

"이미 알고 계실 테지만 유비는 지금 하북에 있습니다. 귀공께서도 곧 찾아갈 생각이실 테지요?"

"잘 말씀해주셨습니다. 전에 한 약속은 반드시 지켜야겠다고 생각하고 있었습니다만, 마침 때가 좋습니다. 모쪼록 장군께서 저 대신 승상께 마지막 인사를 전해주시기 바랍니다."

관우가 멍석 위에 단정히 앉아 장료에게 절을 했다.

'이 사람, 조만간에 허도를 떠나 유비에게로 돌아갈 결심을 했구나.'

관우의 마음을 분명히 알게 된 장료는 마음속으로 놀라며 그길로 조조를 찾아갔다.

그렇다. 관우의 마음은 이미 정해져 있었다. 그의 마음은 벌써 하북의 하늘을 날고 있었던 것이다.

"아아, 참으로 충의로운 사람이로구나. 나의 진심으로도 그를 붙잡아둘 수 없었단 말인가?"

조조가 크게 탄식했다. 그러다 문득 혼잣말처럼 중얼거렸다.

"그래, 내게 그를 잡아둘 계책이 하나 있다."

그날부터 조조는 승상부의 문기둥에 패牌를 걸어놓고 다른 이들이 함부로 출입하는 것을 금했다.

'곧 무슨 소식이 있으리라. 장료가 무슨 말을 전하러 오리라.'

장료가 다녀간 후 관우는 승상부에서 무슨 말이 있을 줄 알았는데, 며칠이 지나도 찾아오는 사람이 없었다.

그러던 어느 날 밤, 보초를 서던 방에서 나와 자신의 방으로 돌아가는데 어둠 속 저편에서 누군가가 다가왔다.

"관 장군. 나중에 이것을 읽어보시기 바랍니다."

그 사람은 편지인 듯한 것을 손에 쥐여주더니 바람처럼 사라져버렸다. 관우는 깜짝 놀라지 않을 수 없었다. 그는 방에 홀로 불을 밝혀놓고 앉아 줄줄 눈물을 흘리며 그 편지를 몇 번이고 되풀이해서 읽었다. 그것은 꿈에도 그리워했던 유비의 필적이었다. 유비는 먼저 옛 정을 길게 늘어놓은 뒤, 끝에 이렇게 말했다.

너와 나는 예전에 도원에서 결의를 한 사이이나, 내가 아직 부족하고 때가 오질 않아 덧없이 의로운 너의 마음만 괴롭게 하는구나. 네가 만일 지금처럼 허도에서 부귀를 누리길 바란다면, 오늘까지 갚아야 할 것이 적지 않으니 하다못해 나의 목을 보내 멀리서나마 네게 도움을 주고 싶구나. 글로 나의 마음을 다할 수 없으니 밤낮으로 하남의 하늘을 바라보며 너의 명만을 기다리겠다.

관우는 정으로 가득 넘쳐나는 유비의 말이 오히려 원망스러웠다. 부귀, 영달 그런 것으로 의를 대신할 수 있다면 그는 이와 같은 고충을 참지 않았을 것이다.

"아아, 한스럽구나. 나의 의는 내 가슴속에만 있었단 말인가? 멀리 계신 분이 어찌 아시겠는가?"

그날 밤, 관우는 쉽게 잠을 잘 수가 없었다. 그리고 다음 날에도 보초를 서는 방에 홀로 앉아 책을 손에 들고 있기는 했으나 책의 내용이 머리에 들어오지 않았다. 그때 한 행상인이 어떻게 들어왔는지 그가 앉아 있는 방의 창가로 다가와 조그만 목소리로 말했다.

"답장, 쓰셨습니까?"

가만히 보니 어젯밤의 그 사내였다.

"자네는 대체 누구인가?"

관우가 묻자 그가 다시 한번 주위를 둘러보고 나서 대답했다.

"원소의 신하로 진진陳震이라 합니다. 한시라도 빨리 허도에서 벗어나 하북으로 오시라는 전갈입니다."

"마음은 한없이 조급하나 두 부인을 모시고 가야 하기에……. 나 혼자 몸이라면 지금이라도 당장 달려가고 싶소."

"좋은 탈출 계획이라도 있으십니까?"

"계획 같은 건 필요 없소. 예전에 허도로 올 때 조조와 세 가지 약속을 했소. 그리고 얼마 전부터 몇 가지 공을 세워 간접적으로나마 그의 은혜에 보답도 했으니 그냥 인사만 하고 떠나면 그만이오. 올 때도 일을 명백히 했으니 떠날 때도 일을 명백히 하겠소. 내가 가서 일을 잘 처리하고 오리다."

"하지만 조조가 허락하지 않으면 어떻게 하실 생각입니까?"

관우가 미소를 지으며 대답했다.

"그때는 몸을 버리고 혼백이 되어 형님 곁으로 돌아갈 것이오."

관우의 대답을 들은 진진은 바로 허도에서 모습을 감추었다.

이튿날, 관우는 조조를 만나 작별 인사를 할 생각으로 승상부를 찾았으나 조조의 문기둥에 다음과 같은 피객패避客牌가 걸려 있었다.

삼가 손님의 방문을 사양하겠습니다.

주인이 모든 손님들의 방문을 사양할 때 문을 닫아걸고 문에 이와 같은 패를 거는 것이 하나의 관습이었다. 또한 문에 이처럼 피객패가 걸려 있을 때는 손님 역시 어떠한 용건이 있다 할지라도 그대로 돌아가는 것이 예의였다. 조조는 머지않아 관우가 자신에게 마지막 인사를 하러 올 것이라는 사실을 알고 있었기에 미리부터 패를 걸어두었던 것이다.

"……"

관우는 한동안 그 앞에 서 있다가 어쩔 수 없이 집으로 돌아오고 말았다. 이튿날도 아침 일찍 가보았으나 피객패가 여전히 그를 거부하고 있었다. 그다음 날은 저녁에 승상부를 찾아가보았다. 저녁 햇살 속에 문은 벙어리처럼, 장님처럼 굳게 닫혀 있었다. 하릴없이 승상부에서 돌아온 관우가 하비성에서부터 데리고 있던, 스무 명쯤 되는 하인들에게 명령했다.

"조만간 두 부인을 모시고 이 내원을 떠날 것이다. 조용히 떠날 채비를 해라."

감 부인이 기쁜 빛을 애써 감추며 관우에게 물었다.

"장군, 언제 이곳을 떠날 생각이십니까?"

관우가 짧은 말로 막연히 대답했다.

"곧 떠날 생각입니다."

관우는 두 부인과 하인들에게 엄히 말했다.

"이 원에 있는 물건은 물론 평소 조조가 내게 보낸 금은과 비단까지 전부 봉인하여, 무엇 하나도 가져가서는 안 된다."

그리고 그는 매일 일과처럼 승상부를 찾아갔다. 그리고 하릴없이 돌아오기를 7, 8일.

"어쩔 수가 없구나. 그래, 장료를 찾아가서 말을 넣어달라고 해보자."

하지만 장료 역시 병에 걸렸다며 만나주지를 않았다. 아무리 청을 해봐도 하인이 장료에게 말을 전해주지 않았다.

"더는 어쩔 수가 없구나!"

관우는 길게 탄식하고 가만히 마음속으로 결심했다. 고지식할 정도로 정직한 관우는 어떻게 해서든 조조를 만나 대장부 대 대장부로 한 약속을 이행한 후 깨끗하게 결별을 하고 싶었다. 하지만 언제까지 문이 열리기만을 기다리고 있을 수는 없었다.

"승상과의 약조 때문에 어찌 마음을 돌릴 수 있겠는가?"

그날 밤, 집에 돌아온 관우는 글 한 통을 써서 수정후의 인수와 함께 창고 안에 넣어두고, 또 창고에 가득한 물품들 전부의 목록을 일일이 기록하여 남긴 뒤 문을 굳게 잠갔다. 그리고 하인들에게 명령했다.

"모두 원내를 깨끗이 청소하도록 하라."

청소는 한밤중이 되어서야 끝났다. 희미한 달빛 아래의 집에서는 먼지 하나 찾아볼 수 없었다.

"이제 그만 떠나야겠습니다."

수레 한 대가 내원의 문 앞에 놓여 있었다. 두 부인이 수레 안으로 들어갔다. 스무 명의 하인들이 수레를 따라 걸었다. 관우가 적토마를 끌고 와 걸터앉은 뒤, 손에 청룡언월도를 쥐었다. 성의 북문으로 허도를 벗어날 생각이었기에 수레의 이슬을 털고 북문을 향해 나아갔다. 성문을 지키던 병사들은 수레 안에 틀림없이 두 부인이 타고 있을 것이라 생각하고는 무슨 수를 써서라도 막아보려 했다.

"수레에 손끝 하나만 대도 너희의 목이 저 달까지 날아갈 것이다."

관우가 눈을 부릅뜨고 말하며 껄껄 웃자 병사들이 겁을 집어먹고 새벽어둠 속으로 뿔뿔이 흩어져 달아났다.

"날이 밝으면 틀림없이 추격해오는 자들이 있을 것이다. 너희는 수레를 지키며 먼저 가도록 해라. 결코 두 부인을 놀라게 해서는 안 된다."

관우는 그렇게 말하고 뒤에 남았다. 그리고 북쪽으로 뻗은 대로를 혼자서 천천히 걷기 시작했다.

| 등장인물 |

장료張遼(169~222)
마읍현馬邑縣 사람. 위나라의 무장으로 자는 문원文遠이다. 원래는 여포를 섬겨, 여포 멸망과 함께 목숨을 잃을 뻔했으나 전장에서 서로 마음이 통한 관우, 그리고 유비가 조조에게 간청하여 목숨을 건졌다. 이후 관우를 설득하여 조조에게 투항하게 했으며, 합비를 지킬 때는 소수의 병력으로 손권을 궁지에 몰기도 했다. 오와의 전투에서 화살을 맞고 사망했다.

동승董承(?~200)
하간국河間國 사람. 후한 말기의 정치가, 헌제의 장인으로 국구國舅라 불렸다. 헌제가 장안에서 낙양으로 돌아갈 때 호송한 공이 있다. 허전에서의 사냥 이후, 헌제의 밀서를 받고 왕자복, 충집, 오자란, 마등, 길평, 유비 등과 함께 조조를 살해하려 했으나 사전에 발각되어 목숨을 잃었다.

마등馬騰(152~212)
무릉현茂陵縣 사람. 후한 말기의 군벌로 자는 수성壽成이다. 동탁 토벌군에도 가담했으며 이후 동승, 유비와 함께 밀서를 받들어 연판장에 혈서를 쓰기도 했다. 조정의 부름을 받고 허도에 들어가 황규와 함께 조조를 제거하려 했으나 사전에 발각되어 목숨을 잃었다. 마초의 아버지이기도 하다.

심배審配(?~204)
음안현陰安縣 사람. 후한 말기 군벌 원소의 심복 모사로 자는 정남正南이다. 원래는 전풍과 함께 한복을 섬겼으나 이후 원소에게 중용되었다. 전풍을 투옥시키고 관도대전에 나서다 패하고 원소 사망 후에는 원상을 옹립하여 골육상쟁의 원인을 제공했다. 결국 조조에게 패하여 목숨을 잃으나 끝까지 원씨 집안에 대한 충절을 지켰다.

저수沮授(?~200)
광평군廣平郡 사람. 후한 말기 군벌 원소의 모사였다. 한복이 원소에게 기주를 양도하려 하자 반대했으나 이후로는 그냥 원소를 섬겼다. 공손찬과의 전쟁에서 교묘한 헌책으로 전쟁을 승리로 이끌었으나 관도대전을 반대하다 투옥되었다. 원소가 패한 이후 조조로부터 후대를 받으나 말을 훔쳐 달아나려다 목숨을 잃었다.

곽도郭圖(?~205)
영천군潁川郡 사람. 후한 말기 군벌 원소의 모사로 자는 공칙公則이다. 한복을 설득하여 원소에게 기주를 양도하게 했다. 심배와 함께 조조와의 단기결전을 주장했으며 원소 사후에는 원담을 지지했다. 원담과 함께 남피까지 달아나 항전했으나 악진의 화살에 맞아 목숨을 잃었다.

전풍田豊(?~200)
거록군鉅鹿郡 사람. 후한 말기 군벌 원소의 참모로 자는 원호元皓이다. 원래는 심배와 함께 한복을 섬겼으나 이후 원소 밑에서 일을 했으며 관도대전을 반대하다 투옥되었다. 관도에서 조조에게 패한 이후 전풍이 중용될 것을 두려워한 봉기의 참언으로 결국 원소는 전풍에게 자결을 명했다.

안량顔良(?~200)
임기현臨沂縣 사람. 후한 말기 군벌 원소의 무장이었다. 공용은 안량을 문추와 더불어 삼군을 이끌 만한 장수라고 했다. 백마전투에서 조조군의 송헌, 위속을 베었으며 서황을 물러나게 했으나 당시 조조에게 의지해 있던 관우의 단칼에 목숨을 잃고 말았다.

문추文醜(?~200)
후한 말기 안량과 함께 군벌 원소의 최고 무장으로 활약했다. 고향과 자는 전해지지 않는다. 조운과도 대등하게 싸운 적이 있으며, 관도대전에서 안량의 복수를 위해 유비를 부장으로 삼아 싸움에 나섰으나 조조에게 속아 패하고 관우에게 목숨을 잃고 말았다.

길평吉平(?~200)
낙양洛陽 사람. 후한 말기의 태의령으로 자는 칭평稱平이다. 황제의 명령으로 동승을 치료하던 중 동승에게 조조를 살해할 뜻이 있음을 알고 함께 모의에 가담하여 조조를 독살하려 했으나 실패했다. 조조의 잔혹한 고문에도 끝내 동지들의 이름을 밝히지 않고 자결했다.

예형禰衡(173~198)
반현般縣 사람. 후한 말기의 학자로 자는 정평正平이다. 『삼국지』에서 가장 대표적인 독설가로 묘사되었다. 공용의 추천으로 조조에게 부름을 받았으나 조조에게 예를 갖추지 않고 부하들을 매도했다. 조조의 사자로 유표에게 보내졌으나 거기서도 독설을 퍼부었으며 결국에는 황조에게 독설을 퍼붓다 목숨을 잃었다.

❖3세기 초 삼국 정립 시기의 세력도

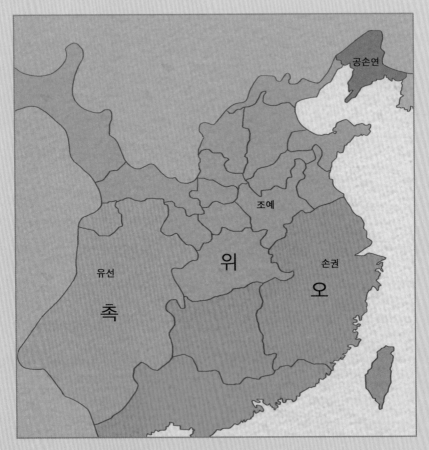

북벌은 결코 간단한 일이 아니었다. 싸움에서 이겨도 군량이 떨어지기도 하고, 도읍
에서 이변이 일어나기도 하고, 일진일퇴의 공방전이 펼쳐져 성과는 거의 없었다. 그
사이에 손권이 제위에 올라 스스로 황제라 칭하여 중국 대륙에 드디어 세 개의 나라
가 탄생하게 된다. 제갈량은 북벌을 거듭하나 오히려 부하에게조차 신뢰를 얻지 못
하는 상태에 빠지고 일곱 번째 북벌 때 병을 얻어 오장원에서 목숨을 잃게 된다. 이
를 기회로 삼아 제갈량 밑에 있던 위연이 모반을 일으키나 제갈량의 밀명을 받은 마
대에게 살해당한다. 제갈량이 죽었다는 소식이 위에 전해지자 황제 조예는 크게 기
뻐했으며, 모든 재산을 탕진하고 만년에는 폭군이 되어버린다.

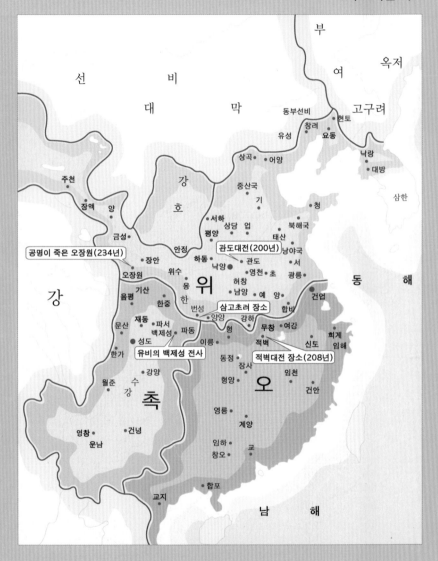